KB124485

• 이 도서의 국립중앙도서관 출판시도서목록(CIP)은 e-CIP홈페이지(http://www.nl.go.kr/ecip)와
국가자료공동목록시스템(http://www.nl.go.kr/kolisnet)에서 이용하실 수 있습니다.
(CIP제어번호: CIP2014036903)

상상범 想像犯

권 리

장편소설

은행나무

이정연(1979-2011)을 기리며

차

례

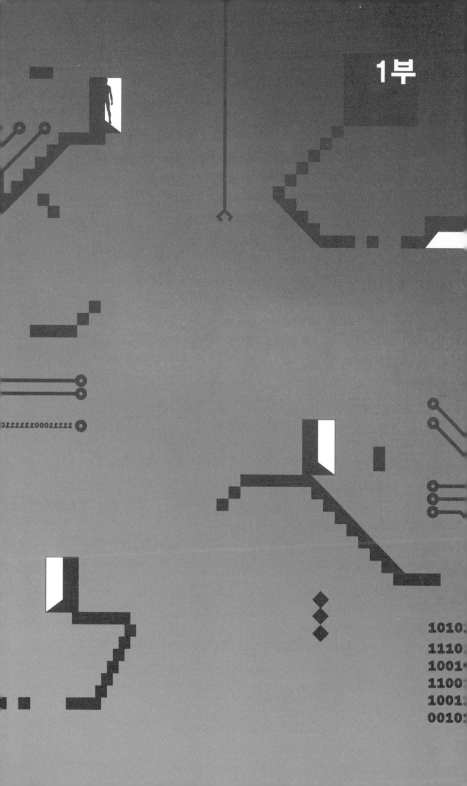

1부

URAZIL

S경제연구소가 발표한 2321년 정책평가보고서에 따르면, URAZIL (United Republic of Asian Z-land) 정부는 작년에 세 가지 위대한 일을 했다.

첫째, 인류의 미래를 위협하는 환경 파괴의 주요 원인이 되는 음식물쓰레기에 의한 환경오염에서 벗어나기 위해 국민의 식사를 하루 한 끼로 줄이는 운동을 시작했다. (정부는 그 한 끼를 미래의 식량난을 예방할 수 있는 고단백 곤충식으로 할 것을 권장했다.)

둘째, 소가 뿜어내는 이산화탄소의 양이 자동차의 그것보다 훨씬 많다는 이유로 소의 사육을 전격 중지하고 힌두교도의 소 신격화 제도 도입을 추진했다.

셋째, 첫째와 둘째 안을 실현하기 위해서는 천문학적인 예산이 든다는 이유로 제도 도입을 반려했다.

숫자는 인간을 완전하게 한다

URAZIL은 환태평양 지진대 부근에서 일어난 대규모 지각 변동으로 인해 새로 생겨난 초(超)대륙에 세워졌다. 그곳의 중심은 이미 백여 년에 걸쳐 옛 중국에서 건너온 황사바람과 황사비로 인한 피해가 누적되어 있었다. 2178년부터 약 사 년 칠 개월 동안 매일 황사비가 내린 뒤 몇 개월간 전혀 오지 않다가 다시 2185년부터 이십여 년간 계속 내렸다. 그곳은 땅이라기보다는 모래입자들이 떠다니는 공허였다.

황폐화된 자연환경만큼이나 URAZIL의 정치적인 상황도 어지러웠다. 혼란한 사회는 2200년대에 제1연합공화국의 임시정부가 들어서면서 조금 나아지는 듯했다. 각 연합정부의 지도자들은 회의를 열어 유신헌법을 만들고 언어를 통일시키고 곳곳에 흩어져 사는 URAZIL의 국민들에게도 세금을 부과했으며 사막 부흥에 힘을 썼다. 임시정부의 가장 큰 과업은 수치화 정책의 수립이었다. URAZIL의 수치부(數値部)는 외모의 절대선을 11단계, 총 121가지로 수치화했다. 수치화 정책의 꽃이라고 할 수 있는 공식화폐 우라(Ura)는 기존의 자본주의제도 하에서는 돈으로 환산될 수 없는 가치, 관념 등을 수치화함으로써 불필요한 논쟁을 막았다. 이제 URAZIL의 어느 벽에서나 이런 표어가 눈에 띄었다.

'숫자는 인간을 완전하게 한다.'

　수치제일주의(數値第一主義)에 따라 1등급의 외모와 머리와 부를 가진 사람이 URAZIL 제1연합공화국의 수장이 되었다. 그는 URAZIL을 단기간에 바꾸려고 노력했다. 하지만 거대 수도로 변모해가는 U시와 URAZIL 정부에 예속되지 않으려고 싸우는 접경지대의 사막 마을인 '푼타'의 갈등마저 바꿀 수는 없었다. 두 곳은 '사막의 눈물'이라고 불리는 오아시스를 경계로 백여 년간 접경지대 게릴라들과 URAZIL 정부군이 1, 2차 격전을 펼쳤다. 그리고 마침내 2321년 거대한 모래폭풍이 URAZIL 전체를 완전히 뒤덮어버렸다. 그것은 쿠부치 사막에서 시행된 모래 폭파 실험의 여파였다. 그 내용과 규모는 완전히 비밀이었다. URAZIL은 위에서 내려다보면 황색의 거대한 천을 덮어씌운 것처럼 변해버렸고 사람들은 코에 모래가 잔뜩 박힌 채로 따가운 모래의 소용돌이 속에서 죽고 말았다. 이 사건 이후로 상황이 극도로 악화되었다. 각지에서는 소규모 전쟁과 테러가 끊이지 않았다. U시의 살인적인 집세와 물가로인해 고통받은 사람들은 U시를 떠나 사막의 접경마을로 갔다. U시를 떠나지 않는 사람들은 그 안에서 서로의 것을 빼앗으며 하루하루를 버텼다. 교도소는 포화상태여서 열세 명이 한 침대를 나눠 쓰기 위해 스케줄을 짜야 했다. 아무리 흉악한 범죄자라도 독방은 쓸수 없었고, 덕분에 인류 역사에 교도소라는 것이 생긴 이래 가장 많은 교도소 내 살인이 일어났다. 여기서도 살인이 일어나면 즉결심판을 받고 지하벙커에서 처형당했다. 하수구 근처에서는 언제나 인간의 내장 썩는 냄새가 났다. U시는 괴물들이 판치는 세상이었다. 그것을 잘 알려주는 지표로 인간성 측정 단위 mmmpg(mind & moral & mental psychometry gram)를 예로 들 수 있었다. mmmpg는 인간의 죄질이나 양심을 판단하는 데, 나아가 인간의 죄를 벌하는 결정적인 도구였다. 이 인간성 측정 단위는 양심, 도덕성, 배려심, 자존감, 수치심 등을 합산한 것이다. 가령 누군가의 인간성이 높으면 이는 양심이나 도덕성 이외에도 수치심이 남들보다 높다는 뜻이다. 1000mmmpg는 1mpg에 해당했다. 인간성 측정기는 이 기계가 처음 만들어진 해를 기점으로 점점 떨어지더니 사막 대전 이후 0mmmpg에서 바늘이 떠나지 않았다. 사람들은 점차 U시를 떠나 접경마을로 갔고, 도시는 텅 비어버렸다.

범죄완화특별조치법

URAZIL의 대통령은 연합공화국의 평화를 위해 중대한 결정을 내릴 때가 왔음을 밝혔다. 국민 모두를 범죄자로 만들 수 없다는 그의 입장을 적극적으로 수용한 의회는 2321년 12월 1일 '범죄완화특별조치법'을 통과시켰다. 그것은 살인 이하의 죄를 저지른 자를 전부 석방하는 안이었다. 즉, 강간, 살인 청부, 사기, 상해, 인명 피해가 없는 테러 행위 등을 자행한 자는 무고한 시민이 될 자격이 있었다. 이 법은 범죄자 처벌 및 감금에 연간 80조 우라(ura)가 넘게 들어가는 예산을 줄이기 위한 획기적인 방안이었다. 이 법이 실효됨에 따라 사실상 거의 모든 종류의 범죄가 법적으로 허용되었다. 정부의 혁명적인 범죄 타도 방침은 효과가 있었다. 범죄율은 십 년 만에

20%나 줄어들었고 인간성 측정기의 눈금도 1mmmpg만큼 올라갔다. 교도소들은 하나둘 문을 닫기 시작했다.

범죄완화특별조치법이 통과되자 반대파들이 격렬히 저항했다. 그들은 범죄완화특별조치법이 우스꽝스럽기 짝이 없으며, 이것으로 더 큰 혼란이 야기된다며 줄기차게 이를 비난해온 사람들이었다. 그들은 교도소의 생산량이 URAZIL 전체 생산의 90%를 차지하고 있다고 주장했다. 그들 다수는 거대 교도소 체인인 로텍(Lawtech)과 관련이 있는 사람들이었다. 로텍은 초기 임시정부가 추진하던 사막개발에 많은 투자를 하여 U시를 부흥으로 이끄는 데 결정적인 역할을 한 기업이었다. 로텍은 U시의 시민 대다수의 이익관계에 얽혀 있으면서 URAZIL에서 거의 유일하게 이윤을 기록했다. 이 기업은 한마디로 죄를 사고 형(刑)을 파는 범죄의 백화점이었다. 이곳은 호텔이자 재판정이자 교도소이자 쇼핑몰로서, 수감자들이 쇼핑하듯 재판을 받고 숙박하듯 수감될 수 있게 하였다. 이러한 파격적인 업종 변경으로 인해, 재판과 관련된 모든 직업명 뒤에 더 이상 '사(師)'자를 붙이지 않고 '상(商)'자를 붙이게 되었다는 것도 하나의 큰 변화였다.

로텍파 의원들은 범죄에 대한 희귀하고 독특한 타개책을 내놓았다. 그들은 범죄란 언제나 일상의 평온함을 깨부수고자 하는 상상에서 비롯된다고 보았다. 이제 범죄는 보편성에서 특수성으로 넘어왔으며, 형벌의 개인화가 필요한 시점이라는 것이었다. 따라서 모든 범죄자를 풀어주기보다는, 개별적인 범죄를 미연에 방지하는 법을 만들어야 한다고 했다. 범죄자의 시간과 공간을 박탈함으로써 사법적 복수를 가하는 것은 범죄의 재발을 낳을 뿐이므로, 범죄 행위 자체를 없애기 위한 획기적인 예방법을 써야만 진정으로 범죄가 뿌리 뽑힌다는 것이었다. 이것이 그들이 주장하는 '범죄의 원천봉쇄설'이었다. 투표 중에 졸고 있던 두 명과 키우던 애완동물의 죽음 때문에 애도기간을 갖겠다며 결석한 한 명의 의원을 제외한 나머지 의원들의 만장일치로 2322년 1월 1일 획기적인 법안이 통과되었다.

로텍법 제1조 1항 : 상상은 범죄 행위이다.

▼▼ 기요철의 연기론(演技論)

2321년 2월 30일, 거대한 폭발음과 함께 푼타에 모래 폭풍이 몰아닥쳤을 때 요철은 푼타의 시립극장에서 공연 중이었다. U시의 질서를 혼란에 빠뜨리는 이중첩자 역은 그가 처음으로 맡은 배역이었다. 이제 상대 여배우가 공연에서 가장 중요한 대사인 '숫자는 인간을 완전하게 한다'를 말하려고 했을 때였다. 2층 난간이 조금씩 무너지는 것이 보였다.

'이 감독, 내 이럴 줄 알았지.'

그는 이전에도 무대에 못이 튀어나온 것을 방치해서 그를 넘어질 뻔하게 한 무대감독을 속으로 욕하기 시작했다. 그래도 화가 풀리지 않자, 그는 자신이 좋아하지 않는 빛깔의 전구를 고집하는 조명감독을 비롯하여 자꾸만 대사를 잊어버리는 상대 여배우, 생긴 것이 그냥 마음에 들지 않는 연출가를 차례로 욕하고 있었다. 그는 오늘로 52회째를 맞는 이 공연이 끝나면 슬슬 연출을 해보려고 생각 중이었다. 이번 공연을 준비하는 내내 스태프들과 손발이 맞지 않아서 그는 속이 뒤집어질 지경이었다. 국가에서 고용한 스태프들에게 프로정신을 발견하는 것은 발톱에 털이 나기보다 어렵다고 생각했다. 이제 이 지긋지긋한 어용극단에서 벗어나고 싶었다. 그는 직접 대본을 쓰고 연기, 연출, 음악, 무대, 조명, 미술 등 총 1인 11역을 도맡을 생각이었다. 이미 극단 이름도 지어놓았다. 극단 '요철(凹凸)'. 그것은 섹스, 아니, 번식, 아니, 교미도 아니고, 이름하여 '사랑'이란 뜻이었다.

"숫자는 인간을 불완전하게 한다는 말도 몰라요?" 그녀가 힘주어 대사를 말했다. 그 순간 요철은 뭔가 이상하다는 생각이 들었다. 요철은 고개를 살짝 저었다.

"아니, 아니 내 말은 숫자는 인간을 안전하게 한다고요."

'역시나 이 여자는 대사 실수에 실수라고는 전혀 없구나.'

요철은 이 망할 놈의 관제 여배우 때문에 다음 대사가 완전히 꼬여버렸다. 그는 아무리 해도 생각이 나지 않았다. '그녀가 재치 있는 배우였다면 그에게 조금이라도 힌트가 될 만한 표정이나 제스처를 취했을 텐데.' 요철은 마른침을 삼키며 눈으로는 그녀의 입술과, 목, 가슴과, 허리에서 엉덩이로 흐르는 선을 따라 훑고 있었다. 그는 모순적이게도 그녀의 입술에 입을 맞추는 상상을 하고 말았다. 그는 즉흥적으로 대사를 내뱉어버렸다.

"당신과 나에게는 69라는 숫자가 어울리겠군."

"으아악!"

그녀의 표정이 몹시 진지해서 요철은 눈이 동그래졌다. 하지만 그녀의 대사는 요철의 대사톤과 전혀 맞지 않는 것이었고 진지한 드라마를 일순간에 B급 공포물로 만들어버리고 말았다. 그것은 요철의 연기론에 위배되었다.

기요철의 연기론 : 좋은 연기란 상대 배우가 말할 때 딴청 피우지 않는 것이다.

요철은 마음을 다잡기로 했다. 상대 배우와 상관없이 자신의 연기를 하면 되는 것이었다. 그가 다시 공포물을 드라마로 승격시키기 위해 19세기로 돌아가 러시아 연극배우가 된 것처럼 진지한 표정을 짓기 시작하였다.

"어떡해!"

그때 극단 '오아시스' 역사상 최악의 배우 오미영은 암사자가 포효하듯 소리를 지르더니 무대 밖으로 뛰쳐나가버렸다. 요철이 채 놀랄 새도 없이, 관객들도 우왕좌왕하며 무대 밖을 빠져나가기 시작했다. 요철은 무대가 점점 갸우뚱해지는 것을 느꼈다. 그는 무대에서 죽고 싶다는 꿈을 드디어 이루는가 싶었다. 하지만 마음과는 다르게 그의 육체는 이 대참사에서 살아남기 위해 갖은 애를 쓰고 있었다. 그는 발레로 다져놓은 몸으로 열심히 무대 위에서 균형을 잡아보려 했으나 얼마 안 가 넘어지고 말았다. 무대의 천장이 날아가고 천장 위에 쌓여 있던 모래가 무대 위로 와르르 쏟아져내렸던 것이다. 그는 흑설탕을 뒤집어쓴 생쥐 모양으로 무대 밑에 쓰러졌다. 그는 사람들을 쫓아 출구로 나갔다. 사람들은 가장 가까운 지하 벙커로 달려나가기 시작했다. 하지만 이미 그곳은 포화상태였다. 그는 어떤 여자의 엉덩이에 얼굴이 눌린 채 벙커 밖으로 배출되었다. 그는 죽을힘을 다해 집으로 달려갔다. 하지만 그가 살던 푼타의 아파트와 다섯 명의 가족은 온데간데없이 사라졌다. 양어머니는 목이 잘린 채 옷장 옆에 쑤셔박혔고 세 명의 누나들은 각각 귀와 팔, 오른쪽 복사뼈만 남긴 채 공중분해되어버렸으며 양아버지의 의족은 아파트의 물탱크 안에서 발견되었다. 집 안의 가재도구니, 키우던 개니 하는 것들에 관해 말해서 뭐하랴. 한 달 전 약혼자와 함께 야반도주해버린 막내누나가 부러웠다. 그녀는 진작부터 이런 날이 오리라는 것을 육감적으로 알아차린 모양이었다. 그녀는 떠나기 전날, 요철의 책상에 '생존 가방'을 미리 챙겨두라고 신신당부했었다. 요철은 가방을 챙겨놓았다. 아주, 대단히, 매우 중요하다고 생각하는 것들을 넣은 가방이었다. 그 안에는 아침에 일어나지 못할 것을 대비한 고등어 모양을 닮은 알람시계가 들어 있었다. 또 비상시 머리를 묶을 수도 있는 신기한 빗이 있었다. 그리고 URAZIL 대통령이 변기에 앉아 볼일을 보는 모양을 한 도자기 저금통이 있었다. 그 밖에 그의 몽상가적 특성을 말해주는 생존 가방 속 물건들은 다음과 같다.

　: 고독을 달랠 수 있는 풍선껌, 서류를 단단히 묶어줄 수 있는 클립 이백 개, 계산기, 그 계산기의 전원이 닳았을 때를 예상해서 준비한 수동 저울, 방수용 양말 두 켤레, 추위에 꽁꽁 언 여자를 꾀려고 준비해 둔 핫팩 세 개, 별책 부록이 각기 다른 스도쿠 퍼즐 잡지 두 권, 볼펜 세 자루, 손톱깎기, 면봉 한 상자, 잠옷 대신 입을 팬티 세 장, 큐브 장난감 하나, 아로마 향초 한 묶음과 라이터, 이면지, 나이프, 셔터가 고장 난 카메라, 뜯어본 적 없는 서류 봉투……　(방독면, 휴

대용 랜턴, 수동식 라디오, 쌀 2kg, 컵라면, 나이프, 바나나 한 송이, 유효기간 오 년짜리 물 같은 것은 챙기지 않았다. 가방이 이미 꽉 차버렸기 때문이다.)

　그는 로텍과 그리 멀지 않은 접경지대의 오아시스 마을로 가기로 했다. 폭풍이 불면서 두 지역을 나누는 벽에 온갖 물건들이 부딪쳐 떨어졌다는 소문을 들었던 것이다. '그곳에 가면 사람들이 촌락을 이루고 있을지 몰라. 분명 연극을 보고 싶어하는 사람도 있을 거라고. 모두 모래 더미에 깔려 죽어버리지 않았다면.'

　요철은 밝은 미래를 대비하여 이력서를 쓰기로 하였다. 배낭 안을 뒤지자 종이 뭉치가 만져졌다. 모르는 사람이 보낸 서류 봉투 안에 종이가 몇 장 들어 있었다. 그는 폐허가 된 카페 테이블 위에 누군가 버리고 간 차갑고 쓴 커피를 한 모금 마신 뒤, 절뚝거리며 구석진 테이블 앞으로 다가갔다. 며칠 전 발가락에 있던 물집이 터지면서 그 안에 모래가 잔뜩 들어가는 바람에 발가락이 퉁퉁 부어버렸던 것이다. 테이블 앞에 모포를 깔고 황소개구리처럼 몸을 엎드리자 네 번째 발가락이 아려왔다. 봉투에는 먼지가 조금 쌓여 있었다. 일주일 전 날짜의 소인이 오른쪽 귀퉁이에 찍혀 있었다. 봉해진 틈 사이로 검지를 구겨넣어 봉투를 뜯었다. 서류가 한 장 나왔다. 무척 짧고 형식적인 글이었다. 하지만 찬찬히 살피지 않으면 핵심을 파악할 수 없는 글이었다. 거기에는 '귀하'나 '무더운 날씨에도 불구하고'나 '개점 10주년'이라는 말 같은 것은 없었다. 그는 서류를 90도 회전을 했다가 180도 회전을 해보기도 하고 높이 들어올려보기도 했다. 햇빛에 비친 형식미 넘치는 각진 사각형 속에 피아노 선율처럼 아름다운 문장이 냉동실의 고등어처럼 딱딱하게 굳어 있었다.

출석요구서

귀하에 대한 공익적 위해 사건에 관하여 조사할 사항이 있으니 2322. 2. 22. 14:00에 U시 서부경찰서 수사과 상상범죄팀으로 출석하여주시기 바랍니다. 정당한 이유 없이 출석 요구에 응하지 않으면, 형사소송법의 규정에 따라 체포될 수 있습니다.

: 사건의 요지

객관적인 사실

: 증거 자료

수치화된 사실

2322. 2. 2.

U시 서부경찰서
사법경찰관 경사 김만석
사건담당자 경사 이영만

접힌 흔적이 남아 있었지만 그만하면 이력서를 쓰기에 충분했다. 그는 종이를 뒤집었다. 모래 바람이 뺨을 스쳤다. 그는 왼손을 주머니에 찔러넣었다. 동전 다섯 개와 외로움 10(g/ml)가 들어 있었다. 그는 그것들을 손가락 사이에 굴리며 이력서를 써나갔다.

'본인은 극단 '오아시스' 제 14기 배우로서, 젊은 연극제에 출품한 〈왜 그는 볼일을 보고 물을 내리지 않았나?〉로 데뷔하여 광대, 모략꾼, 첩자, 기둥서방, 호스트 등 다양한 역할을 해오면서……'

그는 첫 줄을 여덟 번이나 고쳐 썼다. 이력서를 쓰는 내내 여자 생각이 났던 것이다. 그날따라 그는 번식과 교미를 열렬히 원했다. 그의 정자들을 놀릴 수 없었다. 그의 정자 수는 U시 남성 평균의 5배에 달하는 500(cells)이었고 정자의 집중도는 U시 남성 평균의 7배나 되는 150(million/ml)이었다. 정자가 직선으로 움직이는 속도는 평균치인 35(μm/s)밖에 되지 않았으나 커브를 도는 속도는 평균치의 4배인 130(μm/s)이나 되었다. 이처럼 그는 삼십 세의 나이에서 볼 때 무척이나 왕성한 생식능력과 욕구를 갖고 있었다.

하지만 그는 텅 빈 그릇이고, 한 여자가 와서 그를 채워야 갈증이 가실 것 같았다. 이 비참하고 애끓는 시대에, 그 자신이 이 세상에서 살아남지 못한다 할지라도 자신의 뛰어난 유전자, 특히 정자들은 세상에 널리 남길 필요가 있다고 생각했다. 그것이 그 나름대로는 인류를 위해 할 수 있는 길이었다. 특히 그는 자신과 비슷한 호르몬 구조를 가진 여자를 찾는 것이 꿈이었다. 하지만 그 여자를 만나기까지는 좀 시간이 필요했다. 왜냐하면 그녀가 자살을 준비하느라 굉장히 바빴기 때문이다.

어느 자살광 이야기

2322년 2월 22일 오후 2시, 이율리는 로텍 백화점 11층에 있었다. 각종 선물이 담긴 상자를 5우라에 주는 '럭키백' 행사가 열리는 날이었다. 몰려든 인파가 도미노처럼 넘어져 자신을 덮치게끔 하는 것이 그녀의 계획이었다. 그녀는 계획을 실현하기 위해 젊은 남자와 152센티의 키를 가진 칠십대 할머니를 각각 고용했다. 물론 아무에게도 자신의 계획을 알리지는 않았다. 그녀는 남자에게 2시 5분경 11층 화장실 구석에 서서 뚜껑을 딴 1.5리터짜리 물병을 들고 있으라고 주문했다. 또 할머니에게 2시 10분경 그 주변을 지나 화장실 앞까지 걸어가달라고 했다. 할머니는 율리의 주문대로 그 앞을 지나다가 넘어졌다. 율리는 할머니의 키와 팔 길이를 미리 측정해놓았기 때문에, 할머니가 넘어지면서 바로 옆에 있는 기둥을 잡을 수 없었음을 알고 있었다. 할머니는 럭키백을 받기 위해 줄을 서 있던 노란색 원피스를 입은 여자를 잡아당겼고, 그녀는 남자친구의 몸을 잡았다. 팔짱을 낀 채 벽에 기대 있던 남자는 반대쪽으로 넘어졌고 그 때문에 바로 뒤에 서 있던 비슷한 키의 남자와 머리를 박았다. 그 남자는 뼈가 쉽게 부러지는 병 때문에 병원에서 삼 년간 치료 중이었다가 죽기 전 마지막 소원이라는 이유로 외출을 허락받은 십대 소녀의 휠체어 위에 앉아버리고 말았다. 소녀는 악 소리를 지르며 뒤로 밀려나갔다. 율리도 휠체어 소녀가 출현하리라고는 전혀 예상치 못하였다. 불행 중 다행으로 휠체어는 세 겹이나 겹쳐 있던 주변 사람들을 불도저처럼 밀어버렸다. 그 줄의 맨 뒤에 율리가 서 있었다. 그리고 마침내 5미터 앞까지 휠체어가 달려왔다. 휠체어 위에는 소녀와 뼈가 약한 남자, 그리고 다섯 살 난 아이가 앉아 있었다. 이번에는 그녀가 탈 차례였다. 율리는 인생은 계획대로 되지 않음을 느끼며 눈을 꼭 감았다. 그런데 갑자기 '휘이익!' 소리가 났다. 휠체어 바퀴 하나가 빠지며 바깥으로 굴러버린 것이다. 사람들이 서로 악다구니를 하며 엉켜 있었다. 율리 몸에는 가시 하나 박히지 않았다.

율리는 따뜻한 콧김을 내쉬며 창밖을 내려다보았다. 로텍을 둘러싼 벽을 타고 날아가는 새의 그림자가 보였다. 그림자는 금방이라도 쓰러질 것처럼 위태위태하게 흔들리는 도미노 조각의 일부처럼 보였다. 그 작은 조각 하나가 그녀의 세계를 완전히 무너뜨릴 수 있다고 생각했다. 그 순간 그녀는 마음이 텅 비어버리는 느낌을 받았다. 그 감정은 노숙자의 접시 안에 떨어진 놋쇠 동전처럼 그녀의 마음을 무섭게 치고 달아났다. 공중에 손을 훅훅 날려보고 입으로 휘파람을 휘휘 불어도 보았다. 그러나 타고난 소매치기처럼 그녀를 치고 달아난 그 감정은 두 번 다시 돌아오지 않았다. 비슷한 감정은 전에도 여러 번 있었다. 단, 그것은 도끼에 등을 찍힌 것처럼 아프게 다가왔다가, 무중력상태로 하늘에 둥둥 떠 있는 것처럼, 때로는 구석에 내몰린 듯한 느낌이었다가 뒷모습만을 보이는 사람들로 꽉 찬 도시의 적막처럼 다가왔다. 로텍 안에서 그녀는 자신과 같은 감정을 가진 사람을 만난 적이 없었다. 그런 이유로 인해 그녀는 언제나 홀로 우주 바깥을 겉돌고 있다는 느낌이 들곤 하였다.

율리의 어머니는 URAZIL의 수영 영웅 육지만의 일대기를 그린 영화를 본 뒤 자신의 딸을 제2의 육지만으로 키워내는 것이 꿈이었다. 어머니는 영화에 완전히 푹 빠져 있었다. 젊은 시절 스튜어디스로 일했던 그녀를 회사에서 해고시켜버린 바로 그 영화에 말이다. 변비에 걸린 승객 하나가 비행시간 동안 자리를 비운 사이 그녀는 기내영화를 보기 시작했는데, 3분의 2 분량이 지났을 무렵 비행기가 목적지에 착륙해버렸다. 영화가 끝나지 않아 비행기에서 내리지 않겠다고 우기던 그녀는 결국 비행기에서 영영 쫓겨났다. 운 좋게도 스무 살 이상 차이나는 정치인 남편의 끈질긴 구애 끝에 결혼했으나, 결혼 이후 남편은 여러 여자들을 만나느라 집에 거의 들어오지 않았다. 율리의 어머니는 남편에 대한 배신감을 딸들에 대한 교육열로 승화시켰다. 열 살짜리 율리에게 수영모만 씌우고 욕조에 여덟 시간 동안 넣어둔 적도 있었다. 하지만 첫딸을 연쇄살인마에게 빼앗긴 뒤 율리의 어머니는 완전히 영화 속으로 들어가버렸다. 그녀는 주로 늙은 유부녀가 젊은 남자와 바람을 피우는 영화를 보곤 하였다. 그러나 불륜에 관한 영화를 백 편 이상 보고 나자 조금씩 두려워졌다. '뭐든 끝이 있다는 게 싫어.' 그녀는 자신의 관심을 잡아둘 영화, 영원히 끝이 나지 않을 영화를 찾아보았다. 하지만 그런 것이 있을 리 만무했다. 그래서 그녀는 언제나 영화를 두 개씩 틀어놓고, 한 영화가 끝날 무렵 곧바로 다른 영화를 재생시켰다. 이렇듯 영화광이었던 그녀는 자기 딸 역시 무엇엔가 중독되어 있다는 사실을 전혀 눈치채지 못했다. 그 광기 어린 욕망이 실은 언니의 죽음과 관련되어 있다는 사실도……

어릴 때만 해도 율리는 물을 무척 무서워했다. 하지만 타고난 재능이 있었던지 그해 여름 수영장에 허우적대던 친구를 구했고, 여러 대회에 출전해 상도 많이 탔다. 열다섯 살에는 이미 고교 수영부에 스카우트되었다. 하지만 그해 여름, 그녀는 세균성 바이러스에 감염

돼 한동안 안면 마비를 겪게 되었다. 그녀는 눈도 깜빡할 수 없고 코도 킁킁댈 수 없었으며 입을 벌릴 수도 없었다. 그런 기이한 병을 앓고 나자 그녀는 수영과 담을 쌓고 창고에 들어갔다.

그녀는 예전에도 스스로 갇힌 적이 있었다. 다섯 살 때는 육천만 년 전 죽은 개미의 화석에 서식하고 있는 미생물을 흙에서 발견했다. 마치 인간 현미경이라도 된 듯이 말이다. 그녀는 주변의 아이들에게 그것이 보이지 않느냐고 물었다. 하지만 돌아오는 것은 아이들이 던진 흙 세례였다. 스스로를 공간 낭비라고 여긴 율리는 로텍의 대저택 안에서도 좁디좁은 창고 안에 자신을 숨기기로 결심했다. 어차피 그녀는 햇빛알레르기라는 희귀질환이 있었기 때문에 육체의 정상화를 위해서도 칩거생활은 옳은 선택이었다.

십여 년 만에 다시 창고를 찾은 그녀는 여러 가지 발명품을 고안해내기 시작했다. 그렇게 발명을 위한 상상에 골몰하던 어느 날, 친언니 주리의 몸이 16분할이 되어 집에 돌아온 사건이 발생했다. 내부 장기에 피가 가득 고이기 48시간 전까지 언니는 사십 일간 지하 창고에 감금되었다고 했다. 언니의 장례식이 끝나고 다시 사십 일이 지났을 무렵 율리는 더 이상 발명을 할 수가 없었다. 언니가 감금 당시 곳곳에 남겨놓았다는 손톱자국이 떠올라 창고에 가만히 있을 수가 없었다. 발명을 하고 있다가도 누군가 갑자기 들이닥쳐 그녀를 해칠지 모른다는 공포감이 엄습했다. 공포는 전염성이 강했고 상상 앞에 취약했다. 어쩌면 생명이 위험해질지도 몰랐다. 괴한 앞에서 칼을 잘못 들었다가는 손을 벨 수도 있고, 자상을 입은 손가락에 균이라도 들어가면 패혈증이나 파상풍에 걸려 손가락을 잘라내야 할지도 모르는 일이었다. 그후론 피만 봐도 구역질이 날 것 같았다. 물건을 수집하기 위해 낮에 돌아다니다가 얼굴에 바른 선크림의 미세한 나노 입자가 뇌로 침입해서 치매를 유발할 수도 있다는 생각에 도저히 하루도 안심할 수가 없었다. 그녀는 제 발로 창고를 기어나왔다. 자신이 그토록 좋아하던 일을 이제 더 이상 할 수 없다는 사실 때문에 그녀는 '황당'했다. 그 이야기를 할아버지에게 털어놓으며 눈물을 흘리자 그는 이렇게 말했다.

"그건 황당한 게 아니라 '슬프다'고 하는 거란다."

"아냐, 할아버지. 이건 공허한 거야."

율리는 할아버지의 말을 정정했다.

"내 가슴에는 공허함이 88g 정도 들어 있어."

할아버지는 묘하게 고개를 갸우뚱하며 미소를 지었다. 대머리에게 빗을 팔아치운다는 전설의 장사꾼이었던 그는 로텍의 부사장까지 지냈다. U시의 경제 부흥에 기여한 공을 세워, 훗날 율리의 집안이 향후 삼대까지 무한 상상을 해도 어떤 처벌이 없는 특별 면제권을 가질 수 있게 만든 사람이기도 했다. 할아버지는 원래부터 기발한 발상을 좋아하곤 했기 때문에 독특한 이야기를 율리에게 자주 들려주었다. 이렇듯 그는 유쾌한 사람이었으나 천식을 오랫동안 앓고 있어서 언제나 가래 끓는 소리를 냈다. 나이가 들수록 할아버지는 점차 겨울나무처럼 메말라갔다. 그는 가끔 피 섞인 구토를 해서 율리의 어머니가 외국에서 가져온 귀한 카펫을 핏물로 적신 적도 있었다. 할아버지는 천식으로 평생을 고생한 뒤 극소수의 남성만 걸린다는 유방암으로 세상을 떴다.

할아버지가 돌아가시고 나자 율리는 다시 창고에 처박혀 발명에 몰두했다. 그러나 대부분은 세상에 아무짝에도 쓸모없는 발명품들이었다. 프라이팬 겸용 쓰레기통, 설거지할 때 필요한 안전벨트, 여성용 모조 콧수염, 코털가위 겸용 부엌칼, 시간을 알려주지 않는 시계, 접는 자동차, 주전자와 쏙 빼닮은데다 기능도 비슷한 주전자, 아령 겸용 라디오, 풀장용 피겨스케이트 장화 세트, 금연을 결심한 사람을 위한 재떨이, 사고로 얼굴 반쪽을 잃은 사람을 위한 싱글 귀고리, 빨래를 걸 수 있는 러닝머신…… 죽음에 대한 공포와 호기심을 동시에 가졌던 그녀를 위로해줄 수 있는 것은 오로지 쓸모없는 발명품들이었던 것이다.

발명을 구상하면서 그녀에게는 차츰 이상한 자세를 취하는 버릇이 생겼다. 물구나무를 선 뒤 두 발을 몸 쪽으로 당겨 선 자세를 취하면 온몸의 피가 아래로 흘러 얼굴이 빨개지고 숨도 못 쉴 지경이 되곤 하였다. 사실 그녀는 저혈량 쇼크로 자살하려고 했던 것이다. 그것이 첫 자살시도였다. (물론 실패로 끝났다.) 자살을 시도하는 시간 외에는 발명에 골몰했다. 그녀의 자살 애호가적인 특성을 말해주는 발명품은 다음과 같다.

: 풍선을 불다가 기도를 막히게 할 수 있는 풍선껌, 삼키면 위장을 걸레 조각으로 만들어버릴 위력을 지닌 클립 이백 개, 그 가능성을 수치화해줄 계산기, 그녀가 해부된 뒤 그녀의 내장의 무게를 달아줄 수동저울, 끈이 없을 때 서로 묶으면 목을 매는 용도로 적합한 방수용 양말 두 켤레, 항문에 넣고 터뜨리면 4도 화상을 일으켜줄 핫팩 세 개, 풀다가 머리의 한계를 탓하며 자살을 확신하게 만들어줄 스도쿠 퍼즐 잡지 두 권, 스도쿠를 풀 때 필요한 볼펜 세 자루, 파상풍을 일으킬 수 있는 녹슨 손톱깎기, 반으로 어슷하게 자르면 클립과 같은 용도로 쓸 수 있는 면봉 한 상자, 자살 직후 괄약근 기능 약화

로 인해 음부에서 흘러나올 수 있는 다양한 체액을 흡수할 팬티 세
장, 과다출혈에서 사망에 이르기까지 걸리는 시간 사이에 지루함을
덜기 위해 한 손으로 조작할 수 있는 큐브 장난감, 사후 그녀를 한
줌의 재로 만들어줄 아로마 향초 한 묶음과 라이터, 지방(紙榜) 쓰는
데 활용될 이면지, 피에 딱 달라붙어 사체에서 떨어지지 않는 옷을
찢는 데 용이한 나이프, 이 모든 것을 기록해줄 카메라……

$$F=u*c/K$$

자발적으로 창고에 격리당한 율리는 어느 날 인생의 지침이 될 만
한 공식 하나를 발견했다.

$$F=u*c/K$$

F= 인간의 자유도
u= 변덕 상수
c= 위기
K= 숙명[○]

이 공식은 세상에 위기가 증대되고 숙명의 응집력이 약해지면 인
간의 자유도는 상승한다는 것을 표현하고 있었다. 이미 그녀의 언니

[○] F= Freedom, U=Undecidability, C=Crisis, K=Karma

가 세상을 떠났을 무렵부터 그녀는 운명론에 깊이 사로잡혀 있었다. 그녀의 가녀린 죽음은 우연이거나 운명일 뿐이라고 믿는 것이 그 죽음을 잊을 수 있는 가장 빠른 길이었다. 율리는 자살로 생을 마감할 생각이었으므로, 어차피 다가올 숙명이라면 하루라도 더 빨리 앞당기고 싶었다.

아무래도 그녀가 생각하기에 가장 획기적인 자살 방법은 URAZIL 군에 자원하는 일이었다. 군대만큼 인간이 정신과 육체를 입체적으로 헌납할 수 있는 곳이 또 있을까. 그녀는 루트 사막의 캠프 베어울프 153대대에 들어갔다. 몇 년이 흘러 중위가 된 이후에도 그녀는 자살을 생각하고 있었다. 자유의 헌납 역시 자살의 한 방식이었다. 다시 말하면, 그녀의 갑작스러운 군 입대는 국가에 대한 애정이라기보다는 오로지 $F=u*c/K$의 가설에 따른 개인적인 이유에 의해서였던 것이다.

﹀﹀ 수분 재흡수의 문제를 가진 여자

요철이 접경지대 마을의 오아시스에 온 지 한 달이 지났다. 이곳은 '사막의 눈물'이라고 불렸는데, 실제로 요철은 시시때때로 눈 속을 파고드는 모래 때문에 눈물을 흘리곤 했다. 사막의 눈물에는 세상의 온갖 고물들이 금방이라도 미끄러질 것처럼 위태위태하게 서 있었다. 폭풍으로 날아간 푼타의 모든 물건들이 경계지대의 거대한 벽에 부딪쳐서 모래 속에 파고들었던 것이, 바람과 함께 형색을 드러낸 것이다.

그가 이곳에 온 첫날, 인기척은 어디에서도 들리지 않았다. 사람들이 어디론가 다 도피해버린 것 같았다. 요철은 우선 피곤한 몸을 누이기로 하였다. 반쯤 부서진 집이 보였다. 그리로 들어가자 방 한가운데에 낡은 갈색 가죽 소파가 놓여 있었다. 가방을 거기에 내려놓자 잊고 있던 피로가 몰려왔다. 그 갈색 소파는 너무나 낡아서 노숙자도 누울 것 같지 않았다. 스프링이 튀어나와 항문을 찌를 것 같았다. 요철은 서서 잠을 청해보려 애썼다. 그러자 눈앞에 5단 스프링으로 된 침대, 안락한 소파, 졸고 있는 아기, 누워 잠든 개, 명상하는 여인과 같은 이미지들이 스쳐지나갔다. 그가 그런 생각을 하지 않으려고 하면 할수록 고요한 파도 소리, 째깍째깍 시계 소리, 산사의 목탁 소리와 같은 환청마저 들렸다. 게다가 수면제를 탄 맥주라도 마신 것처럼 졸음이 쏟아졌다. 최대한 스프링을 피해 아슬아슬하게 소파에 앉았다. 딱딱하고 불편한 소파였지만 앉아 있는 것만으로도 몸이 나른해졌다. 그는 슬슬 한쪽으로 몸이 기울고 있었다. 그는 자기로 결단을 내렸다. 하지만 '신이 만든 가장 위대한 가구'인 침대에서만큼은 그는 깨끗한 상태로 자고 싶었다. 그는 잠옷 대신 입으려고 가져온 팬티를 입에 물었다. 그의 팬티는 그가 가진 옷 중에 가장 깨끗했다. 그리고 방수용 양말을 그의 가장 중요한 부위인 성기에 끼웠다. 이렇게 한 뒤에야 그는 편안한 맘으로 그 소파 위에 누울 수 있었다.

뻥 뚫린 천장으로 까만 하늘이 보였다. 까만 대리석 바닥에 가득 쏟아진 깨처럼 하늘은 수많은 별들로 가득했다. 하지만 이토록 철저하게 무장을 했음에도 불구하고 그 반짝이는 별들이 그의 몸을 스멀스멀 기어다니는 벌레처럼 보이는 것을 막을 수가 없었다. '어쩌면 나는 이 사막의 한가운데에서 배고픔에 지친 나머지 어떤 질병에 걸릴지도 몰라. 아니, 어쩌면 이미 몸의 체액이 엉망이 되어버렸거나 혹은 산, 염기 균형이 무너져버렸을지도 모르지.' 병원의 침대에 누워 있는 자신을 상상하자 그는 손끝이 찌릿, 하고 떨려왔다. 그는 또 다른 상상을 통해 이 위기를 이겨내기로 하였다. 그는 남태평양의 작은 섬의 왕이거나 사막의 대부호였다. 폐타이어는 물소 가죽 소파로, 찌그러진 참치 캔은 영국산 도자기 컵으로, 걸레는 아프리카산 얼룩말 카펫으로, 사막의 눈물은 수영장으로, 절반이 뜯겨나간 자동차 시트는 비치파라솔로 보였다. 그는 낙하산도 없이 5000미터 상공을 나는 새였다. 그는 날개를 파득거리며 날다가 어느 높은 건물 앞에서 멈칫했다. 그를 가로막은 것은 '로텍'이었다. 세상 그 무엇도 그 거대한 건물이 솟구쳐 있는 것을 막을 수는 없었다. 높이 2킬로미터나 되는 로텍은 U시의 정중앙에 우뚝 서 있어서 푼타 어디에서나 쉽게 보였다. 로텍은 마치 방금 식사를 끝낸 호랑이의 이빨을 청소하고 나온 이쑤시개처럼 보였다. 그는 로텍으로 정면 돌진했다. 하지만 아프지 않았다. 그는 매일 이런 식으로 한 달을 거기서 버텼는데, 신기하게도 매일 같은 꿈을 꾸었다. 그 꿈의 종착지는 늘 같은 카페였다.

꿈에서 요철은 시간이 멈춘 것 같은 사막의 밤길을 걷고 있었다. 서쪽 방향에 시계탑이 있는 교회가 있었다. 시계는 한 시를 가리켰다. 교회를 지나자 광장이 나왔다. 그곳은 마치 대재앙이 일어나기 전의 어느 도시 풍경사진을 보는 것 같았다. 일요일 밤처럼 가게는 모두 문이 닫혀 있었고 거리에는 낙엽과 쓰레기가 바람에 이리저리 흩날렸다. 영업 중이라는 팻말이 붙은 샌드위치 가게가 단 한 군데 있었는데, 셔터가 내려져 있는 것으로 보아 팻말을 뒤집는 것을 깜빡한 모양이었다. 광장 한가운데에 주황색으로 된 외형이 볼록한 전화박스가 있었다. 광장의 바깥에는 바리케이드가 설치되어 있었다. 바리케이드 뒤로 헌병 두 사람이 장총을 어깨에 메고 왔다 갔다 하고 있었다. 도시는 흔적도 없이 사라졌는데 세상은 여전히 움직이고 있었다. 바리케이드 바깥에는 동심원 모양으로 생긴 두꺼운 벽이 광장을 둘러싸고 있었다. 광장 한 구석에 유일하게 네온사인이 켜져 있는 카페가 보였다. '세계는 의지의 반영'이라는 조금 특이한 이름의 카페였다. 네온사인은 신음하는 것처럼 힘겹게 불빛을 내보내고 있었다. 요철은 카페에 가서 초콜릿을 곁들인 에스프레소를 한 잔 마시기로 했다.

카페에는 따뜻하고 조용한 바흐의 〈Coffee Cantata BWV 211〉이 흘러나오고 있었다. 그가 가장 좋아하는 음악이었다. 또 거기에는 그가 상상한 커피 테이블이며, 벽에 걸린 재즈 피아노의 사진 따위가 걸려 있었다. 딱 그가 원한 크기의 카페였다. 갈색 벽돌이 무수히 박힌 한쪽 벽에는 에스허르의 그림이 걸려 있었다. 그것은 독특한 신비감을 주는 그림이었다. 수많은 공기방울 같은 것이 두 사람의 얼굴 주위를 떠돌고 있었다. 까만 우주를 유영하는 듯한 두 사람은 정확히 서로를 보고 있지는 않았다. 입술은 꾹 다물었고 눈빛은 망연했다. 그러나 어딘가 모르게 서로를 응시하는 듯한 눈빛이었다. 특히 여자의 눈빛은 따뜻했고 남자를 사랑하고 있는 듯했다. 두 남녀는 하나의 붕대로 연결되어 있었다. 붕대의 시작과 끝은 알 수 없었다. 그 때문에 둘은 한 개의 생각을 공유하는 것처럼 보였다.

카페에는 손님이 하나도 없었다. 테이블을 닦으러 오거나 주문을 받으러 오는 사람도 없었다. 농담을 건넬 여자가 한 명도 없는 것이었다. 그는 커피를 내렸다. 아직 뜨거웠다. 이곳은 모든 것이 무인시스템이었지만 원래부터 그런 공간은 아닌 것 같았다. 밖에 큰 지진이라도 나서 사람들이 어디론가 다 도피해버린 것 같았다.

녹색 소파 위에 노란 윈드브레이커가 걸려 있고, 누군가 반쯤 마시다 만 것 같은 레모네이드가 반대편 테이블에 있었다. 모든 것이 완벽했다! 에스프레소는 머리를 뒤흔들 만큼 진했고 향기로웠다. 그는 바흐의 음악에 취해서 여자와 침대에서 뒹구는 상상을 하고 있었다. 그는 이제 불알이 몇 개인지 헷갈릴 정도로 여자와 잠을 잔 지 오래된 것만 같았다. 갑자기 딸꾹질이 나왔다. 외로워질 때마다 그는 딸꾹질을 했다. 잠깐 주위를 둘러보았다. 자신을 보는 사람이 아무도 없기에 그는 잠시 자위를 했다. 10회 왕복이었다. 딸꾹질은 어느샌가 멈춰 있었고 오줌이 마려웠다. 화장실은 레모네이드가 있는 테이블의 왼쪽 통로에 있었다. 그는 짐을 내려놓고 그쪽으로 걸어갔다. 그런데 여자 화장실에서 물소리가 요란하게 나고 있었다. 그는 조심조심 화장실 문을 열었다. 그러자 물을 가득 채운 욕조에 한 여자가 옷을 입은 채 물속에 푹 잠긴 것이 보였다. 어깨에는 가방을 메고 있었는데, 터진 부분 사이로 클립이 쏟아져나와 있었다. 그 안에는 알람시계를 포함해, 빗, 나이프, 도자기 저금통, 풍선껌, 클립 이백 개, 계산기, 수동저울, 양말, 핫팩, 잡지, 볼펜, 손톱깎기, 면봉, 팬티, 큐브, 향초, 라이터, 카메라 등이 들어 있었다. 그녀가 필시 수영을 하거나 조개를 따려고 욕조에 들어간 것은 아닌 것 같았다.

'내가 손장난하는 걸 본 거 아냐?'

요철은 이렇게 걱정하며 욕조 안에 손을 집어넣었다. 물은 미지

근했다. 키가 160센티도 안 되어 보이는 여자가 미친 듯이 무거웠지만 그는 온 힘을 다해 그녀를 욕조 밖으로 끌어냈다. 다행히 그녀는 아직 숨을 쉬고 있었다. 그녀는 회갈색 티셔츠를 입고 그에 어울리는 옅은 갈색의 뿔테안경을 끼고 있었다. 그녀에게서는 강한 레몬향이 났다. 그 향기 탓인지, 아니면 그의 천하무적 정자 부대의 활동력 탓인지, 그 순간 요철은 그녀의 가슴에 얼굴을 파묻고 함께 물속에 잠기고 싶은 기분이 들었다. 그는 욕망을 견디며 물에 흠뻑 젖은 티셔츠를 벗겼다. 그런 다음 그녀의 가슴을 여러 차례 압박한 뒤 입술에 숨을 두 번 크게 불어넣었다. 그녀의 입술에는 핏기가 없었다. 요철은 더욱 힘차게 그녀의 입술에 숨을 넣었다. 십 오분쯤 지나자 그녀가 서서히 눈을 뜨기 시작했다. 그녀의 눈동자는 노란색에 가까운 갈색이었다. 그제야 요철은 그녀의 몸을 찬찬히 볼 수 있었다. 그녀의 가슴은 빈약했고 굳게 다문 입술과 빗질조차 제대로 하지 않은 짧은 머리칼에서는 어딘지 모르게 철학적 인상을 풍겼다. 치아는 가지런했고 눈은 옆으로 길게 찢어졌다. 피부는 흰 빛에 가까웠으며 피부에 점 몇 개를 제외하고는 잡티가 없는 것이 인상적이었다. 그녀는 그러잖아도 헝클어진 머리를 일부러 헝클어뜨리는 습관이 있었다. 그녀는 눈빛이 어딘가 공허했으며 그 눈빛으로 상대를 동시에 공허하게 만드는 이상한 힘이 있었다. 강보다는 해변이 어울리고, 영화보다는 책이 어울리는 여자였다. 또한 숲보다는 사막이, 안개보다는 바람이 더 어울렸다. 그녀가 상체를 45도 정도 일으켰을 때는 이미 요철은 머릿속으로 그녀와 해변에서의 진한 섹스가 끝난 뒤였다.

"에에에에에엣취!"

여자가 요철의 얼굴을 향해 한 치의 오차도 없이 재채기를 했다. 푼타를 강타한 거대한 모래 폭풍도 그렇게 강력한 파편을 내뿜지 않았다. 이어서 그녀는 눈물을 쏟아내기 시작했다. 여러모로 분비물이 많은 여자였다. 여자는 물기 젖은 손으로 바닥에 떨어진 물건들을 주섬주섬 챙긴 후 성큼성큼 화장실 문 앞으로 걸어갔다. 그러더니 화장실을 부수고 말겠다는 듯이 그 가엾은 문을 쾅 닫고 가버렸다.

산, 염기 불균형을 가진 남자

율리는 벌써 한 달째 사막에 홀로 사는 이상한 남자가 나오는 꿈을 꾸고 있었다. 그 남자는 어찌 된 영문인지 그녀가 자살하는 꿈을 꿀 적마다 귀신같이 나타났다. 남자는 키가 컸고 모래가 여기저기 들러붙은 머리칼은 어깨까지 치렁치렁 내려와 있었다. 평생 손톱을 한 번도 안 자른 것처럼 손톱이 길었고 검지와 중지 끝에는 때가 잔뜩 끼어 있었다. 눈동자는 밝은 밤색으로, 다들 떠난 집에 홀로 기다리고 있는 강아지와 같은 눈빛을 하고 있었다. 턱은 각진 편이었으나 입 근처에 살짝 들어가는 보조개 탓에 전반적으로 유약한 느낌이 있었고 그에 걸맞게 다리와 팔도 앙상했다. 방금 화재가 발생한 건물에서 탈출한 사람마냥 숨을 쉴 때마다 콧구멍이 막힌 듯한 소리를 내는 버릇이 있었다. 그 버릇은 심하게 천식을 앓던 율리의 할아버지를 떠올리게 했다. 유약한 사내가 나오는 꿈은 매일 밤 연속극처럼 이어졌다. 그녀는 다음번 이야기가 궁금해서 일부러 수면제를 먹고 자기도 했다. 하지만 수면제로 자살하는 것만큼 치욕적인 것은 없었기 때문에 잠과 죽음의 경계를 오갈 만큼의 양만 복용했다.

꿈에서 그녀는 로텍 지하 2층의 빨래방에 앉아 있었다. 빨래방에는 총 세 대의 기계가 돌아가고 있었다. 기계마다 침대시트가 잔뜩 들어 있었다. 그녀는 시트의 주인이 잠시 나간 틈을 타 시트를 세탁기 손잡이에 걸어 목을 맬 생각이었다. 잠시 후 '삐' 소리를 내며 시트가 든 기계가 멈췄다. 그녀는 거대한 물고기를 잡아올리듯이 돌돌 말린 빨래를 끄집어내기 시작했다. 하지만 월척이었는지 빨래는 어지간해선 밖으로 잘 나오지 않았다. 영차, 영차! 율리는 점점 손아귀에 힘이 더 세게 들어가는 것을 느꼈다. 도대체 얼마나 많은 빨래를 집어넣은 거야? 그녀는 벌게진 손을 보며 대체 이 손에 얼마나 많은 세균들이 득시글댈지 걱정스러웠다. 그녀의 빨래가 끝나기까지는 아직 오 분이 남아 있었다. 그녀는 세정제를 사러 가고 싶어 몸살이 날 지경이었다. 누군가 그녀의 시트를 훔쳐갈까봐 걱정이 되었다. 아니, 그보다 그 시트의 주인이 그것을 꺼내 가버리면 어떡하지?

그녀가 고민하는 사이에 빨래의 완료 시간은 이 분 삼십 초밖에 남지 않았다. 그녀는 최소한 이 분 안에 세정제를 사서 돌아와야 했다. 다행히 그 빨래방의 옆에는 대형 마트가 하나 있었다. 거기에서 파는 세정제의 살균력은 그다지 믿음직스럽지 않았지만, 율리에게는 다른 대안이 없었다. 충분히 이 분 안에 세정제를 사갖고 돌아와 자신의 빨래를 안전하게 사수할 수 있을 것이라 그녀는 자신했다. 그녀는 더 지체하지 않고 마트로 달려갔다. 미로처럼 복잡한 마트의 모든 동선을 파악한 뒤 최단거리로 세정제를 사서 계산대 앞으로 달려갔다. 유독 줄 하나가 짧았다. 율리의 바로 앞에 선 덩치 좋은 아저씨는 자그마한 풍선껌을 사려고 서 있었다. 그런데 그 아저씨가 뭔가를 잊고 왔는지 줄에서 이탈했다. 모든 일이 순조롭게 느껴진 순간 그 아저씨의 덩치에 가려 있던 어마어마한 종류의 물건들과 한 할머니가 눈앞에 나타났다. 지금 당장 장례식이 열린다 해도 누구도 이의를 달지 않을 만큼 나이든 할머니였다. 할머니는 갖고 있던 주머니에서 온갖 종류의 동전을 다 펼쳐놓았다. 그러더니 혹시나 계산원이 자신의 소중한 동전을 낚아채지는 않는지 걱정하듯, 동전 하나하나에 침을 발라가며 세기 시작했다. 그 사이, 철저한 시간 관리가 몸에 밴 계산원은 눈 화장을 고치고 있었다. 율리는 시계를 보았다. 생각 같아서는 세정제를 온몸에 바르고 그 계산대에서 도망쳐버리고 싶었다. 할머니가 '저놈의 여편네가 내 동전을 세 개나 훔쳐갔어!'라고 소리를 지르는 바람에 경비가 계산대를 찾아올 즈음에는 벌써 오 분을 훌쩍 넘긴 뒤였다. 율리는 차라리 이 할머니가 심장마비에라도 걸려버렸으면 좋겠다고 생각했다. 그냥 세정제를 두고 자리를 뜨자니 기다린 시간이 아깝기 그지없었다. 모든 일이 끝난 것은 계산원이 자신의 동전 회수대에 있던 모든 동전을 털어 매출 계산서와 영수증을 일일이 대조해보고 이상이 없음을 확인할 무렵, 그 문제적 할머니가 '아, 여기 떨어져 있었네?'하며 자신의 시장바구니에서 동전 세 개를 발견하고 나서였다. 물론 그 동전은 율리가 슬쩍 흘린 것이었다. 덕분에 그녀는 그 계산대의 줄에서 석방되었지만 이미 이십여 분이 흐른 뒤였다. 율리가 세정제를 알로에 진액처럼 뚝뚝 떨어질 만큼 손에 잔뜩 바르면서 빨래방으로 뛰어갔다.

하지만 빨래방 문을 열자, 기이한 광경이 나타났다. 한 남자가 빨래 기계의 손잡이에 시트의 한 귀퉁이를 묶고 반대쪽 깃으로 목을 매고 있는 것이 아닌가! 그녀는 재빨리 달려가 시트를 풀었다. 그러자 목을 매고 있던 남자가 발버둥을 쳤다. 그는 그 안에서 나오지 않으려고 애를 쓰고 있었다. 그는 지난번 욕조에서 자살을 하려고 누워 있던 그녀를 물 밖으로 끌어낸 그 작자였다.

"그만해요! 대체 왜 자살을 하려고 그래요?" 율리가 물었다.

"상관하지 말아요." 남자가 소리를 질렀다.

율리는 있는 힘을 다해 매듭을 풀었고 남자는 시트 밖으로 떨어졌다. 그는 목을 감싼 채 캑캑거렸다. 율리가 그에게 다가가서 손가락을 그의 목구멍 안으로 집어넣었다. 잠시 후 남자는 '으어어억' 하는 역겨운 소리와 함께 끈끈한 이물질을 토해냈다. 거기에는 세트라(hcetra)라는 알파벳이 적힌 약들이 한데 뒤엉켜 있었다.

"왜 그랬어요, 대체?"

"꿈에서 당신을 봤어요. 당신이 괴로워하는 것을 참을 수 없었어요."

남자는 갓 잡힌 물고기처럼 숨을 가쁘게 내쉬며 바닥에 누워 있었다.

"손발이 저리고 머리가 깨질 듯 아파요."

남자가 호소하자 율리는 주변을 둘러보았다. 마침 누군가 먹다 버린 도넛 봉투가 바닥에 널브러진 것이 보였다. 그녀는 봉투를 남자의 입에 갖다대며 최대한 천천히 숨을 들이쉬었다 내쉬라고 말했다. 잠시 후 남자는 서서히 정상적인 호흡을 되찾기 시작했다. 그의 목 주변이 붉게 부어오른 자국을 보면서 율리는 갑자기 뭔가를 깨닫고 말았다.

"기요철씨, 당신은 나와 당신의 꿈을 분리하지 못하는군요. 내가 느끼는 죄의식이 꿈을 통해서 당신에게 그대로 전염되었나봐요."

"그게 무슨 말이죠?"

"이곳에 와본 기억이 나지 않아요?" 율리가 물었다.

"예, 와봤어요, 언젠지는 모르겠지만." 요철은 좀 어질어질한 표정으로 대답했다.

"불쌍한 사람, 당신은 무한루프에 빠졌어요."

"그게 무슨 말이죠?"

율리가 자리에서 일어나며 대답했다.

"여기 계속 있으면 안 돼요. 가면서 얘기할게요. 내 이름은 율리예요."

율리는 그에게 악수를 청했다. 그 순간 요철은 기분이 한결 나아진 표정이었다.

▼ 거래

요철은 여자를 따라 그 광장을 향해 걸어갔다. 벌써 한 달째 같은 길을 걷는 중이었다. 시계탑은 처음에 본 그대로였지만, 시가지의 분위기는 조금 더 부산했다. 가게들은 활짝 열려 있고 오가는 사람들로 북적였다. 한 여자가 커피를 들고 바삐 걸어가다가 요철에게 그것을 쏟을 뻔했다. 그녀는 사과를 하고 지나갔다. 그들은 다섯 개의 거리가 교차되는 중심점에 도착했다. 요철은 어떤 회색 건물 앞에 서서 위를 올려다보았다. '극단 요철'. 간판에는 그렇게 씌어 있었다. 요철은 깜짝 놀랐다. 그 건물의 스크린에 요철의 얼굴을 확대한 사진이 비춰지고 있었던 것이다. 그는 샴푸 광고의 주인공이었다.

광고는 삼십 초 단위로 쉼 없이 흘러나왔다. 그 광고가 끝나자, 오렌지 주스를 광고하는 그의 모습이 또 나왔다. 그다음은 복사기 광고였다. 요철은 그 광고에 나오는 모든 인물이 모두 자신이라는 것을 깨달았다. 광고판만이 아니었다. 그는 신문가판대의 주인공이기도 했다. 그는 저명한 학자가 되어 호박만 한 크기의 얼굴이 신문에 실려 있기도 했고, 반란시위를 일으켰다 체포되어 끌려가는 학생의 얼굴을 하고 있기도 했다. 모든 기사의 끝에 달린 바이라인은 모두 '기요철'의 이름으로 되어 있었다. 상점에 가서 오렌지를 사려고 하자, 그를 닮은 주인이 반갑게 인사를 했다. 주인이 보고 있던 TV에는 대통령이 된 그가 오십 장도 넘는 연설문을 붙들고 연설을 하고 있었다. 주인은 변덕이 심한 사람이어서 요리조리 채널을 돌렸다. 그때마다 또 다른 그가 나타났다. 요철은 방금 한 점 차로 상대를 따돌린 뒤 환호하는 테니스 선수였고, 바람을 피워 부인의 미움을 사는 중년 남성이었으며 삼십 초 만에 간장게장 하나를 먹어치우는 모습으로 인기를 끌고 있는 신인가수였다. 어느 순간 요철은 깨달았다. 이것은 언젠가 그가 상상해본 세계였다. '내 머릿속 세계가 밖으로 튀어나오기라도 한 것일까.'

그때 한 남자가 팸플릿을 들고 다가왔다. 그는 작은 키에, 작은 머리, 그리고 통통한 체격이었다. 머리숱과 눈썹이 헐렁했고 앞니 사이가 넓게 벌어져 있었으며 두꺼운 아랫입술 사이로 침이 잔뜩 고여 있었다. 볼품없는 얼굴 중에 유일하게 빛나는 것은 눈이었다.

"두 분, 오랜만에 외출하신 것 같은데 연극 한 편 보는 것도 나쁘지 않잖아요? U시가 자랑하는 연극이 겨우 1우라예요. 겨우 사탕값이잖아요."

"무슨 행사라도 하나요?" 율리가 물었다.

"평생 기억에 남을 대단한 작품이랍니다. 당신들은 분명히 이것을 보게 될 거예요." 남자가 요철에게 힘주어 말했다.

"왜 그렇게 생각하죠?" 요철이 말했다.

"난 거래할 사람이 눈에 보이거든요. 나와 거래할 준비가 되어 있는 사람들은 보기만 해도 티가 나는 법입니다. 태연한 척하지만 실은 어떤 값에 거래가 될지 불안해 미칠 지경이 되죠. 똥줄이 타지만 아무도 도와주는 사람도 없고요."

요철은 고개를 갸우뚱했다.

"아직 잘 모르는 것 같은데, 로텍의 법칙은 거래이고, 거래의 본질은 쇼라오."

"로텍이라고요? 여기가 로텍입니까?"

"아뇨, 저기 저 공연장 안으로 들어가면 로텍이 나오죠."

요철은 말로만 듣던 로텍을 볼 수 있다는 생각에 약간 흥분이 되었다.

"저 안을 보세요. 관객들이 저렇게 들어가고 싶어 안달이 나 있잖소? 저 사람들은 모두 어떤 목적을 갖고 이곳에 들어왔어요. 이제 당신도 그들처럼 거대한 흐름에 몸을 내맡기게 될 겁니다. 난 이 흐름이 어떻게 될지 이미 알고 있소. 왜냐하면 우리는 이미 거래를 끝냈기 때문이죠. 이것은 틀림없는 사실이에요. 만일 궁금하다면 연극이 끝나고 난 뒤 복도에서 '결과'를 확인해보십시오."

남자는 끈질기게 표를 내 손에 쥐어주었다. 그때 키 크고 예쁘고 젊은 여자가 나타나며 요철의 팔을 잡아끌었다.

"와, 저 당신 팬이에요! 어서 들어오세요."

42

젊은 여자가 손을 갑자기 내미는 바람에 요철은 얼떨결에 악수를 했다.

"어떤 공연입니까?"

"블랙코미디예요. 사람들은 코미디를 좋아하잖아요. 이 연극도 지난 공연이 모두 매진이 됐어요. 지금은 상설공연이 되었고, 오늘이 벌써 3회째라고요."

"정말 1우라가 맞아요?" 요철이 물었다.

"무슨 말씀이세요? 기요철씨가 왜 돈을 내요. 아, 농담도……" 젊은 여자가 웃으며 말했다.

"아이쿠, 저런! 시간이 이리된 줄도 모르고……"

이 수상쩍은 남자는 말을 얼버무리더니, 먼저 극장 안으로 들어갔다. 관객을 이런 식으로 낚아채려 하다니!

"벌써 공연이 시작되었어요. 공연장은 18호에 있어요." 여자가 그렇게 말한 뒤 다음 관객을 향해 다가갔다.

"기분도 우울한데 어서 들어가요."

율리의 말에 요철은 고개를 저었다.

"난 이미 시작된 공연은 안 봐요. 만약 연극의 1막의 첫 부분을 놓친다면 끝까지 그 앞 내용이 무엇이었을까 궁금하게 되잖아요. 이건 내 친부모가 실은 나를 입양한 사람들이고, 실제로 나를 낳은 부모는 어딘가에 따로 떨어져 자신들만의 세계를 일구어가고 있을지도 모른다고 계속 의심하고 불안해하는 것과 다름없어요."

"당신, 입양됐어요?"

"알 바 아니에요. 전 그만 가보겠습니다."

요철이 뒤를 돌아가려 하자 뒤에서 여자가 외쳤다.

"오늘은 내 마지막 날이 될 수도 있어요!"

요철이 돌아보았다. 그녀는 이미 울고 있었다. 눈물샘이 고장난 것인가? 그게 아니면 연기를 지나치게 잘하는 것인가? 요철은 눈물에 무척 약했다. 게다가 사람들의 시선이 벌써 따가웠다. 길거리에서 여자를 울리다니, 이런 호로 자식! 이런 표정들이었다. 요철은 관객을 의식하는 배우였다. 관객의 표정을 보고 다음 대사톤을 결정하는 사람이었다. 그는 할 수 없이 율리를 따라 극장 안으로 들어갔다. 하지만 계단을 걸어내려가는 내내 어쩐지 불안감이 엄습했다. 하지만 끝까지 가봐도 객석은 나오지 않았다. 무대로 들어가는 입구에서 한 남자가 신분증을 요구했다. 요철은 멋쩍은 표정으로 그것을 건넸다. 그러자 남자는 기다렸다는 듯이 요철의 손목 위에 수갑을 채웠다.

"기요철씨, 당신을 상상범(想像犯)으로 체포합니다. 당신은 묵비권을 행사할 권리가 있고 당신 진술은 법정에서 불리하게 적용될 수 있으며 또한 지금부터 변호상(辯護商)을 선임할 권리가 있습니다……"

▼ 어느 총각과의 화학적 교미에 관한 토론

요철은 고백소에서 김오식 수사신부(搜査神父)와 섹스에 관한 대화를 나누고 있다. 두 사람의 모습은 마치 프러포즈를 주고받는 남녀처럼 보인다. 요철은 나무판 위에 무릎을 꿇은 채 죄라는 핏빛 꽃다발을 바치고 있고, 수사신부는 벌집 모양으로 생긴 창문 너머에 앉아 얼굴의 반쯤만 윤곽을 드러낸 채 주저주저하는 모습이다.

"그것 말입니다. 섹……스, 아, 이건 좀 아닌 것 같군요. 저는 그쪽으로 뭐랄까, 경험도 없고, 무엇보다 무척 경솔하단 느낌이 듭니다. 그래서 편의상 단어를 조금 바꿔보겠습니다. 흠…… 화학적 교미가 어떨까요? 섹, 그 뭐시기는 뇌의 어떤 호르몬에 영향을 준다는 건 과학의 정설이기도 하니까요. 물론 수사관이기 이전에 한 명의 신부인 내가 과학을 운운한다는 게 우습지만 말입니다. 화학적 교미라는 단어에 동의하십니까?"

"반쯤은 동의합니다."

"아까부터 당신은 반쯤이라고만 하는군요. '네, 아니오'로만 답해주십시오."

"……"

"됐습니다. 일단 동의한 것으로 알고, 우리 그 파렴치한 화학적 교미에 대해 이야기를 좀 해봅시다. '공익을 해할 목적으로 이율리씨와 화학적 교미를 상상하였다'는 체포 이유에 대해 알고 계십니까?"

"알고는 있지만 납득이 가질 않는군요."

"어떤 점이 말입니까?"

"제가 올해로 서른 살이 됩니다. 매분 매초마다 섹스하는 모습을 상상할 만한 나이는 아니에요. 제가 여기로 온 이유는 잘 압니다. 간밤에 어떤 여자와 섹스하는 상상을 했기 때문이죠. 좀 우습게 들리겠지만 나는 섹스를 성적 쾌락이 아닌 번식과 교미의 일종이라고 봅니다. 제가 가장 이해가 되지 않는 것은 지극히 사적 영역 안에 있던 섹스에 대한 환상이 왜 공적 영역으로 나올 수밖에 없었느냐 하는 것입니다."

"이런 일은 참 나와 맞지 않군요. 나는 여성과 키스해본 일도 없는 총각이니까요."

"혹시 키스를 상상하신 일이 있습니까?" 이번에는 요철이 물었다.

"그럴 리가요." 수사신부가 무미건조하게 대답했다.

"수녀님을 보고도 아무런 욕정이 느껴지지 않나요? 남자라면 자연스러운 건데요."

"그만합시다. 당신이야말로 막내누나의 젖을 빠는 상상을 했음은 물론, 누나의 입술을 성기와 결부시킨 상상을 했더군요. 근친상간적인 상상을 한 것은 생존에 대한 두려움이 번식에 대한 지나친 집착으로 이어진 것이 아닌가요?"

"막내누나와는 피 한 방울 섞이지 않았습니다. 저는 고아로 태어났고, 우리 부모는 전쟁 때 모두 세상을 떠버렸(다고 믿고 있)습니다. 나는 전쟁고아들을 위해 마련된 아동보호소에서 자랐기 때문에 어려서부터 누군가를 사랑할 만한 기회를 대부분 박탈당했습니다. 그럼에도 불구하고 아주 희소하게 몇몇 기회들이 찾아오곤 했습니다. 내가 입양된 것도 그중 하나입니다. 양부모는 집요하게 나의 사랑을 받았고, 그들은 마치 법칙처럼 세상을 떠나버렸습니다. 나는 어느 순간 아무도 사랑할 수 없다는 것을 깨달았습니다. 내가 사랑을 하면 사람들이 떠난다는 징크스가 생겨버렸기 때문입니다. 나는 세상에 태어나기도 전에 버림받은 기분이었지요. 누나를 상상한 건, 조금 그리워서였습니다. 나는 평생 누나를 미워했습니다. 왜냐하면 누나를 사랑하게 되면 누나도 떠나버릴까봐 두려워서 그랬습니다. 누군가와 사랑에 빠진 사람은 상대의 과거, 현재, 미래의 사랑, 상대가 갖고 있는 사랑에 대한 신념과 세계관, 가치 체계 등을 통째로 끌어안아야 합니다. 그러니 사랑은 아픈 것이죠. 아, 이런 이야기를 하는 건 조금 부끄럽군요."

"죄를 인정하는 겁니까?"

"제가 공상을 조금 한 것은 사실입니다."

"맞습니다! 바로 그 공상, 무의미한 상상이 지금은 죄가 된다는 것을 알고 계시는지요?"

"예, 그런데 왜 신부님께서는 여기 계십니까?"

"제가 뭘요?"

"멀쩡한 사람을 붙잡아놓고 키스니, 섹스니 별의별 상상을 다 하고 계시지 않습니까?"

"멀쩡하다고요? 당신도 아까부터 죄를 부분적으로 인정하지 않았습니까?"

"내가 괴짜이고 많은 죄를 저지른 건 사실입니다. 하지만 어떤 것도 법에 저촉될 만한 건 하지 않았죠. 나는 지금껏 죄를 인정하지도, 죄를 부인하지도 않았습니다. 왜냐하면 나는 실제로 범죄를 저질렀거나 저지르지 않았거나, 즉 반쯤만 범죄를 저지른 상태이니까요. 왜냐하면 시간은 무한한 평행선 위에 있기 때문입니다. 나는 미래에 내가 무엇을 할지 모르기 때문에 이렇게 말할 수밖에 없는 거예요. 나는 내 나름대로 최선을 다하고 있습니다."

"죄를 떠나서, 당신이 상상하는 모든 것이 현실이 아니라면 허망하지 않습니까?"

"허망하다고요?"

"그건 거짓이니까요. 현실에는 없는 유령이나 마귀 같은 것에 사로잡히고 나면 허망해지지 않겠습니까?"

"내가 사랑하는 것들을 떠올렸을 뿐입니다. 제가 누굴 죽였습니까? 강간을 했습니까? 거짓말을 했습니까? 저는 아무에게도 피해를 주지 않았어요! 죄는 기본적으로 타인에 대한 피해를 수반하는 것 아닙니까? 상상이 도대체 왜 거짓이고 죄란 말입니까?"

"처음에는 모두들 그렇게 말합니다. 하지만 아무 죄가 없다는 것은 당신이 상상한 것일 뿐입니다. 상상에는 과거의 기억이나 경험을 되살려내는 재생적 상상과 원래부터 없는 사물의 이미지를 눈앞에 그려내는 창조적 상상이 있습니다. 로텍에서 금지하는 상상은 바로 이 창조적 상상이지요. 나는 당신이 단순히 과거를 회상한 것을 탓하는 게 아닙니다. 문제는 창조적 상상이지요. 이 창조적 상상은 공포를 만들어내고 살인을 자행하는 원동력이 되지요. 창조적 상상에는 자체적인 힘이 있어요. 그런 면에서 상상은 질병이자 인식의 장애이자 오류에 지나지 않는 거지요."

"하하하, 이거야말로 상상이라는 인간 정신의 고귀한 활동에 대한 과신이 아니고 무엇입니까? 어느 편집증 환자들이 이 요상한 세상을 만들어낸 겁니다! 어쩌면 로텍법이란 건 '범죄완화특별법' 같은 쓰레기를 만들어내는 우스꽝스러운 사회에 대해 우스꽝스러운 인간들이 대응할 수 있는 유일한 방법이었는지도 모르죠. 하지만 그건 변명이 될 수 없어요!"

"인간이 체험하지 않은 것을 사유할 수 있습니까? 인간이 무엇인가를 상상하는 것은 천국의 사업과 배반되는 행위입니다. 현실의 지각에 없는 사물의 이미지를 재현해내면서 동시에 기억과 지각이 경험으로부터 분리되는 겁니다. 경험과 분리되었다는 점에서 상상은 매우 불완전한 정신활동인 셈이죠. 상상은 대개 두려움, 공포, 후회, 외로움 등에서 기인한다는 것을 부정하진 않겠죠? 과연 행복한 상상이 있을까요? 한번 잘 생각해보십시오. 아무리 행복해 보이는 상상이라도 그 기원을 따라가보면 불행한 상상에 뿌리를 두고 있다는 것을 알게 됩니다. 상상은 그런 면에서 매우 부정적이며 극단적인 정신이지요. 이렇게 온전치 못한 정신활동이 행동으로 표출되면 그게 바로 범죄가 되는 겁니다. 그래서 우리는 기이한 광기에 사로잡혀 앞으로 범죄를 저지를지도 모르는 사람, 즉 잠재적인 범죄자를 가려내고 있는 겁니다. 현실감 없는 현실을 가상이 대신하는 현실 속에서 우리는 살고 있지요. 가상이 현실을 가리고 압도하고 있는 시대 말입니다. 하지만 가상이 현실과 동떨어져 있을 뿐만 아니라 현실을 억압하고 심지어 왜곡한다는 것은 심각한 사회적 문제입니다."

요철은 억지로 꿇고 있던 무릎을 펴서 그 자리에 털썩 주저앉았다.

"좋습니다, 난 쓰레기예요. 방금 쓰레기장에서 산산조각 나는 상상을 했어요. 어쩌시렵니까?"

"아무래도 당신은 내 말을 듣지 않은 것 같군요. 나로선 이 말밖에 해줄 것이 없습니다. 이제 당신은 곧 기소될 것이고 로텍은 이미 당신을 주시하고 있었어요. 당신의 죄는 좋은 값에 거래될 겁니다. 분명히 당신의 죄를 사려는 사람들이 나타날 거예요. 당신은 그저 가만히 기다리고 있다가 자신의 죄를 좋은 값에 파시는 게 낫겠소."

▼
3차 공판

무대에는 키 작은 여자와 키 큰 남자가 앉아 있다. 남자는 검상(檢

商)이고 여자는 변호상(辯護商)이다. 두 사람은 재판상(裁判商)이 앉은 커다란 테이블을 사이에 두고 반대편에서 서로를 바라보고 있다. 배경에 보이는 것은 '로텍'이라는 건물로, 수십 개의 컨테이너를 쌓아 만든 것처럼 보인다. 몇 층이나 되는지는 알 수 없다. 바람이 불자 그 컨테이너들은 한 칸씩 반시계 방향으로 돌기 시작한다. 그것은 바람이 부는 방향과 정확히 일치해 있다. 그때 피고인 기요철이 어리둥절한 표정으로 관객들 앞에 등장한다. 그가 방청석에 앉으려 하자, 교도관이 그를 피고석에 데려다 앉힌다.

재판상: 2322 고단 304 사건에 대해 심리를 하겠습니다. 방청객 여러분들은 휴대폰을 모두 꺼주시고 재판에 집중할 수 있도록 도와주세요. 피고인 기요철, 출석했습니까?

교도관: 예.

재판상: 검상 및 변호상 측도 출석하셨습니까?

양 측: 예.

재판상: 인정신문을 할 테니 피고인은 잠시 일어서 주십시오. 성명이 기요철입니까?

기요철: 예. 그런데 제가 피고 역할입니까?

재판상: 쓸데없는 말 하지 마시고, 주민등록번호가 어떻게 됩니까?

기요철: 930230-7248146입니다.

재판상: 주소는 어디입니까?

기요철: U시 제4구역 52-9번지입니다.

재판상: 원래 주소는 푼타에 있었죠?

기요철: 푼타에서는 주소가 의미가 없습니다. 그냥 숫자로 집 주소가 되어 있을 뿐이죠. 4였습니다.

재판상: 직업은 뭡니까?

기요철: 배우입니다.

재판상: 현재는 무직이죠?

기요철: 구직 중입니다. 아니, 정확히 말하면 지금 극단을 새로 만들려고 합니다.

재판상: 어떤 극단입니까?

기요철: 극단 '요철'입니다.

재판상: U시에 합법적으로 체류할 수 있는 비자나 사업비자가 있습니까?

기요철 : 비자가 필요합니까?

재판상: (눈살을 찌푸리며) 피고인은 본인에 대한 진술이나 신문을 거부할 수 있음을 알려드립니다. 아시면 고개를 끄덕여 주시기 바랍니다. 예, 그러면 자리에 앉으십시오.

재판상: 공판을 시작하기 앞서 전회 공판심리의 주요사항을 우선 고지하겠습니다. 피고인은 로텍법을 위반한 혐의로 기소되었죠?

기요철: 예? 제가, 언제요?

재판상: 피고인은 2322년 1월 27일 새벽 3시경, 루트 사막의 캠프 베어울프 153대대 훈련장에서 여자와 섹스하는 상상한 적이 있습니까?

기요철: 저는 훈련장에 간 일이 없는데요.

재판상: 피고인은 지난 2월 22일 출석요구서를 받으신 일이

있습니까?

기요철: 예. 저에 대한 공익적 위해 사건에 관한 출석요구서가 있더군요. 하지만 저는 그런 일을 한 적이 없기 때문에 잘못 온 서류라고 생각해서 이면지로 활용했습니다. 일을 다시 시작하게 되면 이력서가 필요했고 또⋯⋯

재판상: 그럼 검상 측에서 기소 이유에 대해 간략히 말씀해 주시기 바랍니다.

검 상: 피고인은 로택법 제1조를 위반하여 이 자리에 서게 되었습니다. 주요 기소사항에 관해 말씀드리자면, 피고인은 대사가 자꾸 틀리는 상대 여배우의 목을 조르다가 그녀에게 입을 맞추는 상상을 했으며 이어서 무대감독, 조명감독, 연출가의 엉덩이를 발가벗겨 때리는 상상을 했습니다. 또한 폭파 사건 이후 꾼타 외곽에 있는 고물상에 살면서 마치 호화 대저택에 사는 양 정신의 사치를 누렸습니다. 2322년 1월부터 약 삼 개월간 약혼자가 있는 이율리와 약 열두 차례에 걸쳐 캠프 베어울프 153대대 안의 카페 '세계는 의지의 반영'에 있는 여자 화장실 욕조에서 그녀와 섹스하는 것을 상상했습니다. 이상 세 가지 사항에 대해 피고인 기요철을 기소합니다.

재판상: (기요철을 바라보며) 피고인은 왜 두 차례나 출석 의무를 거부하셨습니까?

기요철: 저는 결단코 이런 자리가 있는지 몰랐습니다. 오늘이 3차 공판이라는 것도요.

검 상: 여기에 피고인이 2월 29일에 U시 서부 경찰서의 사법경찰관 김만석을 폭행하여 전치 2주의 부상을 입히는 상

상을 했다는 진단서가 나와 있는데, 김 경사를 오히려 고소했더군요. 어떻게 된 것입니까?

기요철: 저는 그자를 폭행한 적이 없습니다. 설령 그렇다고 해도, 무고한 시민을 아무 이유 없이 체포한 데 대한 시민적 권리를 행사한 것이 왜 잘못되었는지 모르겠군요.

검　상: 범죄완화특별조치법에 의해 그 권리행사가 무효화되었다는 것을 알고 계십니까?

기요철: 몰랐습니다.

검　상: 피고인은 여러 차례 여자와 섹스하는 상상을 하셨죠?

기요철: 네.

검　상: 무슨 기분을 느꼈습니까?

기요철: 뭐, 그냥 좋았습니다.

검　상: 그래서 그것을 여러 차례 즐긴 거군요. 그것이 범법이라는 사실을 알면서?

기요철: 범법인지 느끼지 못했습니다.

검　상: 느낀 것과 아는 것은 다르죠. 어느 쪽입니까?

기요철: 모르겠습니다. 하지만 여자와 섹스하는 상상을 하는 것이 남에게 피해를 주는 일은 아니잖습니까?

검　상: (서기를 바라보며) 방금 피고인의 답변을 꼭 기록해주시기 바랍니다. (다시 요철을 보며) 피고인은 푼타에 있다가 왜 '사막의 눈물'로 오게 되었죠?

기요철: 일을 구하기 위해섭니다. 푼타에 있는 집이 날아가버렸기 때문입니다.

검　상: 오아시스에 오면 집이 생길 거라고 생각했습니까?

기요철: 아뇨, 새로운 곳에 와서 제 극단을 차릴 생각이었습니다.

검　상: 극단 '오아시스'가 본인의 마음에 들지 않았나요?

기요철: 내용과 상관없이 모든 연극에 '숫자는 인간을 완전하게 한다'는 대사를 꼭 집어넣어야 했다고요! 사실 저도 매일 아침 일어나 소변을 측정합니다. 그날따라 소변에 이상한 게 섞여나오면 종일 기분이 찜찜해서 일이 손에 잡히지 않아요. 그럼 대사도 꼬이구요. 대체 뭐가 인간을 완전하게 한다는 건지…… 상황에도 맞지 않는데, 단지 URAZIL의 표어니까 대사를 억지로 집어넣은 거라고밖에는 설명할 수 없다니까요.

검　상: (서기와 기요철을 번갈아 바라보며) 지금 말씀하신 것이 내란음모상상죄에 해당된다는 것을 아십니까?

변호상: 이의 있습니다. 검상의 문제제기는 본 기소 사실과 아무런 관련이 없습니다.

재판상: 기각합니다.

검　상: 재판상님, 여기서 증인으로 오미영을 부르겠습니다.

재판상: 알겠습니다. 증인은 자리로 나오세요.

여배우 오미영이 증인석에 나와 선서를 한 뒤 자리에 앉는다.

검　상: 성명과 직업을 말씀해주십시오.

오미영: 극단 '오아시스' 소속 오미영입니다.

검　상: 피고인 기요철과 어떤 관계입니까?

오미영: 주연배우로 여러 차례 공연했습니다.

검　상: 공연을 하면서 상대 배우에게서 특별한 점을 느꼈습니까?

오미영: 그는 스태프 모두를 싫어하는 것 같았습니다. 제가 대사를 실수하면 막 몰아붙이기 일쑤였습니다.

기요철: (벌떡 일어서며) 제가 언제요?

오미영: (두려워하며) 저것 보세요. 언제나 저런 얼굴로 저를 바라보았습니다.

기요철: 당신은 언제나 대사를 틀렸잖아! 하지만 난 한 번도 그것 가지고 뭐라고 한 적 없어!

재판상: 피고는 조용히 하세요!

검　상: 피고 말이 사실입니까?

오미영: 제 말은…… 직접 내뱉은 적은 없지만 저를 언제나 한심한 눈초리로 보는 것 같았습니다.

검　상: 그게 무척 가슴이 아팠겠네요.

변호상: 이의 있습니다! 검상이 증인의 말을 자의적으로 해석하고 있습니다.

재판상: 인정합니다. 검상, 주의하세요.

검　상: 예, 그렇다면 증인께서는 기요철이 자꾸 대사를 틀리는 본인의 목을 조르는 상상을 했다는 것을 알았을 때 기분이 어떠했습니까?

오미영: (손을 덜덜 떨며) 정말 무서웠어요. 밤마다 꿈에 그가 나타나 목을 조르는 것 같아 숨을 쉬기도 힘들었어요.

검　상: (재판상에게 서류를 건네주며) 증인이 기요철의 상상으로 인해 정신적 피해를 입었다고 진술한 진술서입니다. 아까 기요철은 상상이 남에게 피해를 입히지 않는다고 했지만, 증인은 이렇게 괴로워하고 있습니다.

기요철: 웃기네요. 제가 저 여자 목을 조르는 상상을 한 건 범죄이고, 저 여자가 내게 목졸리는 상상을 하는 건 합법입니까?

검 상: (기요철의 말을 자르며) 기요철이 당시 상상한 내용이 담긴 자료를 잠시 스크린으로 보시겠습니다.

스크린에 기요철과 오미영의 공연 장면이 보인다. 오미영이 대사를 틀리자 기요철의 목소리가 방백으로 들린다. "저런 바보! 그것도 못하냐?" 기요철이 오미영의 목을 조르는 장면이 빠른 속도로 보인 뒤, 다시 정상 화면으로 돌아온다.

기요철: 저게 내가 상상한 거라구요? 나는 저런 상상을 한 적이 없습니다. 저 자료가 어디서 나왔는지 모르겠군요. 좋아요. 내가 그런 상상을 했다고 칩시다. 하지만……

검 상: 증인께서는 저기 앉은 피고인이 증인을 상대로 폭행은 물론이고 음란한 상상을 수십 차례에 걸쳐 저질렀다는 사실을 알고 계십니까? 여기 보면 키스, 애무는 물론이고, 치마 속으로 손을 넣어……

오미영: 그만! (가방에서 천식 환자용 스프레이를 꺼내 흡입하며) 흐흐흐흡! (바닥에 쓰러진다.) 저는 밤마다 저 사람이 저를 죽일지도 모른다는 생각에…… 흐흐흐흐흡!

재판상: 증인, 계속 증언할 수 있나요?

오미영: 예, 괜찮습니다.

재판상: 언제든 문제가 생기면 손을 들어 교도관을 부르세요. 그럼 계속해서 변호상, 나와서 신문하세요.

변호상: 네. 증인은 2322년 2월 3일에 아졸락을 처방받은 사실이 있습니까?

오미영: 아버지가 돌아가실 것 같다는 소식을 들은 이후 잠이 오지 않았습니다. 또 다음날 공연이 있었고, 또 질책을 받을까봐 두려웠습니다. 불안하고 우울해서였습니다.

변호상: 평소에는 얼마나 자주 약을 처방받았습니까?

오미영: 이 주에 한 번 정도입니다.

변호상: 전부터 우울증 증세가 있었나요?

오미영: 예, 조금 있었습니다.

변호상: 증인은 아버지에게 어릴 때 학대를 받았죠?

오미영: ……

변호상: 말씀해보세요. 어린 시절 아버지로부터 성폭행을 당하고 그후에도 계속 환영을 본 적이 있죠? 여기 진료기록에 나온 것처럼? (서류를 재판상에게 건넨다.)

오미영: 예.

변호상: 아졸락을 술과 함께 복용하면 안 된다는 것을 알고 있었습니까?

오미영: 예.

변호상: 그 사실을 알면서도 2월 3일에 술을 마시고 난폭해진 것은 무슨 이유 때문입니까?

오미영: ……

변호상: 다시 묻겠습니다. 아버지의 사망이 가까워지자 증인은 불안감 때문에 아졸락을 먹었습니다. 평소에 아졸락이 없으면 정상생활을 하지 못할 정도로 트라우마를 안겨준 아버지가 막상 사라진다고 생각하니 오히려 더 불안했던 겁니다. 그 에너지를 폭발시켜줄 힘이 필요했고요. 여기 앉아 있는 증인은 2월 3일 술을 마시고 카지노에서 게임을 하다 돈을 다 날리자 기계를 부쉈고 경비에 붙잡혔죠. 하지만 범죄완화특별조치법에 따라 별다른 조치 없이 풀려났습니다. 왜냐하면 당신에게 정신적인 문제가 있었기 때문입니다. 양극성 장애 말이죠. 인정합니까?

오미영: ……

변호상: 양극성 장애는 조증과 울증이 교대로 나타나는 것을 말합니다. 오미영은 당시 극도의 조증 상태였습니다. 과대망상에 빠져서 주의를 잃고 흥분하는 것이지요.

검　상: 피고 측이 증인의 명예를 훼손하는 발언을 하고 있습니다.

재판상: 기각합니다.

변호상: 제 말씀의 요지는 증인 오미영은 본 재판의 진실을 밝히기에는 부적합한 사람이라는 것을 알려드리려는 겁니다. 이상입니다.

재판상: 양측 의견 잘 들었습니다. 검상 측에서 한 명 더 증인 신청을 했군요. 김오식 수사신부를 증인으로 부르겠습니다.

(김 수사신부가 증인 선서 후 자리에 앉는다.)

검　상: 성함과 직업을 말씀해주시기 바랍니다.

김신부: 김오식 수사신부(搜査神父)입니다.

검　상: 증인은 이틀에 걸쳐 피고인을 고백수사했습니다. 수사 과정 중에 특기할 만한 사항이 있었습니까?

김신부: 예, 그는 뭐랄까, 조금 독특했습니다. 제가 상상범을 한두 명 다뤄본 것이 아닌데도 굉장히 당황스럽더군요. 다른 상상범들처럼 범죄를 부인하는 건 같았죠. 그런데 그는 뭔가 좀 달랐습니다.

검　상: 좀 더 구체적으로 말씀해주시겠습니까?

김신부: 그에게는 악취미가 있더군요. 마치 고백수사를 즐기는 것 같았습니다. 제가 어떤 말을 해도 받아칠 준비가 되어 있었습니다. 그에게는 어떤 범죄인의 자질이 있었습니다. 그의 이름의 한자를 보십시오. 凹凸이라는 그 이름부터가 이미 화학적 교미를 상징하고 있는 것만 같습니다.

기요철: (벌떡 일어나 검상 흉내를 내며) 이의 있습니다. 김오식 수사신부는 지금 무분별한 상상으로 법정을 더럽히고 있습니다!

재판상: 피고인은 재판 중에 함부로 자리에서 일어서지 마시오.

검　상: 좋습니다, 그렇다면 당신은 그가 상상범이라는 사실을 고백하기도 전에 이미 마음속에서 그를 상상범으로 상정하고 있었단 말이 아닙니까? 상상으로요.

김신부: 그와 대화를 해보고 알게 된 명백한 사실입니다.

검　상: 어떤 사실을 말씀하시는 거죠?

김신부: 그는 제게 노골적으로 수녀에게 욕정을 느끼는지 물

어봤습니다.

검 상: 증인이 보시기에 피고인은 정신에 이상이 있는 사람입니까?

김신부: 글쎄요, 의학과 무관한 사람으로서 속단하기는 어렵지만 그가 정신에 문제가 있다고 생각하지는 않습니다. 오히려 그의 논리는 제가 깜빡 넘어갈 정도로 훌륭하게 무장이 되어 있었습니다. 높은 정신의 소유자임에는 틀림이 없습니다. 하지만 증인으로 나온 신부이기에 앞서 URAZIL의 심각한 병폐를 느끼고 있는 시민의 한 사람으로서 기요철과 같은 상상범이 계속해서 출현하지 않을까 걱정이 되는 건 사실입니다.

검 상: 그 걱정에 대한 논리적인 근거가 있습니까?

김신부: 고백수사는 URAZIL이 낳은 최고로 정확한 수사 방법입니다. 고백수사는 범인을 법적 주체로 띄워주기에 충분합니다. 범인이 법률을 인식하고 범죄를 인식하고 그 둘 사이의 균형을 깬 파국의 책임자라는 것을 인식하고 있을 때에만 고백수사가 가능하니까요. 스스로를 심판하게 하는 것보다 더 확실한 증거 확보가 어디 있겠습니까?

검 상: 피고인이 증인의 고백수사를 받는 도중에 입에는 차마 담지 못할 야한 상상을 한 것을 알고 계십니까?

김신부: 예, 저도 그 사실을 알고 깜짝 놀랐습니다.

검 상: 기분이 어떠신가요?

김신부: 당연히 좋을 리가 없겠죠.

검 상: (객석을 향해) 여기 있는 증인은 숱한 상상범들의 고백을 얻어내는 데 성공함으로써 로텍에서 가장 신망 있는 고백

수사로 인정받아왔습니다. 그는 열다섯 시간에 걸쳐 피고인의 참다운 고백을 끌어내기 위해 노력했습니다. 하지만 그 시간 동안 피고인은 더러운 상상을 하면서 소중한 고백의 시간을 날려버린 것입니다. 증인은 피고인이 높은 정신의 소유자라고 하셨는데, 그 정신에는 윤리나 도덕도 포함이 된 것입니까?

김신부: 아닙니다. 저는 오히려 기요철을 위험한 인물이라고 보고 있습니다.

검　상: 그렇게 생각하신 이유가 뭡니까?

김신부: 그에게서 전혀 뉘우치는 기색을 볼 수가 없었기 때문입니다. 오랜 시간 고백수사를 해본 경험에서 말씀드리자면, 범죄자들은 스스로의 감정에 도취되어 고백을 합니다. 그것은 제가 강요한 것도 아니고 오로지 범죄자들이 원래부터 갖고 있던 죄의식의 산물입니다. 하지만 기요철은 신도, 자유의지도, 책임도 인정하지 않습니다. 그는 오직 자유만을 원합니다. 이것은 자유가 아니라 방종이라고 해야 옳을 것입니다.

검　상: 이상입니다.

4차 공판

재판상이 4차 공판의 시작을 알린다. 증인석에 나와 있는 사람은 이율리다. 그녀는 증인석에 앉아 검상에게 인정신문을 받는다. 그것을 바라보는 요철의 표정에는 반가움과 두려움이 섞여 있다.

변호사: 성명과 직업을 말씀해주십시오.

이율리: 캠프 베어울프 153대대 이율리 중위입니다.

변호사: 피고인과 어떤 관계입니까?

이율리: 카페에서 우연히 만났습니다. 제가 화장실 욕조에 누워 있는데 그가 갑자기 들어왔습니다.

변호사: 피고는 캠프 베어울프 153대대 안의 카페 '세계는 의지의 반영'에 있는 여자 화장실 욕조에 자살하려고 누워 있던 이율리를 만나 그녀와 섹스하는 것을 상상했습니까?

기요철, 이율리: (동시에) 아니오! (서로를 쳐다본다.)

변호사: 이율리씨는 어떻게 그렇게 확답을 하시죠?

이율리: 그를 본 건 꿈에서였습니다.

변호사: 꿈에서 봤다고요? 좋습니다. 그렇다면 증인께선 피고인이 약혼자가 있는 증인을 상대로 여러 차례에 걸쳐 키스와 애무, 섹스하는 상상하셨다는 사실을 알고 계십니까?

이율리: 예.

변호사: 알았다고요?

이율리: 왜냐하면 우리는 실제로 그 행위를 했으니까요. 그는 상상을 한 게 아니라 저와 실제로 했어요.

(변호사가 증인에게 다가가 속삭이듯이 말을 건넨다.)

변호사: 증인은 거짓말을 하고 있습니까?

이율리: 그럴 리가요.

변호사: 자, 이제 그럼 증인이 본인 입으로 진실을 말씀해주시

겠습니까? 증인께서는 기요철이 U시가 아닌 푼타 출신이라는 것을 알고 계셨죠?

이율리: 예, 그렇습니다.

변호상: 그런데 왜 군 당국에 고발하지 않고, 그가 계속 불법 체류를 하도록 내버려두었죠?

이율리: 그는 어쩌다보니 이 엉망진창인 바다에 떠밀려 들어온 모래알 같은 존재입니다. 그의 내부는 텅 비어 있습니다. 어쩌면 이미 많은 것이 채워져 더 이상 채울 공간이 없는 이로텍이라는 곳에서 보면 그는 비정상일지도 모릅니다. 하지만 그는 매우 순수한 동시에 상식적인 사람입니다. 인간이 상상을 할 수 있다는 당연한 상식을 가진 사람이요!

검　상: 재판상님! 제발 저 여자가 법정을 더럽히지 않도록 입을 막아주십시오!

재판상: 증인, 계속 그런 식으로 말하다간 본인이 저 피고석에 앉을 수도 있다는 것을 명심하세요.

변호상: 다시 본론으로 돌아가겠습니다. 증인은 그가 무죄라고 주장하는 겁니까?

이율리: 물론입니다. 더 나아가 그는 순수한 사람입니다. 너무도 순수해서 자신의 상상, 자신의 꿈, 자신의 이야기를, 아주 절실하게 믿었을 뿐입니다. 그것이 죄란 말입니까? 그는 자유입니다.

변호상: 이상입니다.

(변호상이 자리로 돌아가고, 재판상이 검상에게 시선을 준다.)

검　상: 증인은 원래 처음 본 남자와 애정관계를 쌓고 다닙니까? 증인에게는 약혼자가 있지 않습니까?

이율리: 그건 본 재판과 아무 상관이 없는 것 같은데요.

검　상: 좋습니다. 그러면 혹시 증인께서는 그 특별한 감정 때문에 피고인을 감싸려고 하는 건 아닌가요?

이율리: 확신할 수 없습니다.

검　상: 뭘 확신할 수 없다는 겁니까? 피고인에 대한 감정입니까, 아니면……

이율리: 잘 모르겠습니다.

검　상: 증인은 왜 피고인에게 마음을 열어줬습니까?

이율리: 그는 저와 닮았어요. 로텍에서는 찾아볼 수 없는 타입의 사람이죠.

검　상: 증인은 한 번 본 사람에 대해 그렇게 잘 안다고 확신할 수 있습니까?

이율리: 여러 번 봤습니다. 꿈에서……

검　상: (피식 웃으며) 이상의 잠꼬대 같은 증언에서도 알 수 있듯이, 증인은 한 여자로서 그의 인간적인 매력에 이끌려 거짓 증언을 하고 있다는 것을 알 수 있습니다. 그리고 아주 뻔뻔스럽게도 피고인의 당시 마음상태에 대해 상상한 것을 이 신성한 법정에서 떠들고 있는 것입니다. 본 검상은 도덕심이 결여된 이러한 거짓 증언을 계속 들을 이유가 없다고 봅니다. 따라서 재판상님께 공식적으로 증인 채택을 무효화하실 것을 요청하는 바입니다.

재판상: 기각합니다. 변호상은 더 할 말 있습니까?

변호상: 없습니다.

재판상: 검상 측은 구형하시겠습니까?

검 상: 피고인 기요철은 세 가지 기소 사실에서 볼 수 있듯이 파렴치하고 계획적으로 상상을 모의해왔습니다. 그 역사는 자그마치 로텍법이 시행된 지난 세월과 거의 맞먹는 시간입니다. 그는 공익을 해할 목적으로 섹스와 살인에 대한 상상을 무단으로 해왔으며, 구직활동이라는 미명 하에 노동을 거부하는 등 U시의 시민적인 삶과 동떨어진 무의미하고 무정부적인 생활을 해왔습니다. 상상을 일삼아온 지난 십여 년의 세월을 돌이켜볼 때, 그는 노동과 시간의 파괴자이며 우리 사회의 규율과 기강, 나아가 혼란과 분열을 거듭하는 위험인물이라 하지 않을 수 없습니다. 그런 이유로 피고인 기요철에게 징역 10년을 구형하는 바입니다! 아울러 증인석에 나온 이율리씨를 로텍법 제1조를 위배한 상상범으로 기소합니다.

(로텍의 사법경찰관이 이율리를 증인석에서 끌어내 팔목에 수갑을 채운다. 이율리는 별다른 저항 없이 법정 밖으로 끌려 나간다. 기요철이 그녀를 따라가려다가 교도관과 경찰관에 의해 저지당하고 방청석에서 야유가 쏟아진다. 재판상이 법정의 한바탕 소란을 가라앉히기 위해 의사봉을 여러 번 두드린다.)

재판상: 자자, 조용히 하세요! 피고 측, 최후 진술하세요.

기요철: 없습니다.

재판상: 피고는 자리에 앉으시오.

(재판상이 양측의 검상과 변호상을 앞으로 불러들인다. 그는 셋만 들을 수 있는 작은 목소리로 말한다. 상의가 끝난 뒤 그는 검상과 변호상을 원래 자리로 돌려보낸다.)

재판상: 오늘 공판 절차는 이것으로 마치겠습니다. 판결은 로텍의 공식 규정대로 선고하겠습니다.

▼▼
판결문

재판이 끝난 뒤, 요철은 18호 법정 복도의 왼쪽 구석에 놓인 자판기에서 50우라를 넣고 판결문을 인쇄했다.

요철은 판결문을 아무리 읽어봐도 도대체 어떤 판결이 내려졌다는 것인지 알 수가 없었다. 그는 이 객관적인 사각형을 한참 동안 쳐다보았다. 이 사각형이 바로 그 예언된 '결과'란 말인가. 이상했던 것은 판결문이 출석요구서보다 한 달이나 앞서 있었다는 사실이다.

'이것이 과연 현실에서 일어날 수 있는 일이란 말인가?'

요철은 의자에 우두커니 앉아서 이런 생각에 빠졌다.

'리얼리티란 게 무엇인가. 그것은 실재하는 모든 경험에 대한 인식이다. 하지만 그것은 객관적 현실이라기보다는 우리의 일상에서 시작되어 정신의 세계, 즉 꿈의 세계마저 포괄한다. 왜냐하면 그것들은 모두 인식의 영역 하에서 실재하는 경험이기 때문이다. 오감뿐 아니라 영감이나 직관이 리얼리티에 다가가게 하는 하나의 방법

판결문

사건번호 2322 고단 304
피고인 기요철

형식적인 내용을 위해 작성한 사실적인 내용
농담 따위는 전혀 없음

2322. 1. 28.

U시 로텍 중앙지방법원 형사 제2(단독, 부)귀중

이 될 수 있다. 아니지, 지금처럼 위험과 위선이 가득한 시대에 리얼리티가 있는지 물어보는 것이 가당키나 한 일인가? 현실의 고달픔은 우리가 인생을 끊임없이 부정하게 만들어 지치게 한 다음, 끝내는 자기 스스로 인생이라는 연극 밖으로 나가떨어지게끔 만들고 있다. 이쯤에서 허구라는 것이 리얼리티를 압도하며 등장하는 것은 어찌 보면 자연스러운 수순이다. 확실한 것은 체포-수사-재판에 이르기까지의 일련의 과정들은 리얼리티가 아니라 리얼리티를 드러내기 위한 리얼리티처럼 보인다는 사실이다.'

요철은 갑자기 벌떡 일어났다.

'그렇군, 이건 한마디로 현실의 리얼리티가 아닌 연극의 리얼리티야!'

그는 전에도 즉흥연극에 배우로 캐스팅된 적이 있었다. 대본도 없이, 단순한 설정과 기본 뼈대만 주어지고 나머지는 오로지 배우들이 끌고 가야 하는 연극이었다. 하지만 이것은 훨씬 더 특이했다. 캐스팅 방식만 해도 그러했다. 출연료 얘기도 전혀 없고 기본적인 설정조차 언급되지 않았다.

'이제야 좀 말이 되는군. 어쩌면 이 연출가는 상당한 괴짜일지도 모르겠어. 아니, 어쩌면 배우에게 모든 가능성을 열어주었다는 점에서 천재인지도 모르지. 내 연기가 어땠더라? 재판 내내 표정관리가 잘 안 됐던 것 같은데? 뭐, 하지만 아직 초반이잖아. 알 파치노가 했어도 그 이상은 못했을 거야.'

요철은 휘파람을 불며 판결문을 접어 비행기를 만든 뒤 건물 밖으로 날려버렸다.

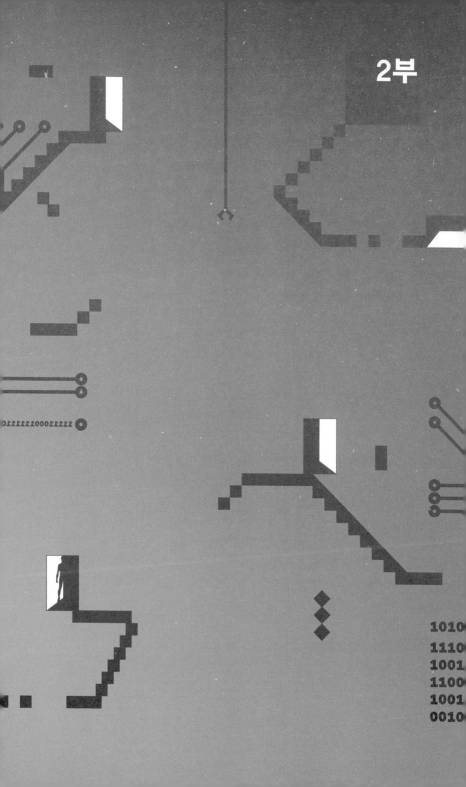

2부

▼ 로텍의 규율

"당신은 벌금 150만 우라와 징역 6개월, 이 년간 집행유예 및 보호관찰, 그리고 상상금지교육 400시간을 받았소. 벌금낼 돈이 없어서 육 개월간 로텍에서 노역을 살기로 하는 데 동의했고요. 이제 로텍에 들어온 이상 당신은 '입주자'로 불릴 겁니다. 당신의 이름이나 과거의 직업 따위는 전혀 중요하지 않습니다. 타인과 구별하기 위해 당신에게 '2322 고단 304'라는 고유번호를 부여했습니다. 이곳은 로텍 안의 셀(cell)이고 당신은 상상범 304입니다."

······라고, 보호관찰관 어지순은 말했다. 그는 머리가 하얗게 새어버린 오십대 초반의 남자였다. 그는 셀의 구석구석을 살폈다. 하

지만 감시 카메라 렌즈 모양을 하고 있는 것은 아무것도 없었다. 셀의 구석에는 녹색 천으로 덮인 퀸 사이즈 침대가 놓여 있었다. 중앙에는 대리석으로 된 책상과 그에 어울리는 묵직한 의자가 놓여 있고 그 옆에 19세기 러시아 소설과 희곡집이 몇 권 꽂힌 책장이 있었다. 침대 반대쪽 구석에는 셀의 밝은 분위기와 어울리지 않는 낡은 갈색 가죽 소파가 놓여 있었는데 어쩐지 요철은 그 소파가 가장 눈길이 갔다.

"아시다시피 로텍에서는 상상을 금지하고 있습니다. 과학적 사실조차 오류가 있으면 상상으로 간주합니다. 만일 당신이 상상을 했다고 생각하면 이 빨간 버튼을 누르고 반성문을 써야 합니다. 시간은 반성문 작성과 동시에 자동 기록됩니다."

그는 요철에게 동그랗고 빨간 버튼이 달린 목걸이를 주었다.

"뭔가를 상상한다는 느낌이 들 때마다 재빨리 이 버튼을 누르십시오."

요철은 그것을 받자마자 버튼을 눌렀는데 갑자기 스피커에서 이런 음성이 들려왔다.

"오전 9시 5분 상상범 304가 빨간 버튼을 주먹으로 부수는 상상을 했습니다."

방송이 끝나기를 기다렸다가 어지순은 이렇게 말했다.

"들으셨다시피 당신이 상상하는 것은 모두 기록될 뿐 아니라 전 로텍에 방송이 됩니다."

"카메라는 어딨습니까?"

"당신의 상상 중추가 흥분할 때마다 '데우스 엑스 마키나(Deus ex machina)'가 집중적으로 활동합니다. 데우스 엑스 마키나의 감시에 따라 우리는 당신이 상상하는 모든 것을 보고 듣고 알 수 있습니다."

요철은 기침을 쿨럭했다. 그는 거울 뒤를 살펴봤지만 이쪽을 보는 시선은 느껴지지 않았다. 셀의 문은 잠겨 있지도 않았고 그의 손목을 압박하는 팔찌 따위도 없었다. 표면적으로 그는 자유였다. 이 셀의 구조 역시 그가 예전에 살던 방과 전혀 다를 바가 없었다. 마감 처리나 몰딩, 도배도 잘 되어 있었다. 단지 새집에 왔을 때처럼 자극적인 냄새가 나긴 했지만 그로 인해 두통이 생긴다든가 하는 일은 없었다.

"셀은 로텍의 기숙사나 다름없습니다. 만에 하나, 제한된 셀에서 무단이탈을 하게 되면 응당한 벌을 받게 됩니다. 하지만 스스로 이탈 사실을 인정하고 로텍의 사법위원회의 심의를 받은 뒤, 앞으로 이탈하지 않겠다는 서약서 열 군데에 지장을 찍고 나서 로텍 5층 서무과에 가서 백 가지 규율을 다 외웠다는 증명서와 함께 제출해야 합니다. 그리고 모든 상상범은 매주 일 회씩 '대화의 시간'을 갖습니다. 일주일간 저지른 상상을 반성하고 다른 입주자들과 그에 대해 대화하는 시간이지요. 대화의 시간을 마치면 서무과 직원이 '인증'이라고 찍힌 도금된 동그란 배지를 줄 것이고 당신은 그것을 받았다는 서류에 사인만 하면 됩니다. 이것이 일반적인 로텍의 일정입니다. 만일 상상을 한 것이 탄로 날 경우 매회 노란 배지를 받게 되고, 배지가 세 개일 때는 수사신부에게 고백수사를 받게 됩니다. 만일 중범죄일 경우, 고백수사 후에 격리실로 이동 조치됩니다. 그럼, 이 문서를 받으시죠."

로텍에서 지켜야 할 규율

하나, 모든 의도적 상상은 금지된다.
　　(단 재생적 상상은 회상의 가치가 있을 때만 허용된다.)
둘, 사상적 탈출은 엄하게 금지된다.
셋, 입주자는 금기어를 잘 알고 있어야 한다.
　　('만일' '만약에' '혹시라도' 등의 단어는 금지된다.)
넷, 매주 정규 재활치료 및 교육을 받는다.
.
.
.

마흔둘, 섹스에 대한 상상은 금지된다.
.
.
.

여든일곱, 닭과 성교하는 상상을 해서는 안 된다.
.
.

아흔아홉, 모든 꿈은 기록된다.
백, 생각을 하되 상상을 섞지 말라.

(상기 규율을 매일 아침 묵상 시간마다 외울 것.)

그것은 세 장 분량의 종이로 되어 있었다. 요철은 여든일곱 번째 조항을 제외한 나머지 조항은 전혀 이해가 되지 않았다. 특히 마지막 백 번째는 말이다.

"헌데, 2막이 되도록 어떻게 대본이 없어요? 러닝타임도 모르겠고."

"대본이 있다는 말은 처음 듣는데요?"

"역시 즉흥극이란 말씀이네요. 그렇죠?"

어지순은 잠깐 주춤했다. 그가 말하는 것을 이 입주자가 제대로 알아듣는지 의문이었다. 하지만 그는 계속 말을 이어나갔다.

"당신은 이곳에서 사회봉사를 하게 될 것입니다. 내일 작업장에 가시면 무슨 일인지 그쪽에서 알려줄 것입니다. 반성문 작성과 사회봉사활동, 정해진 교육 및 고백수사 시간을 제외하면 당신이 반드시 지켜야 할 의무는 거의 없다고 해도 과언이 아닙니다. 당신은 어디든 갈 수 있습니다. 누구든 만날 수 있습니다. 단지 나는 당신의 상상을 관찰만 할 뿐입니다. 그러니까 셀에서의 생활은 군이 말하자면 반쯤은 자유로운 연금과 흡사한 것이라고 생각하면 될 겁니다."

"자유로운 연극이란 말이죠?"

"아뇨, 자유로운 연금 말입니다. 우린 상상범에게 외부와의 만남을 열어두고 있으니까요."

요철은 셀의 곳곳을 예리한 눈으로 살펴보았다.

"아아, 그러니까 여기가 주연배우 대기실이라는 거죠? 그럼 상대 여배우는 어딨죠?"

"예에?"

어지순은 이상한 느낌을 받았다.

"당신은 도무지 아는 게 없군요. 질문 하나 해도 됩니까?" 요철이 그를 의심스러운 눈초리로 바라보면서 물었다.

"예, 하세요."

"제가…… 어떤 이유에서 상상범 역으로 낙점된 겁니까?"

"글쎄요, 그건 제 담당이 아니어서 잘 모르겠군요."

"그렇다면 이 판결문이라도 좀 이해가 가게 설명해주실 수 있습니까? 전 법정물은 처음이어서요."

"법정물이요?"

"제가 명색이 주연배우인데 작품의 내용을 파악하지 못한다면 문제 아닙니까? 이걸 누구한테 물어봐야 하죠?"

"저도 제 전문 분야가 아닌 건 잘 알지 못합니다. 저는 당신이 사회봉사를 하는 내내 따라다니며 관찰하는 일을 할 뿐입니다."

요철이 보호관찰관을 미심쩍은 눈으로 훑고 나서 이렇게 말했다.

"혹시 남을 귀찮게 하는 편인가요?" 요철이 물었다.

"아니오."

"설마 치실을 쓰고 아무 데나 버리는 몰상식한 인간은 아니죠?"

"아니, 그럴 리가요."

"아침에 일어나 체조를 하십니까?"

"아니오."

"볼일을 볼 때 노래를 흥얼거리시진 않고요?"

"아니오."

"실없는 농담을 늘어놓는 편이에요?"

"그런 편이죠."

"그렇다는 거요, 아니란 거예요?"

"그럴 수도 있고 아닐 수도 있지요."

요철은 께름칙한 표정을 짓더니 기이한 질문을 계속 해댔다.

"혹시 스케줄표를 작성할 때 연필을 써요? 아니면 볼펜을 써요?"

"스케줄표는 따로 쓰지 않는데요."

"아아니, 만일 쓴다면 말입니다."

"'만일'이라는 단어는 로텍의 금기어입니다. 그렇게 손쉽게 쓰다 간……" 지순이 뭐라 생각하건 말건, 성가신 면접관은 다음 질문에 골몰했다.

"만일 쓰다가 틀리면 지우개로 지울 예정이시오?"

"전자노트에 쓰면 되겠지요."

남자는 말을 마친 뒤 서류가방에 있던 전자노트를 요철에게 건네 주었다. 그것이 반성문 노트인 모양이었다. 전자노트 위에는 푸른 형광물질로 빛나는 글씨가 물결처럼 흐르고 있었다. '지옥을 천국으로 바꾸는 것이 회개이다.'

"아, 그렇지! 재치가 있으시군요."

전자노트를 받아든 요철은 표정이 한결 밝아졌다.

"나도 지우개라면 질색이에요. 고무가 뇌에 치명적이라는 연구 결과가 있거든요."

그는 잠시 암산을 하더니 다음과 같이 말했다.

"면접은 이걸로 끝났어요. 축하드립니다. 방금 내 매니저로 발탁 되셨습니다."

"매니저요?"

"아무래도 연출이랑 얘기를 좀 해봐야 할 것 같은데…… 데우스 엑스 마키나씨라고 했나요? 그분 연락처 있어요?"

"연출이요? 흠…… 정 그러시다면 우선 서무과에 연락해보시죠. 방법을 가르쳐줄 겁니다."

"내선번호가 어떻게 되죠?"

"통화 버튼을 누르시고 0번을 누르시면 됩니다."

어지순은 그렇게 말한 뒤 돌아나가려다 가방에서 하얀색 약통을 꺼내 책상 귀퉁이에 올렸다.

"매일 아침 이걸 복용하시오. 이건 세트라(hcetra)라고 하는 거요."

약통에는 새끼 손톱만 한 크기의 작은 연둣빛 알약이 가득 담겨 있었다.

"저는 비타민도 필요 없는 튼튼한 몸인데요?"

"이것은 실험적으로 개발된 약입니다. 상상범을 위해 치료용으로 만든 거니 의심하지 말고 드세요."

"지금 먹을까요?"

요철은 약을 먹는 척하고 혓바닥 아래 약을 끼웠다. 보호관찰관은 입을 열라고 하더니 귀신같이 약을 찾아냈다. 그는 요철에게 노란 배지를 주며 왼쪽 가슴에 채워주었다.

"앞으로 또 이런 일이 적발되면 바로 고백수사를 받게 될 거요."

"잘 몰라서 그러시나본데, 원래 연극에선 다 이렇게 해요. 먹는 척만 할 뿐이라고요. 아까 당신 연기는 좀 어색했어요. 배우는 몸을 써야 하는 거요. 특히나 연극은 무대가 한정돼 있기 때문에 관객들이 배우가 뭘 하는지 알 수가 없어요. 그렇게 눈만 바르르 떨고 있으면 안 돼죠. 그때 그 협잡꾼 연기부터 뭔가 어색하더라니."

"뭐라고요?"

"모른 척 마세요. 날 이 극장으로 데려온 건 당신이잖아요. 난 단지 관객으로 왔을 뿐인데, 갑자기 배우가 돼버렸어요. 뭔가 착오가 생겼는지 모르지만, 시도는 좋았어요. 이제 모든 사실을 좀 밝혀주세요."

"무슨 말씀이신지 전혀 못 알아듣겠습니다."

기요철은 보호관찰관의 머리부터 발끝까지 찬찬히 관찰하기 시작했다. 하지만 그가 거짓말하는 것처럼 보이지 않았다. 요철은 할 수 없이 보호관찰관이 보는 앞에서 세트라를 꿀꺽 삼켰다. 그제야 보호관찰관은 만족한 듯 돌아갔다. 그가 사라지자 요철은 손가락을 넣어 목구멍에 걸려 있던 약을 도로 뱉어내 버렸다. 그런 다음 책상 위에 놓인 연극 관련 타블로이드를 들고 소파 위에 길게 누웠다.

멍멍!

어지순은 로텍 측으로부터 그 '부탁'을 받아들인 것이 과연 잘한 것인지 의문이 들었다. 기요철은 지순의 예상보다 훨씬 더 미친놈처럼 보였다. 그가 여러 차례 수사를 당하면서 머리가 약간 이상해진 건지, 원래부터 미치광이였는지는 알 수 없었다. 어찌 됐건 어지순은 기요철이 더 이상 상상을 하지 못하도록 단단히 감시해야겠다는 생각을 했다.

원래 어지순은 목수가 되려고 했었다. 그의 아버지는 푼타에서 삼대째 내려오는 목공소를 운영했다. 지순은 어려서부터 나무를 장난감 삼아 놀았다. 매일 아침 나무 조각을 크기와 모양대로 정리하고 각각의 나무에 목판용 종이를 붙이고 그 모양에 따라 조각품을 만들기도 했다. 하지만 그는 자기 대(代)에서 가업이 끊기리라는 것을 알고 있었다. 오른손의 검지, 중지가 서로 달라붙어 있는 합지증이었기 때문에 섬세한 작업을 할 수가 없었던 것이다. 사람들은 그 때문에 그를 '물갈퀴'라고 놀렸다. 그는 손재주가 나쁜 편은 아니었지만, 결국 나무가시에 몇 번 손가락을 찔렸다는 이유로 목수를 관두기로 결심했다. 그는 비상한 손재주를 다른 데 써먹었다. 그는 한때 전기공으로 먹고살았는데, 전기 설비를 점검하러 들어갔다가 그 집의 패물을 훔쳐 나오는 것이 주된 수법이었다. 그는 총 스무 번의 범죄를 저질렀고 그중에 열여섯 번 체포됐다. 그는 이렇게 해서 한 달에 열흘 이상을 여행 다녀도 될 정도로 꽤 많은 돈을 벌었다.

그에게는 자식이 열두 명이나 있었다. 벌써 세 번이나 결혼했고 우연찮게도 부인들은 모두 다산이었으며 각기 다른 이유로 그를 떠나버렸다. 그는 운명이 자신의 편이 아니라고 생각했다. 여사들 덕분에 그는 혼자 힘으로 열두 명의 자식들을 먹여살려야 했다. 그는 안 해본 일이 없었지만 단 한 번도 아이들에게 좋은 아버지라는 소리를 듣지 못했다. 그는 억울했다. 그는 아버지가 자신에게 그러했듯이, 자기 자식들을 끔찍이 사랑했을 뿐이었다. 자식들에게 의식주를 마련해준 뒤 그는 교도소에 들어가 평생을 살 생각이었다. 자식들에게 손을 벌리고 싶지 않을뿐더러, 나이 들어서 일하기도 싫었던 터였다. 원체 인간관계가 협소하고 광장공포증이 있었던 그에게 교도소만큼 여생을 환상적으로 보내기에 좋은 장소는 없었다. 그런데 아끼는 딸 둘에게 병이 있다는 것을 알았다. 하나는 척수염, 다른 하나는 백혈병이었다. 그는 이미 가산을 거의 탕진한 터라 병원비를 감당할 여력이 없었다.

어지순은 젊은 시절 버릇을 버리지 못하고 마지막으로 크게 한탕을 벌이기로 했다. 살인을 결심했다. 하지만 그는 새가슴이어서 바퀴벌레 한 마리도 죽이지 못했다. 하지만 종신형을 살기 위해서는 그는 어쩔 수 없이 살인을 저질러야만 했다. 그는 삼대째 공구를 모아둔 창고로 내려갔다.

"식칼? 정? 못? 줄? 아니, 아니 이 쇠톱이 좋겠어. 이건 아무도 쓴 흔적이 없으니까."

지순은 중얼거리며 쇠톱을 유리 찬장에서 꺼냈다. 대 자와 중 자 크기의 쇠톱이었다. 문제는 대 자 크기의 쇠톱이 너무 긴 나머지, 그가 아끼고아끼는 크로스백에 들어가지 않는다는 점이었다. 그는 쇠톱을 반으로 자를까 생각해보았다. 하지만 반으로 줄어든 쇠톱으로는 커다란 무 하나도 자르기 어려워 보였다. 다행히 쇠톱은 쉽게 휘는 재질이었다. 그는 크로스백이 최대한 다치지 않게, 쇠톱을 적당히 반으로 휘게 한 다음 그것을 가죽 천으로 싸서 가방에 넣었다. 그는 가방을 메고 밤중에 거리로 나섰다. 그는 고민을 거듭하다가 교도소를 털기로 했다. 그가 교도소에 있을 때 그를 '물갈퀴'라고 놀리던 교도관이 있었다. 지순은 그의 목을 쇠톱으로 자르기로 결심했다.

그런데 문제가 생겼다. 오랜만에 도착한 교도소는 철통 보안이었다. 범죄 차단을 강화한다는 목적으로 교도소의 입구에 들어가기까지 비밀번호를 열세 번이나 눌러야 했다. (이 사실을 알아내기까지 그는 은퇴한 형사에게 위스키를 세 번이나 갖다줘야 했다.) 그는 번호를 세 개까지 알아내고 나서 지쳐버렸다. 그는 마음을 새로 먹었다. '그 교도관이 그렇게 나를 자주 놀린 건 아니었어. 게다가 그 인간은 집에 돌아갈 때 매일 딸아이에게 선물을 사다줄 정도로 마음씨가 따뜻했잖

아.' 그는 스스로에게 설득당했다. 그는 나머지 열 개의 번호를 알아
내느니, 차라리 새로운 피해자를 고르는 게 낫겠다 싶었다. 그는 사
십육 년간 살아오면서 자기한테 잘못을 저지른 사람들을 가나다순
으로 정리하기 시작했다.

'흠, 내 첫사랑이 여기 있군. 이 년은 내 얼굴을 보고 마시던 음료
를 토했지. 그게 오렌지주스던가? 우유던가? 어쨌든, 이번엔 내가 그
은혜를 꼭 갚아줄 테다.'

그는 쇠톱 두 개가 든 크로스백을 메고 현재 그녀의 주소지로 찾
아갔다. 그런데 하필이면 그날이 그녀의 이삿날이었다. 지순을 보고
토했던 첫사랑의 그녀는 쌍둥이를 앞뒤로 업은 채 이삿짐을 나르고
있었다. 지순은 이삿짐 직원인 척 그녀에게 다가갔다. 사람들이 이
삿짐을 옮기느라 정신이 없을 때 그는 들고 있던 빈 상자 안에 있던
쇠톱으로 그녀를 찌를 생각이었다. 하지만 겨우 찾아낸 거라곤 케이
크 정도나 들어갈 만한 빈 상자뿐이었다. 그는 쇠톱 가운데 작은 것
을 넣었다. 그러고 나서 상자 아래로 손을 집어넣은 채 그녀 앞에 가
져갔다. 그녀는 지순을 한눈에 알아보았다 "어머, 물갈퀴! 이거 오랜
만이야." 여자는 쌍둥이를 안은 채 그에게 다가와 악수를 청했다. 귀
여운 아기들을 본 순간 그는 차마 상자 안에 있던 쇠톱을 밖으로 꺼
낼 수가 없었다. 아이들의 발이 다치지 않게 이리저리 각도를 조정
해보기도 했으나 그녀의 살갗까지 톱이 닿기에는 무리였다. 게다가
그녀는 "무슨 선물을 또 갖고 왔어, 앤!" 하면서 지순의 가슴팍에 있
던 상자를 그냥 가져갔다. 상자를 열어본 첫사랑은 다소 실망한 눈
치였다. "나중에 짐 풀 때 쓰라고." 지순은 얼버무렸다. 그렇게 그의
첫사랑과는 영영 이별하고 말았다.

두 번의 살인 시도가 실패로 끝나자, 그는 사람을 죽이기에는 자신이 지나치게 온정적이고 마음이 약하다고 생각했다. 그는 사람을 죽이는 대신 동물을 죽이기로 했다. 그래서 푼타에서 제일 큰 동물원에 갔다. 그는 처음에는 새끼 다람쥐를 죽이려고 했다. 하지만 새끼 다람쥐 우리 앞에는 세 살짜리 아이들이 우글우글했다. 게다가 새끼 다람쥐 하나 죽은 것은 동물원에서 팝콘을 파는 아르바이트생도 눈치채지 못할 것 같았다. 이래서는 곤란했다. 치타에게는 물어뜯길 것 같고, 호랑이나 곰에게는 잡아먹힐 것 같고, 기네스북에 오를 만큼 몸집이 큰 인도코끼리에는 밟혀 죽을 것 같았다. 그 어마어마한 똥이라니! 지순은 한 시간도 넘게 첫 살생의 대상을 찾았으나 실패하고 말았다. 그가 집으로 돌아가야겠다고 마음먹었을 때 구석에 있던 작은 건물이 보였다. 그곳은 열대 지방 동물들이 서식하는 곳이었다. 앵무새나 작은 원숭이들이 그곳에 서식했다. 그의 눈을 사로잡은 것은 암컷 기번원숭이였다. 그놈의 원숭이는 우울증에 걸린 것처럼 유리벽 앞에 웅크리고 있었다. 그네를 타지도 않고, 묘기도 부리지 않아서 사람들에게 전혀 인기가 없었다. 사육사도 다른 놈들에게만 모이를 던져주고 어디론가 가버렸다. 게다가 크기도 지순의 키의 반만 해서 한번 해볼 만하였다. 만일 덤빈다 해도 쇠톱으로 제압할 수 있을 만한 크기였다. 그는 동물원을 나가서 수면제를 산 뒤 해질 무렵 동물원으로 돌아왔다. 그는 사람들이 없는 시간에 몰래 그놈의 우리 안에 들어갔다. 그놈은 사람이 들어오든 말든 신경도 쓰지 않았다. 지순은 우리 구석에 있는 나무 뒤에 숨어서 밤이 되기를 기다렸다. 사육사마저 돌아가자 그는 수면제를 물에 타서 원숭이에게 먹였다. 잠시 후 원숭이가 잠들었을 때 지순은 쇠톱을 꺼냈다. 그는 비명 소리 한 번 내지 않고 기번원숭이를 저세상으로 보내버렸다. 피가 흥건하게 나왔지만 알 바 아니었다. 그는 오히려 CCTV에 자신의 모습이 잘 찍혔을지 걱정하며 집으로 돌아갔다.

그는 다음날 자백을 하러 경찰서에 갔다가 날벼락 같은 소식을 들었다. 푼타의 마지막 경찰서의 마지막 남은 경찰은 마지막 짐을 싸고 있었다.

"자수하러 왔습니다. 어제 동물원에 있던 원숭이 한 마리를 죽였습니다."

"자넨 뉴스도 안 보나? 방금 전에도 열여섯 명을 연쇄 살인했다고 자수하러 온 살인용의자를 돌려보냈네."

"뉴스라뇨?"

"아니, 범죄완화특별조치법 얘기도 못 들었어?"

"그게 뭡니까?"

"돌아가요, 영업 끝났소."

어지순이 끈덕지게 매달리자 경찰은 범죄완화특별조치법이며, 로텍법 따위에 대한 이야기를 들려주었다.

"범죄완화특별조치법이라고? 이게 뭔 우라질!"

어지순은 착실히 적립해두었던 전과 16범 기록도, 전날 저지른 살생의 흔적도 모두 무효화되었다. 그는 인생이 절단나버렸다고 생각했다. 이제 교도소에서 노후를 편하게 보내려던 그의 계획은 모두 틀어져버렸다. 우울증에 걸린 불쌍한 기번원숭이만 아깝게 목숨을 잃은 것이다.

지순이 인간성 측정이라도 해달라고 조르자, 푼타 최후의 경찰은 짐을 쌌던 상자를 도로 풀어 기계를 가져왔다. 그는 긴장된 마음으로 인간성 측정기에 손을 올렸다. 그리고 1000mpg라는 숫자를 보고 머리털이 다 뽑히는 것 같은 충격을 받았다. 푼타 시민의 평균 인간성은 10mpg에 불과했다.

"이 정도면 거의 성인군자 수준이네."

경찰이 웃으며 말했다.

그로부터 사흘간 지순의 머릿속에는 생계문제 해결에 대해 걱정이 떠나지 않았다. 한번 걱정이 들기 시작하면 걱정이 꼬리에 꼬리를 물었다. 걱정이 없으면 걱정거리를 하나라도 만들어야만 안심이 되었다. 그는 고민에 고민을 거듭하다가 지난번에 위스키를 사다준 푼타 제4구역 출신의 은퇴한 경찰에게 찾아갔다. 그는 지순이 일곱 번째, 열세 번째 좀도둑질로 잡혀갔을 때 그를 직접 푼타 중앙구치소로 호송했었다. 그 인연으로 지순이 '형님'으로 따르곤 했는데, 그는 위스키만 보면 사족을 못 쓰는 인간이었다. '형님'은 이미 옷을 벗은 상태인지라, 지순에게 어떠한 도움을 줄 만한 처지가 아니었다. 그는 어지순에게 딱 잘라 말했다.

"당신은 이미 잡범으로 소문이 다 났어. 푼타에서 전과는 없어졌을지 모르지만, 이미 당신은 블랙리스트에 올라 있어. 로텍은 소위 잘나가는 양반들의 비밀아지트와 같은 곳이야. 로텍은 당신 같은 잡범을 잡아들여 호위호식하게 해주는 데가 아니란 말야."

"형님, 그런 말이 어디 있습니까? 저도 엄연히 머리가 달린 인간입니다. 사람들은 사기꾼을 욕하지만 사기꾼만큼 상상력이 뛰어난 사람들이 또 어디 있겠습니까? 사람들을 등쳐 먹으려면 얼마나 짱구를 굴려야 하는뎁쇼. 방금 전에도 저는 형님의 처가 외간 남자 앞에서 발가벗고 궁둥이 춤을 주는 것을 상상했어요. 자, 이렇게 위험한 상상을 하는 범인이 있는데 왜 안 잡아가는 겁니까?"

"이 사람, 그런 식으로 상상범을 잡아들이면 이 세상 모든 사람들을 다 가둬야 하게? 쯧쯧."

"그럼 대체 어떤 상상을 해야 한단 말입니까?"

"쯧쯧, 상상범들은 우라질 정부의 세금을 축내는 고급 수감자라네. 로텍은 이름만 교도소일 뿐, 수용시설은 거의 호텔급이라 들었어. 범죄완화특별조치법으로 그렇게나 많은 범죄자가 풀려났는데, 왜 아직도 그곳이 만실이겠나?"

"그럼 저 같은 놈은 절대 들어갈 수 없단 말입니까?"

"방법이 아예 없는 건 아니지."

형님의 말은 이러했다. 제7구역의 경찰 하나가 로텍 출신의 한 여성과 결혼하게 되었는데, 그 덕분에 로텍의 특수직에 종사할 수 있게 되었다는 것이었다. 그것은 바로 로텍의 수감자들을 감시하는 보호관찰관. 그 말인즉슨, 수감자가 있는 한 관찰관이라는 직업도 영원히 존재한단 말이었다. 관찰관이 하는 일은 별다른 것 없이, 그저 수감자를 지켜보는 게 다라고 그 늙은 경찰은 말했다.

어지순은 아는 인맥을 총동원해보기로 했다. 그러자 첫 번째 부인이 U시에서 꽤 명망 있는 인사와 바람이 났던 일이 생각났다. 그녀와는 안 좋게 끝났기 때문에 다시 연락을 한다는 것이 무척 자존심 상하는 일이었지만, 먹고사는 일이 더 큰 문제였다. 그는 옛날 전화번호부를 뒤져 첫 번째 부인의 동생, 내게는 처남인 연락처를 알아냈다. 그와는 자주 술도 마시고 집도 함께 털어본 추억이 있을 만큼 친하게 지내던 사이였다. 실수로 두 번째 부인의 동생에게 전화했다가 '육시랄 놈!'이라는 소리만 듣고 말았다. 그는 황급히 전화를 끊고 다시 번호를 찾았고 다행히 여러 번의 시도 끝에 첫 번째 부인의 동생과 통화 연결이 되었다. 지순은 처남의 집에 일부러 아이를 업고 갔으나 나중에 보니 셋째 부인의 아이라는 것을 알았다. 하지만 처남은 그것을 너그러이 용서해주었다. 그도 그럴 것이, 지순은 기억하지 못하지만 처남이 그에게 돈을 떼인 적이 있었던 것이다.

"순정이는 잘 산대?" 지순은 (혹시나 이름이 틀리지 않았나 걱정하면서) 첫 번째 부인의 안부를 물었다.

"예, 그럼요. 매형이 이번에 로텍의 소장 자리를 꿰어찼지 뭡니까?"

"로텍 소, 소장이라고?"

"예. 사실 매형은 모두가 아는 부패한 경찰청장이었죠. 물론 그 로텍법 때문에 직위해제되기 전까지 말이에요. 경찰청장 재임기간 동안 탈세와 배임 혐의를 끊임없이 받았는데 범죄완화특별조치법 때문에 아주 간단히 가석방되고 말았죠. 그 뒤 육 개월쯤 휴양지에 쉬러 갔다 오더니 바로 로텍의 소장이 되더군요."

"비결이 뭔가?"

"매형은 원래 웃는 낯짝으로 남의 약점을 질질 물어뜯는 본성을 가진 놈이죠. 범죄완화특별조치법이 통과되기 전에 매형은 유력한 정치인 이백 명을 무작위로 뽑아 '너의 비밀을 알고 있다'는 편지를 보냈다나봐요. 그런데 웃긴 건 그 편지를 받은 사람 중 백육십 명가량이 얼마를 원하느냐는 답변을 보내왔단 거예요. 그중에 가장 큰 액수를 제시한 사람이 수치부(數値部) 산하의 국가경제부흥특별위원회의 기획실장인 사람이 있었나봐요. 그는 차기 대통령을 엿보는 사람이었는데, 잡음을 없애기 위해 매형을 만났죠. 그 기획실장이란 사람은 자신의 처조카가 로텍파 의원 중 한 사람이며, 이번에 로텍법이 통과될 것으로 보인다면서, 이번에 로텍 소장으로 매형을 적극 추천하겠다고 말했답니다. 매형이 그것을 거부할 리가 있나요?"

"그 로텍파 의원이라는 사람이 누군가?"

"정정(鄭正)'이라고, 로텍법 제1조의 입법을 처음으로 발의한 사람이죠."

그의 이름을 듣는 순간 어지순은 살의가 치밀어올랐다.

"나 지금 자네 얘기를 듣는 내내 정정이라는 자의 목을 조르는 상상을 했어. 이런 나는 상상범이 될 자격이 없나?"

"로텍에 가시려고요?"

"그게 현재로선 최선이야."

"갈 수 없다는 데에 내 손가락 열 개를 겁니다."

"어째서?"

"정정 의원이 로텍법 제1조를 발의한 이유가 뭔지 아십니까? 그놈의 아들 정의철 때문이에요. 정의철은 엘리트 검상 출신으로, 인성 좋고 잘나가는 검상으로 알려져 있죠. 그런데 말입니다. 나중에 그놈의 악랄한 이면이 드러난 겁니다. 그놈이 열여섯 명이나 되는 사람들을 무차별로 살해했던 사실이 뒤늦게 드러난 거예요. 그걸 밝힌 사람은 그놈의 약혼녀로, 그 여자 아버지가 바로 이탁수 의원이에요."

"이탁수?"

"네. 이탁수 의원의 가족들은 밤마다 정정과 정의철을 갈아 마시고 싶은 심정으로 잠들 겁니다. 정의철이 죽인 사람들 중에 이탁수의원의 큰딸이 있었거든요. 그 사실을 이탁수 의원의 딸인 이율리가 세상에 알렸고, 놈은 사형되기 직전까지 갔죠. 이탁수 의원이 로텍법에 극렬히 반대한 것도 그 이유 때문입니다."

"그렇군."

"하지만 이탁수 의원은 지는 달, 정정 의원은 뜨는 해이죠. 결국 로텍파가 이겼잖아요? 그러니까 '로텍법 제1조'는 사형수 아들에 대한 절절한 부성애가 낳은 작품이었던 겁니다. 뭐, 로텍법에 이런 배경이 있다는 것은 거의 공공연한 비밀이죠."

"이제야 알겠군."

아마 평범한 사람이었다면 이 이야기를 듣고 정정 의원이나 정의철을 욕하고 말았을 것이다. 하지만 어지순은 이 이야기를 듣자마자 좋은 연결고리가 생겼다는 생각에 박수라도 치고 싶은 심정이었다. 바람난 전처의 남편이 로텍의 소장이라니! 이렇게 기쁜 인맥이 또 어디에 있단 말인가? 어지순은 전 처남에게 전처의 남편 연락처를 달라고 졸랐다. 처남은 전 매형에게 현 매형의 연락처를 넘겨준다는 것이 여간 찜찜하지 않았으나, 옛정에 무릎을 꿇고 말았다. 더구나 어지순에게 업혀 있는 아이가 너무 불쌍해 보였던 것이다. 그는 조카를 위한 마지막 선물이라고 생각하고 그에게 고인성 로텍 소장의 비서의 연락처가 적힌 쪽지를 건넸다. 어지순은 처남을 와락 끌어안은 뒤 집을 나왔다.

어지순은 지체하지 않고 고인성 로텍 소장과 접선하기로 했다. 첫째 부인은 그를 분명히 만나주지 않을 것이라고 생각했기 때문이다. 비서는 처음에는 소장님이 바쁘다는 평계를 둘러댔다. 하지만 비서가 두 아이의 아빠라는 사실을 알아낸 뒤 그의 부정(父情)을 자극하는 데 성공했다. 어지순이 척수염과 백혈병에 걸린 아이들의 아빠라는 것을 듣자, 비서는 고인성 로텍 소장이 일주일에 두 번씩 간다는 테니스장을 알려주었다. 지순은 합지증 때문에 구기운동은 전혀 하지 않았지만, 다섯 손가락 장갑을 끼고 그가 다닌다는 VIP 테니스클럽을 찾아갔다. 그곳에 가기 위해 무려 열 개나 되는 문을 통과하고 나서야, 그는 화장실에서 막 볼일을 보고 나오는 고인성 로텍 소장을 만날 수 있었다.

로텍 소장은 두 아이를 데리고 온 땅딸하고 못생긴 어지순의 첫인상이 마음에 들지 않았다. 하지만 그가 '이순정'이라는 아내의 이름을 입 밖에 내자마자 눈이 휘둥그레졌다. 그녀와 바람을 피우는 동안 전남편 얘기는 많이 들어왔지만, 이렇게까지 볼품없을 줄은 몰랐던 것이다.

"저는 아내와 소장님에 대한 억하심정을 갖고 여길 온 게 아닙니다. 위자료나 손해배상을 청구하러 온 것도 아닙니다. 이미 그 일은 오래전 일이죠. 단도직입적으로 말하겠습니다. 저에게 로텍의 일자리를 주십시오."

고인성 로텍 소장은 귀를 의심했다. 이렇게 갑자기 찾아와 일자리를 달라고 요구한다는 것이 상식적으로 납득이 되지 않았던 것이다.

"사실 저희가 보통 인연도 아니고, 여기까지 오느라 무척 마음고생이 심했습니다. 혹시 순정이에게 두 딸이 있었다는 걸 아십니까? 하나는 척수염, 다른 하나는 백혈병입니다. 저는 일자리를 잃었고, 생계에 허덕이고 있습니다. 저는 전남편이랍시고, 내연남에게 돈을 요구하는 비겁한 사내가 아닙니다. 이렇게라도 소장님께 부탁드리지 않을 수 없게 된 이유가……"

여기까지 말하자, 로텍 소장은 황급히 어지순을 데리고 화장실로 들어갔다. 그는 화장실 문을 걸어 잠그고 한숨을 돌렸다. 그 모습을 보자 어지순은 심장이 빠르게 뛰기 시작했다. 사실 척수염에 걸린 아이는 사실 둘째 부인의 딸이었고, 백혈병은 셋째 부인의 딸이었다. 딸을 팔아서까지 이렇게 해야 하나 싶은 생각도 있었지만, 어차피 가족 모두를 위한 것이란 생각에 그의 죄책감은 조금 줄어들었다. 화를 내며 그를 쫓아낼 것이라는 어지순의 예상과 달리, 고인성 로텍 소장은 흔쾌히 그에게 악수를 청했다.

"이렇게 만난 것도 인연이오. 어떤 자리를 원하는데 그러시오?"

로텍 소장은 어지순을 점심식사에 초대했다. 어지순은 랍스터 찜과 게살 샐러드, 양송이 수프, 오리 구이 등이 코스로 나오는 요리를 보며 입을 다물지 못했다.

"아이 키우기 힘들죠?"

로텍 소장이 말했다. 아주 평범하기 짝이 없는 이 말을 듣고 어지순은 결심했다. 고인성 로텍 소장의 충실한 개가 되겠노라고.

'개나 사람이나, 같은 포유류면 됐지! 예전엔 사람도 네 발로 기어 다녔어.'

고인성 로텍 소장은 어지순이 원하는 대로 A2 구역의 보호관찰관 자리를 주겠다고 흔쾌히 허락했다.

"다만 조건이 있어."

"요 랍스터 찜만 못 먹게 하지 않으신다면 뭐든지 상관없습니다."

"말을 좀 놔도 되겠나?"

어지순은 랍스터 살을 뜯으며 고개를 끄덕끄덕했다.

로텍 소장의 말은 이러했다.

"사실 이건 조건이라기보다는 부탁에 가깝네. 자네도 익히 알겠지

91

만, 로텍법은 초반에 거센 저항에 부딪쳤어. 정의철 검상의 과거 행적을 덮으려는 것 아니냐는 의혹 때문이었지. 하지만 말할 것도 없이 그건 오해야. 내가 그 아버지인 정정 의원을 잘 알고 있는데, 그들은 그럴 만한 사람들이 아니야. 특히 정의철은 그야말로 정의감에 불타는 사람이어서, 지난 육 년간 공직자 비리 척결에 누구보다 앞장 선 사람이지. 어떻게 그런 사람이 여대생을 사십 일찍 가두고 임신부의 태아를 산 채로 꺼내 그 해골로 만든 목걸이를 걸고 다니겠나? 정말 상상만 해도 끔찍한 일이지."

어지순은 이미 로텍 소장의 은혜와 랍스터로 인해 가슴 한쪽이 뭉클한 감동으로 충만해 있었기에, 이런 충격적인 이야기에도 전혀 동요되지 않았다.

"하지만 정정 의원은 워낙 깔끔한 인사라서 말이야, 그런 말도 안 되는 소문들이 세간에 나도는 것을 좋아하지 않아. 자네라면 안 그렇겠나?"

그는 이렇게 말한 뒤 와인을 한 잔 쭉 들이켰다.

"예, 예. 그러무닙쇼."

"아주 오래전에 어느 신이 우리의 죄를 대신해서 돌아가신 것을 기억하나? 속죄는 예수나 가능할 거라 생각하면 오해야. 평범한 인간도 속죄를 통해 구원받을 수 있다네. 그런 사람이야말로 인간이 아닌 신의 영역에 있는 사람이지."

"네, 그런데 부탁이란 게 뭡니까?"

"정의철을 대신해 속죄할 사람이 필요해."

"설마 저더러 하라는 건 아니시겠죠?"

지순은 깜짝 놀라 눈을 둥그렇게 떴다. 그러자 고인성 로텍 소장은 그의 어깨를 감싸안으며 호방하게 웃었다.

"이 사람, 간이 왜 이렇게 작아? 내가 처음 만난 자네에게, 그것도 나와 특별한 인연을 지닌 자네에게 그런 부담을 지게 할 것 같나? 걱정 말게."

고인성 로텍 소장은 와인을 비우고 나서 말을 이었다.

"우리 수사팀은 꾸려져 있어. 그 살인사건의 범인은 '기요철'이란 사람이야. 증거도 다 확보되어 있어."

"기요철이 누굽니까?"

"그 사람? 아무도 아냐. 그냥 추첨을 통해서 당첨된 사람이지. 기요철은 나도 될 수 있고, 자네도 될 수 있지. 하지만 그냥 재수 없게 기요철이 걸린 것뿐이야."

"그럼 제가 그 사람을 데려오면 되는 겁니까?"

"응. 더불어 자네가 그 사람의 보호관찰관을 맡으면 좋을 것 같네. 그를 직접 법정까지만 데려와주면 돼. 자네는 그냥 여기서 술도 마시고, 유유자적하면서 그자가 수상한 행동을 하는지만 지켜보는 거지."

"하지만 이미 범죄완화특별조치법에 의해서 살인 이하의 모든 죄가 용서되는 것 아닙니까?"

"그래, 맞아. 하지만 상상범은 아니지. 일단은 그자를 상상범으로 처리할 거야. 하지만 그의 상상과 꿈을 분석한 결과, 그자는 사실 열여섯 명을 죽인 살인범이었던 거야."

"한마디로 사건을 조작하잔 말씀이군요."

"조작이 아니라 과학이지. 모든 일은 로텍의 NCS팀이 알아서 처리할 거야."

"NCS요?"

"무접촉센서(None Contact Sensor)를 뜻하는 거지. 실처럼 생긴 것인데 자네 심장에 그것을 이식하면 봄날의 눈처럼 녹아버리지. 자네는 기요철과 NCS로 연결돼서 그를 철저히 감시할 수 있게 돼. 만일 그놈의 상상 중추가 흥분하면 흥분전달물질이 자네 몸에 부착된 자극 전도체로 이어지고, 기요철의 상상 총량이 일정 수준에 달하면 그것이 자네의 심장에 통증을 주는 거지."

"왜 이걸 붙여야 합니까?"

"자네가 아플 때마다 그자가 엉뚱한 상상을 한다는 것을 알 수 있잖은가?"

어지순은 무서운 생각이 들었다. 그는 원래 심장에 선천적으로 구멍이 뚫린 기형이었다. 만일 심장에 지나친 충격이 가해지면 죽을 수도 있다는 얘기였다. 어지순은 길을 걷다가 갑자기 심장을 부여잡고 쓰러지는 자신을 사람들이 지켜보는 모습을 떠올렸다.

"어허, 너무 무서워 말게. 로텍의 모든 상상범은 매일 세트라를 먹게 되어 있다고. 그 약은 상상을 조절하는 약이고, 최소 삼 주간 복용하면 큰 효과를 보게 돼. 더 이상 아무 상상도 할 수 없게 되는 거지. 그러니 기요철에게 그것을 꼭 먹게끔 하라고."

"만일 세트라를 거부하면요? 전 심장이 약합니다. 만일 그놈이 계속해서 상상을 해대면 저는 그 자리에서 죽는 것 아닙니까?"

"걱정 말라니까. 세트라가 화학적으로 상상범의 범죄를 조절하는 약이라면, 이건 정신적인 무기라고 할 수 있지."

그는 빨갛고 동그란 버튼을 보여주었다.

"그놈이 '이 버튼'을 누르게 하면 되는 거니까."

"이게 뭡니까?"

"이번에 개발한 '죄의식 무한 증폭기'라는 거야. 그자가 어떤 상상을 하게 되면 이걸 누르게 해. 이걸 여러 번 누르다보면 상상범의 마음속에 죄의식이 생겨나지. 죄의식은 좀체 사라지지 않고, 오히려 그것을 떨치려 하면 할수록 잡초처럼 무성히 돋아나게 돼. 결국엔 죄의식이 그놈의 발목을 잡아 더 이상 아무것도 상상할 수 없는 지경에 이르게 해주는 거야."

"하지만 그놈이 누르지 않으면 어떡합니까? 이제 집에 돌아가 관이라도 짜두라는 얘깁니까?"

"허허, 세상에 공짜가 어디 있겠나? 자네가 상상범을 잘 구슬려야지. 그가 어떻게든 그 버튼을 누를 수 있게 만들어보란 말이야."

"……"

로텍 소장은 목소리를 조금 낮춘 뒤 말을 이었다.

"만일 자네가 이 조건을 받아들인다면 향후에 보호관찰소장으로 승진시켜주겠네. 기요철이 상상을 멈추는 속도만큼 자넨 가산점을 받게 될 거고, 가산점은 내가 재량껏 줄 수 있으니. 물론 무한 상상권은 기본이고."

로텍 소장은 어지순의 뒤를 잘 봐주겠다며 그를 계속 설득했다. 식사가 끝날 무렵 그는 소장에게 물었다.

"NCS를 이식할 때 아프진 않습니까?"

"전혀. 잠깐 주사 맞는 것처럼 따끔한 정도야. 자넨 보기보다 걱정이 많군."

그 말에 어지순은 안심하며 죄의식 무한 증폭기를 자신의 주머니에 넣었다. 그는 신이 난 발걸음으로 집에 돌아갔다. 아이들에게 줄

선물을 가득 안고서 말이다. 그에게는 밝은 미래만이 펼쳐져 있는 것 같은 기분이 들었다.

그런데 며칠 뒤 고인성 로텍 소장이 화장실에서 변사체로 발견되었다. 머리에만 열여섯 발의 총알이 박혀 있었다. 그로 인해 지순은 제일 먼저 검찰의 조사를 받았다. 하지만 형식적인 조사에 불과했고 그는 불구속으로 풀려났다. 사람들은 '죽은 고인성 로텍 소장이야말로 범죄완화특별법의 최대 피해자'라고 비아냥댔다.

▼ 클러스터링

요철은 오전 8시 반에 눈을 떴다. 작업장에 갈 시간이 삼십 분도 채 남지 않았다. 양치질만 겨우 하고는 작업복을 입고 서둘러 밖으로 나갔다. 작업장은 8층의 의무실 옆에 있었다. 사무실에는 '복사 2팀'이라고 적혀 있었다. 작업반장이 나타나더니 그에게 환영인사를 해주었다.

"왜 사십팔 초나 늦은 거요? 제정신이야?"

요철은 이름이 붙어 있는 책상 앞에 서둘러 앉았다. 작업반장은 그에게 커다란 상자 하나를 가져다주었다. 그러고는 사람들이 앉아 있는 책상 사이를 분주히 오가며 같은 말을 반복했다. 빨리, 빨리들 하시오! 그 상자를 열어보고 나서야 요철은 왜 작업반장이 사람들을 재촉하는지 금방 알게 되었다. 작업해야 할 일들이 추석 명절을 쇠고 난 다음의 부엌 설거지거리처럼 잔뜩 쌓여 있었기 때문이다.

이곳의 작업이란 간단히 말해 '분류'였다. 로텍에서는 모든 것이 분류되어 있어야 했다. 그것이 바로 클러스터링이었다. 클러스터링 작업은 5준칙을 따라야 했다. 이것은 계획, 조직, 관리, 조정, 통제의 과정에 따라 사물을 '분류'하는 것이었다. 분류의 대상은 다양했다. 위험한 것과 위험하지 않은 것, 불분명한 것과 분명한 것, 작위적인 것과 자연스러운 것…… 즉 상상과 상상이 아닌 일을 구분해내는 작업이었다. 어떤 과학저작물에 과학적 오류가 있으면 그것은 상상으로 인정받아 금지되었다. 반대로 객관적인 사실에 기인한 것이라면 예술작품처럼 보이더라도 그것은 죄가 되지 않았다. 가령 사진 같은 것이 그러했다. 그러나 같은 내용의 사진이라도 흑백으로 찍었거나 지나치게 크게 확대 혹은 축소하거나 음영 처리를 한 것은 상상으로 간주되어 역시 금지되었다.

분류의 기준은 데우스 엑스 마키나(Deus ex machina)의 표준 규정에 의해 정해져 있었다. 데우스 엑스 마키나는 로텍법 이후 만들어진 개정헌법의 별명이었다. 데우스 엑스 마키나는 로텍의 전 입주자와 시스템을 통제하는 이른바 '시스템 위의 시스템'으로서, 로텍 내의 모든 논란과 분쟁과 갈등을 한번에 정리하는 데 효과적이었다. 예를 들면 데우스 엑스 마키나에 의해 로텍의 인물은 다섯 단계로 분류되었다. 이것은 블루-그린-옐로-오렌지-레드로 나뉘어져 있었다. (블루가 가장 낮은 등급이자 실질적인 상상범이 되는 최소 기준이다.)

요철은 데우스 엑스 마키나 감마선 조사에서 '그린' 등급을 받았다. 이것은 '지속적 관찰 필요'라는 뜻이었다. 그는 주인공이라면 모름지기 옐로나 오렌지 정도는 되어야 하는 게 아니냐고 기존의 감독에게 묻고 싶었다. 하지만 그 나름의 의도가 있으리라 여겨두고 보기로 했다.

요철이 일하는 사무실 근처에는 보호관찰관들이 머무는 사무실이 따로 있었다. 그들은 각기 맡은 입주자가 하는 일을 밀착 방어했다. 그 일이란 '복사'였다. 요철은 복사 2팀에 배속되어 하루에 수만 장의 자료를 복사해야만 했다. 서류는 로텍에서 자체 개발한 독특한 언어인 로텍어로 되어 있었기 때문에 전혀 알아볼 수가 없었다. 게다가 그 복사기는 잔고장이 심했다. 십여 장만 복사해도 어딘가에서 엉켜버려 다시 처음부터 복사해야만 했다. 하루에 해치워야 하는 복사와 분류의 분량이 있으므로 게으름을 피워서는 안 되었다. 모두가 잠든 방의 불을 끄듯이, 쌓인 설거지를 하듯이 클러스터링도 매일 해야 하는 일이었다. 여기 있다보면 반복에 익숙해지게 마련이었다. 하지만 익숙해져 있다고 해서 반복이 쉬워지는 것은 아니다. 이곳의 반복은 고도의 집중을 요한다. 데우스 엑스 마키나는 반복에 대한 입주자들의 피로감을 없애기 위해 매 작업마다 아주 미묘한 차이를 두었다. 클러스터링을 하기 위해서는 목과 팔의 각도가 정해져 있었다. 목은 45도, 팔은 30도였다. 하지만 입주자에게 피로가 오려는 순간 목과 팔의 각도는 수시로 바뀌었다. 그러므로 클러스터링을 하는 순간 입주자는 아무것도 하지 못하게 되는 것이다.

작업반장의 말투는 사람의 신경을 거슬리게 하는 데가 있었다. 그는 처음 만난 사람을 한번 쓱 본 다음 '자네는 남에게 관심이 없는 타입이지?' '자넨 원래 손동작이 느린 편인가?'라는 식으로 말하기를 좋아했다.

"난 작업반장 저놈이 날 괴롭힐 때마다 이런 상상을 해. 저놈이 통로를 지나다 넘어지며 복사기 모서리에 머리를 박는 거지." 요철이 동료인 모르모트에게 말했다.

모르모트의 원래 이름은 구영삼이었다. 그는 로텍법 이전에 예술가로 이름을 날리던 사람으로, 이제는 멸종되어버린 모르모트를 그림으로써 세상에 잘못된 지식을 유포했다는 혐의로 이곳에 왔다. 요철은 그를 삼 주 전, 로텍의 입주자 교육소에서 처음 만났다. 당시 그는 보호관찰관과 주먹다짐을 한 터라, 경위서를 쓰고 지하창고에서 일하다가 요철보다 이 주일 먼저 사무실에 들어왔다. 삼 주 만에 모르모트의 표정은 무척 우울해져 있었다.

"그런 소리 하지 말게. 작업반장은 자기 일을 열심히 할 뿐이야."

요철은 고개를 갸우뚱했다.

"방금 대사는 좀 이상한 걸? '저놈이 날 괴롭힐 때마다 난 작업반장의 항문에 물고기를 처박는 상상을 한다고'가 낫지 않아? 그리고 어조가 조금 높았던 것 같아. 약간 밝고 가벼운 어조로 하면 어때?"

그 말을 듣고 모르모트의 표정은 더욱 우울해졌다.

"아무래도 오늘 퇴근하자마자 반성문을 써야겠어. 방금 저놈 항문을 참붕어로 쑤시는 상상을 했거든. 아, 이런! 죄책감 때문에 일에 집중이 안 되는군."

요철이 소리내어 웃었다.

"일들 안 하고 뭐하나?" 작업반장이 어느샌가 다가와 호통을 쳤다.

"죄송합니다, 송구스럽습니다."

모르모트는 머리가 엉덩이가 되도록 조아렸다. 그러더니 그는 주머니에 있던 빨간 버튼을 꺼내 '딸깍딸깍' 소리를 내며 빠르게 누르기 시작했다.

♦ 무한루프

율리는 꿈에 자꾸 이상한 사람이 나타난다는 것을 로텍 치료감호소 소속 군의관 김현호에게 일주일에 한 번씩 보고했다. 군의관은 그녀가 등급 분류소에 배정되어 낯선 업무에 적응하느라 스트레스를 받은 탓이라고 말했다. 하지만 율리는 전에 더 심한 스트레스를 받았을 때도 이런 적은 없었다고 항변했다. 율리는 그와 더불어 일주일에 세 번 이상 나타나는 두통과 복통, 불안 증세 등을 자세하게 설명했다. 게다가 (군의관에게 따로 말을 하지는 않았지만) 그 꿈이 더 이상한 것은 율리가 꾸는 꿈속에 그 남자가 나타나 꿈을 꾸는데 그 꿈속에 율리 자신이 나타난다는 사실이었다. 군의관은 율리에게 세트라를 처방해주었으나 율리는 그것을 제대로 먹지 않고 계속 같은 증상에 시달렸다.

율리가 다녀간 뒤 김현호 군의관은 김오식 수사신부를 찾아갔다. 원래 그는 아내가 자꾸 바람을 피우는 장면을 상상하게 된다고 고백을 하러 갔던 참이었다. 하지만 예리한 김오식 수사신부는 군의관의 손가락에 네 번째 반지 흔적이 거의 지워진 것을 보고 이 잘못된 결혼의 시발점은 그의 아내가 아닌 군의관에게 있는 것이 아닌지 재차 되물었다. 머뭇거리던 군의관에게 수사신부는 '진실은 오직 신만이 아신다'는 말로 은근히 군의관이 더 깊은 속내를 고백하기를 종용했다. 마침내 군의관은 사실 부쩍 그를 자주 찾는 이율리 중위에게 마음을 빼앗겼다고 말했다. 그녀가 꿈에서 자주 목격하는 남자의 인상착의까지 수다스럽게 설명한 군의관은 그녀 몸에서 나는 레몬 향기만 맡으면 온몸의 거죽이 흐물흐물해질 만큼 달아오른다고 말했다. 그러자 김오식 수사신부는 차분한 음성으로 오늘부터 집에 가서 레몬수로 목욕을 하고 그녀에 대해 저지른 모든 잘못된 상상을 반성문으로 옮기라는 보속을 내렸다. 그제야 군의관은 조금 마음이 편해진 것 같다며 수사신부에게 용서와 감사를 올리고 고백실을 떠났다.

하지만 정작 마음이 불편해진 사람은 수사신부였다. 그는 고인성 로텍 소장을 찾아갔다. 로텍 내부에 주둔한 베어울프 153대대에서 파견나온 군인들에 대한 불만을 토로할 참이었다. 그러나 로텍 소장은 평소에 남의 이야기를 잘 들어주는 편이 아니었다. 김오식 수사신부는 군 기강을 다잡기 위한 방안을 다섯 가지나 마련해갔으나 정작 이에 대해 의견을 개진할 기회를 다 놓쳐버렸다. 그는 끙끙대며 참다가 이번에는 정정 의원을 주최로 한 로텍 정상 회의에 참석했다. 그는 만찬회 자리에서 마침 옆에 다가온 정정 의원에게 슬쩍 이율리 중위와 관련된 추문이 주둔군 안에서 끊이지 않다는 이야기를 흘렸다. 그랬더니 평소 이율리 집안에 대한 미움과 반비례하여 아들에 대한 애정이 컸던 그 의원은 당장 아들에게 파혼을 명령해야겠다고 중얼거렸다. 수사신부는 그제야 마음이 좀 편해졌다.

하지만 불편한 마음은 마치 전염성이라도 가진 듯, 정정 의원의 혈관을 따라 온몸 전체로 퍼져나갔다. 그는 아들에게 파혼 이야기를 거론했다가 도리어 큰 싸움만 일으켰다. 의원은 몹시 기분이 상해서 아들과 삼 개월간 연락도 끊을 정도였다. 아들이 자신의 약혼녀이자 정적(政敵)의 딸을 제 몸처럼 방어했던 것이다. 그는 아들에 대한 배신감이 솟구쳤으나, 이내 사랑스러운 자식의 마음을 달래주기 위해 평소 친분이 있던 배우의 뮤지컬 공연을 보러 갔다. 그러나 아들은 마치 제 아비를 갖고 놀기라도 하듯 방금 공연장에서 만난 질펀한 엉덩이의 여자에게 보란 듯 농을 건네고 있었고 급기야 공연 2부의 시작과 함께 불이 켜지자 서로의 입술을 쪽쪽 빨아대는 추태를 보였다. 정정 의원은 노여움이 지나쳐 점심 때 먹은 생선 요리가 꾸역꾸역 넘어올 것 같은 생각에, 한창 공연에 집중하고 있던 사람들의 무릎을 거구의 장딴지로 이리저리 부딪치는 무례를 무릅쓰고 화장실로 달려갔다. 그는 변기를 부여잡고 아들에 대한 분노를 토해냈다. 십여 분 뒤, 그가 세면대로 가서 얼굴과 손을 씻은 뒤 주머니에 든 손수건으로 손을 닦으려 하는데 낯선 감촉의 종이가 만져졌다. 거기에는 이전에도 여러 번 우편함에 들어 있던 것과 비슷한 질감의 흰 종이쪽지 한 장이 들어 있었다. 그는 내용을 이미 알고 있었다. 거기에는 틀림없이 고인성 로텍 소장 놈의 악필로 휘갈겨쓴 '너의 비밀을 알고 있다'라는 글이 적혀 있을 게 뻔했다. 그는 속으로 이렇게 생각하며 손을 부들부들 떨며 종이를 펼쳤다. 그런데 종이에는 낯선 전화번호가 하나 적혀 있었다. 정정 의원은 혹시 아까 그 아들놈과 난동을 피우던 그 여자의 전화번호는 아닐지 은근한 기대를 하며 전화를 걸었다. 그런데 다행인지, 불행인지 삼십 년쯤 담배만 피운 것 같은 쉰 목소리의 사내가 전화를 받았다. 그는 어지순이라고 자신을 소개했다. 그는 자신이 보호관찰관을 맡고 있는 입주자 기요철과 문제의 이율리의 관계를 폭로했다. 이것은 정정 의원의 해마 속에 잠들어 있던 이율리와 이탁수 의원에 대한 분노의 뇌관을 건드려버렸다. 하지만 그는 베테랑 의원답게 분노를 가볍게 누르고, 어지순으로 하여금 이 두 앙칼진 커플을 감시하도록 하였다.

이러한 일이 벌어지는 가운데 또 심하게 가슴이 동요한 이가 있었으니, 바로 그 뮤지컬 공연에서 정의철의 입술에 키스한 여자였다. 그녀의 직업은 점술가였다. 주로 타로카드와 별자리로 점을 쳤는데, 꽤나 용한 편이었기 때문에 문화계와 일부 정치계 모임이 있을 때마다 가끔 참석하는 여자였다. '로텍의 밤'이라고 불리는 연말 행사에서 그녀는 이율리를 만난 적이 있었다. 그때 율리는 술에 완전히 만취해 쓰러져 울고 있었고 그녀가 다가가 말을 걸었다가 율리의 운명을 봐주었다. 율리는 낯선 타로카드사에게서 자신의 운명을 전해듣고 아까보다 더 서럽게 울었다. 하지만 율리는 그녀를 사기꾼이라느니, 혀가 두 가닥으로 갈라진 마녀라느니 하는 욕설은 건네지 않았다. 오히려 그녀는 자신의 운명을 이야기해주고 위로해준, 이 얼굴이 길쭉하고 흰색으로 치렁치렁한 머리칼을 염색한 여자 점술가에게 끌렸다. 더구나 두 사람은 나이도 두 살밖에 차이 나지 않아서 금세 친한 사이가 되었다. 어쨌든 그 점술가는 평소 율리에 대한 애정과 동정심을 갖고 있었기 때문에 정의철과 키스를 할 마음은 없었다. 동작과 표정에 색기가 넘쳐 남자들이 꼬이는 것은 아무리 용한 점술가인 그녀라 할지라도 거부할 수 없는 운명 같은 것이었다. '할수 없이' 그녀는 정의철과 키스했으나 그로 인한 죄책감 때문인지, 특유의 오지랖 때문인지 몰라도 율리에게 뭔가를 보상하고자 머리를 굴렸다. 그녀는 정정 의원의 뒤를 몰래 밟아서 어지순과 그의 통화를 몰래 엿듣게 되었고, 이 내용을 율리에게 그대로 전해주었다. 율리는 그 점술가 여자의 이야기를 듣고 나서 기요철이 계속 꿈에 나타나는 미스터리를 더 이상 방치해서는 안 되겠다는 생각이 들었다. 만일 그들이 어지순과 기요철 사이에 연결된 NCS를 추적하기라도 한다면 기요철의 꿈을 통해 그가 이율리에 관한 꿈을 연속해서 꾸고 있다는 것이 드러날지도 모른다는 것이었다. 율리가 어떤 꿈을 꾸는지 어지순이 알게 되면 그녀가 오랫동안 숨겨온 '비밀'이 한 순간에 들통날 수도 있었다.

▼
▼▼

이인용

율리는 수소문 끝에 DEM부의 인턴 이인용을 찾아가게 되었다. DEM부는 로텍 입주자를 대상으로 하는 실험용 도구를 개발하는 곳이었다. 이인용은 장난감 연구원 경력을 가졌을 뿐 실험용 도구 개발과는 아무 상관이 없는 일을 했다. 처음에 그는 죄의식 무한 증폭기를 셀에 고정시키는 일에 투입되었다. 그 일은 '볼트 클러스터링'이라고 불리는 아주 단순한 작업이었다. 그는 매일 볼트를 끼우면서 죄의식 무한 증폭기를 어떻게 하면 개선할 수 있을까 연구했다. 원래 죄의식 무한 증폭기는 셀마다 빨간 버튼 형식으로 달려 있었다. 그런데 상상범들이 상상을 하는 동시에 눌러야 했는데, 그렇지 못한 경우가 더 많아서 셀을 떠난 상상범들의 상상 시점을 정확히 기록하는 데는 무리가 있었다. 그는 연구 끝에 휴대용 죄의식 무한 증폭기를 만들어내는 데 성공했다. 이 일이 로텍에서의 그의 삶을 단번에 바꿔놓았다. 그는 일개 인턴에서 대리로 승진해 NCS 팀의 관리를 맡았다. 사람들은 그를 부러움과 질투의 시선으로 바라보았다. 하지만 정작 거기서 그가 맡게 된 일은 '똥 청소'였다. 똥 청소는 꿈을 클러스터링 하는 일을 뜻했다. 그는 꿈을 통계화한 후, 몇 가지 이미지로 압축시켰다. 그 이미지는 '똥'이라고 불렸는데, 그는 그 똥에서 불필요한 요소를 걷어내는 일을 했다. 꿈을 말끔히 정리하고 분류하는 '청소'를 하게 된 것이었다. 그는 꿈을 클러스터링 하는 데 묘한 재주가 있었다. 그는 꿈의 흐름을 잘 읽는 것이 무척 중요하다는 것을 깨달았다. 꿈에 나온 단어를 이미지로 베껴서 옮기는 것이 아니라, 꿈 전반에 흐르는 분위기를 하나의 음악처럼 읽어냈다. 그런 경험들이 쌓이자 이제 그는 어떤 꿈이라도 삼 초 안에 분류하고 정리할 수 있게 되었다. 그의 손을 거치면 꿈속에 파묻혔던 유실된 기억들이 제자리에 돌아왔다. 동료들은 그가 꿈을 재배열한 클러스터링 파일(CF)을 스크린으로 보면서 물을 수억 배 확대한 그림이나 어떤 기하학적인 문양보다 멋지다고 감탄했다. 모두의 기대대로 그는 일 년 만에 과장으로 승진했다. 과장 승진을 자축하며 와인을 마시던 그날은 그가 로텍에 온 이후 가장 행복한 시간이었다. 그런데 그가 와인을 두 병째 비웠을 무렵, 누군가 셀의 문을 박살내버렸다. 문이 철컥, 소리와 함께 열리고 피투성이가 된 여자가 쓰러지듯 셀 안으로 들어왔다. 여자는 피로 코팅된 총구를 인용의 귓가에 들이댔다. 인용은 마치 천장이 자석이라도 붙은 듯이 손이 머리 위로 올라가 붙어버렸다.

"대체 누구십니까?"

"잔말 말고 TV를 켜봐."

"지금 데우스 엑스 마키나가 우릴 보고 있을 텐데, 이러지 마세요."

"시끄러워, 너도 저렇게 되고 싶어?"

TV에서는 계속해서 로텍 소장의 사망 사건에 대해 보도되고 있었다. 그가 테니스 경기를 하는 도중 심장에만 열여섯 발의 총알을 맞고 숨졌다는 것이었다.

　"용의자는 반로텍파의 수장 격인 이탁수 의원의 차녀 '이율리'인 것으로 밝혀졌습니다. 그녀는 기요철 사건의 증인으로 참석했다가 법정 구속되었으나, 정상참작이 되어 현재 로텍의 등급 분류소에 등급 분류관으로 사회봉사활동을 수행 중입니다. 이에 대해 로텍 측은 당혹스러움을 감추지 못하고 있습니다. 로텍 측의 대변인은 이번 사건의 배후에 범죄완화특별조치법 통과에 대해 줄곧 반대 입장을 표명해온 이탁수 의원이 있을 것이라고 질타했습니다. 익명을 요구해온 로텍 측 인사는 십 년 전 연쇄살인마에 의해 언니를 잃은 이율리가 군 입대 후 사격대회에서 우승할 정도의 실력을 갖추는 등, 이미 예전부터 이 복수극을 오랫동안 계획해온 것이라는 추측을 내놓기도 했습니다. 한편, 우라질 정부가 사건을 빨리 수습할 것을 종용함에 따라 검찰 측은 구속영장을 발부하지 않고 수사를 종결하기로 했다고 발표했습니다. 일각에서는 이틀 만에 이런 결정이 이뤄졌다는 점에 대해 비판의 목소리가……"

　"아, 저런!" 이인용이 심장을 잡은 채 입을 벌렸다.
　"저 자식 심장이 너덜너덜해졌지. 열여섯 발 중에 단 한 발도 심장을 비껴나가지 않았으니까."
　"원하는 게 뭡니까?"
　율리는 총을 벌벌 떨고 있는 인용의 심장 앞을 겨누며 나지막이 말했다.
　"내 꿈을 삭제해줘야겠어."

이인용은 저항할 용기가 없었다. 그는 DEM부의 홈페이지에 접속해 '데우스 엑스 마키나'의 인트라넷에 로그인했다. 데우스 엑스 마키나는 의식의 인터라넷과 무의식의 인트라넷이 있었다. 그는 의식의 인트라넷에 들어가 이율리가 로텍에 들어와서 상상한 모든 기록들을 전부 삭제했다. 마찬가지로 무의식의 인트라넷에 들어가서 기록을 삭제하려는데 방어벽에 걸려 접속이 되지 않았다. 그는 누군가 그의 접근 권한을 빼앗았기 때문에 인트라넷에 들어갈 수가 없다고 했다. 그는 방해자가 누군지 알아내는 데 십 분을 소요했다. 마침내 그의 이름이 떴다. '어지순.' 그는 기요철과 연결된 NCS 라인을 통해, 율리의 꿈을 이미 불법 도킹을 하고 있었던 것이다. 율리는 어째서 이 작자가 자신에게까지 NCS를 연결해놨는지 알 수 없었다. 율리는 일단 인용을 협박해 어지순과 그녀 사이의 NCS 연결을 해제하라고 했다. 그러나 인용을 고개를 가로저었다. 어지순과 율리 사이의 NCS는 불법 도킹된 라인이기 때문에 꿈 기록을 삭제하기 위해서는 우선 어지순과 기요철 간의 NCS 연결이 해제되어야 한다는 것이었다. 율리는 갑자기 짜증이 밀려왔다. '어째서 이 작자는 자신의 입주자 관리나 할 것이지, 나에게까지 더러운 손을 뻗친 것일까?'

"한 가지 방법이 있어요. 이미 불법 도킹 라인이 있으니, 이를 통해 어지순과 기요철의 NCS 연결을 먼저 해제하면 됩니다. 물론 이것 역시 불법이지만."

"어떻게 해제한단 말이야?"

"기요철이 어지순을 죽여버릴 만큼 무한대의 상상을 해버리는 것이죠. 그럼 어지순은 심장이 파열되고 말 겁니다."

▼ 등급 분류소

점심시간이 되어 요철과 모르모트는 식당으로 내려갔다. 그날 점심 메뉴는 계란 멸치 볶음밥이었다. 테이블 위에는 볶음밥의 클러스터링 표가 적혀 있었다.

1. 프라이팬(지름 30cm)에 횡단면의 지름 3.5cm, 종단면 5.5cm, 무게 50g의 계란을 푼다.
2. 밥과 계란을 2:1의 비율로 섞어 함께 볶는다.
3. 밥 위에 멸치 5g을 뿌린다.
4. 밥에서 계란 껍데기를 걷어낸다.

요철은 먹음직스러운 볶음밥을 본 순간, 계란을 사러 갔다가 돌아오던 식당 직원이 로텍으로 돌아오는 길에, 코너를 도는데 개가 달려나왔고 그 바람에 차가 엎어져 계란이 몽땅 깨져버린 상상을 하고 말았다. 그도 모르게 저지른 상상이었다. 그는 공기 중에 상상을 방해하는 에어로졸이 뿌려지고 있는 것은 아닐까 하는 걱정이 들었다.

요철이 밥을 채 한 숟갈도 뜨기 전에 그의 앞에 보호관찰관이 나타났다. 그는 밥을 먹다 급하게 달려온 모양인지 입술이 기름으로 번들거렸다.

"무단으로 상상하지 말라고 했을 텐데요? 규율 1항에 나와 있지 않소?"

요철은 뜨끔해하다가 젓가락으로 집은 멸치 몇 개를 허벅지에 떨어뜨리고 말았다.

"2분 30초 전 공기 속에 분사된다고 상상한 그 에어로졸의 성분명이 뭐였습니까?"

"성분명이요? 갑자기 든 상상이라서……"

"제조 회사는요?"

"글쎄, 그것까지는……"

"물론 약품의 용량이 몇 ml라는 것도 정확히 모르시겠죠?"

"예, 예."

"매사에 그렇게 애매모호하게 생각하시오?"

"아니, 누가 그렇게까지 구체적으로 상상을……"

"'숫자는 인간을 완전하게 한다'는 표어를 꼭 지켜주기 바라겠소. 수치화되지 않으면 그건 기록으로 인정이 안 된단 말이오!"

어지순은 들고 있던 전자노트를 펼치더니 입주자 정보 통계치를 살폈다. 그러고 나서 그에게 두 번째 배지를 건넸다.

"상상의 총량이 10TB를 넘었으니 이것을 받으시오. 마지막으로 경고하겠소. 노란 배지를 앞으로 하나만 더 달면 고백수사를 받게 될 것이오. 만일 고백수사를 받지 않거나 미루면 사법 위원회에 고발하겠습니다."

보호관찰관은 그렇게 말한 뒤 자리를 떴다.

"저 보호관찰관은 어떻게 방송도 안 나왔는데 그걸 다 알지?" 모르모트가 물었다. "넌 안 그래?" 요철이 말했다. "아니, 내 보호관찰관은 저기 멍청하게 앉아 있잖아." 모르모트가 개수대 옆에 앉아서 졸고 있는 남자를 가리켰다.

"그럼 어떻게 너의 상상을 감시한단 말이야? 대체 무슨 능력으로……, 아, 우라질! 내가 이런 상상이나 하고 있다니!"

모르모트는 최대한 수치화된 생각을 하려고 애썼다.

"식탁의 길이는 120x80cm이며, 식판의 크기는 50x40cm이고, 현재 그릇에 남은 멸치는 총 7마리이며, 밥알은 237알이야…… 난 벌칙이 아니라 모범 상상범 표창을 받아야 해."

모르모트는 그렇게 말하며 남은 멸치를 밥에 비볐다. 요철이 시계를 보니 점심시간이 이제 십 분도 남지 않았다. 그는 급히 숟가락을 움직였다. 그러다가 갑자기 숟가락을 놓고 딴 데를 바라보며 실실 웃기 시작했다.

"혹시 저 여자 아나?"

그가 가리킨 곳에 한 여자가 군복을 입은 채 서 있었다. 그녀는 이율리가 틀림없었다. 그녀는 가슴에 '등급 분류관'이라는 명찰을 달고 있었다.

"등급 분류소에서 일하는 여자야." 모르모트가 말했다.

그녀의 몸에서 풍기는 레몬 향을 맡은 요철은 이미 상상의 나래를 펼치고 있었다. 그는 그녀를 위한 프러포즈를 준비하는 약혼자였다. 만일 그녀가 프러포즈를 수락한다고 해도, 앞으로 애를 낳지 않을 용의가 있는지는 의문이었다. 요즘 여성들의 가치관을 고려할 때 그녀는 계속 일을 하고 싶어할 수도 있고, 아니면 보통의 여자들처럼 자신을 닮은 사내아이를 원할 수도 있다. 모성을 부정하기란 너무도 어려운 것이다. 하지만 요철은 준비가 되지 않았다. '만일 나를 반쯤 닮은 아이가 매일 나를 괴롭히고 어깨에서 내려오지 않으면 어떡하지? 만일 이 여자가 알코올 중독자 아버지 밑에서 자라 밥 먹기보다

매 맞는 데 더 익숙한 어린 시절을 보냈다면, 분명히 회초리를 쉽게 들지도 몰라.' 요철은 이 여자가 전깃줄로 아이를 마구 때리는 극단적인 상황을 떠올렸다. 그리고 개, 소, 말이 들어간 격렬한 언어로 싸우고 심지어 야구방망이와 각종 식기류가 싸움의 주요 소품으로 등장하는 장면들도 떠올랐다. 만일 그렇게 되면 그들의 결혼생활은 불행하게 끝나고 아이는 고아원에 맡겨질지도 모르며 그 아이는 평생 알코올에 절어 있다가 그의 나이 서른이 되어 자기를 버린 부모를 찾아와 흉기를 휘두를지 모를 일이었다.

거기에까지 상상이 미치자 그는 상상을 멈추고 말았다. 갑자기 또 방송이 흘러나오기 시작한 것이다. 그 방송이 끝나면 또 보호관찰관이 올 게 빤했다.

"알려드립니다. 오후 12시 58분, 상상범 7232가 이율리 등급 분류관의 입술에 키스하는 상상을 했습니다."

상상범 7232, 즉 모르모트의 수인번호였다. 모르모트는 방송에서 자기 번호가 나오자 화들짝 놀라고 말았다. 여자가 기분 나쁜 표정을 짓자, 모르모트는 그녀의 눈길을 피하기 위해 고개를 푹 숙였다. 그는 창백한 얼굴을 한 채 식은땀을 흘리기 시작했다.

"혹시 남는 세트라 있나?"

요철은 주머니를 뒤져 세트라 한 알을 그에게 건네주었다.

"고마워. 이번 주에 할당된 분량을 다 먹었어. 지금 두통이 너무 심해."

요철은 주머니를 뒤져 하얀 약통을 통째로 그에게 건네주었다. 세트라는 속효성이었다. 삼십 초도 안 되어 혈색이 돌아오더니 조금씩 숨을 천천히 쉬기 시작했다. 그러더니 세트라 없이는 하루도 살 수가 없다고 중얼거리며 그는 자리에서 일어났다.

그때 3시 방향에 있던 어지순이 잰걸음으로 다가왔다. 이번에야 말로 고백수사감이라고 생각하며 요철은 그의 시선을 피하며 바닥으로 눈을 내리깔았다. 그런데 그의 시야에 들어온 것은 군화였다. 군화가 신경질적으로 어지순의 구두코를 부딪치자, 구두가 뒷걸음질로 물러났다.

"상상범 304의 등급 재조정이 필요합니다." 율리가 말했다.

"좋아요. 고백수사 건은 재조정 후에 다시 논하기로 합시다."

어지순은 그렇게 말한 뒤 자리를 떴다. 율리는 잠시 주변을 살피더니 요철을 데리고 등급 분류소로 갔다.

등급 분류 재조정

등급 분류소는 로텍의 입구에서 가장 가까운 곳에 있었다. 입주자가 로텍에 들어온 다음 등급 분류가 신속하게 이루어져야 하기 때문이었다. 그가 등급 분류소 입구에 들어서자 데우스 엑스 마키나 감마선이 조사되었다. 다섯 가지 색깔 중 '오렌지'에 불이 들어왔다.

요철은 이곳이 등급 분류소라고만 불릴 뿐 실제로는 티켓 구입처라고 생각했다. 그도 그럴 것이 아치형으로 생긴 창구 앞을 지키던 남자가 율리에게 티켓을 한 장 건네주었기 때문이다. 요철은 보지 못했지만 거기에는 '등급 : 오렌지. 적절한 조치에 들어갈 것'이라고 적혀 있었다.

분류소는 복층 구조로 되어 있는 커다란 방이었다. 1층에 대기하고 있는 사람들은 마치 바둑판의 돌처럼 질서 있게 앉아 있었다. 2층에는 널찍한 격자창 두 개가 나란히 붙어 있었는데, 군복을 입은 사람과 가운을 입은 사람들이 이리저리 왔다 갔다 하고 있었다. 요철은 2층을 바라보다가 자연스럽게 천장의 중앙으로 시선이 갔다. 등급 분류소의 천장은 무척이나 높았고 어지러운 그림과 글자들이 그려져 있었다. 1층의 입구가 시끌벅적하더니 한 무리의 초등학생들이 견학을 와 있었다. '상상을 하면 여러분도 저렇게 되는 거예요!'라고 말하는 선생님인지, 가이드인지 하는 여자가 가리킨 손끝에는 지옥의 문 앞에서 무릎을 꿇고 있는 불쌍한 한 남자가 보였다. 이를 보고 눈물을 글썽이는 아이도 있었다.

요철은 율리를 따라 2층으로 올라갔다. 그곳에는 수십 개의 침대가 놓여 있었다. 그가 2층에 있는 발판을 밟자마자 문 위의 오렌지색 조명에 불이 들어왔다. 율리는 요철에게 오렌지색 가운을 준 뒤 입으라고 했다. 잠시 후 가운을 입은 군의관이 오더니 책상 앞에 앉으라고 했다. 요철은 그의 가운 위에 적힌 글씨를 슬쩍 보았다. '치료감호소 김현호.' 요철이 의자를 당겨 앉자, 군의관은 요새 무슨 꿈을 꾸느냐고 물었다. 요철은 꿈에 어떤 여자가 자주 나온다고 하면서 율리를 눈짓으로 가리켰다. 하지만 군의관은 별다른 눈치를 채지는 않은 듯이 급성 상상과 만성 상상의 증상이 어떻게 다른지 설명하기 시작했다. 급성 상상은 증상 발현 후 48시간 이내에 적절한 조치를 취하면 이를 해결할 수 있지만, 만성 상상은 약으로 평생 조절해야 하는 증상을 안고 있다는 것이었다. 그는 요철이 지금 갑자기

'오렌지'로 등급이 격상되었기 때문에 급성 상상에 해당한다고 말했다. 그는 이 증상을 치료하기 위해 전기자극을 쓸 것이라고 말했다. 요철은 이 과정이 모두 연극의 한 과정이라고 생각했기 때문에 별 의심 없이 침대 위에 누웠다. 잠시 후 안전 요원들이 그의 양쪽 팔과 다리를 천으로 묶었다. 요철은 갑자기 몸을 꿈틀대기 시작했다. 요원들은 요철의 머리와 양쪽 가슴, 왼쪽 겨드랑이 밑에 수십 개의 전극 패치를 부착시켰다. 그러고 나서 컴퓨터에 연결된 수십 개의 라인을 그 패치에 일일이 연결시켰다. 요철은 자신이 해파리로 변신한 것 같은 상상을 하며 혼자 큭큭댔다.

"지금부터 아무 상상도 하지 않도록 노력하십시오. 데우스 엑스 마키나는 당신에 대해 전부 다 알고 있어요. 그를 속일 수 있는 것은 아무것도 없습니다."

군의관은 요철에게 입고 있던 가운을 벗으라고 했다. 요철이 잠깐 긴장하며 눈을 감고 있는 새 군의관은 그의 몸에 마취주사를 투여했다. 요철은 스르르 잠이 들었다. 깨어보니 벌써 삼십 분이 지나 있었다. 요철은 무의식적으로 항문과 입안을 손가락으로 긁어보았다. 하지만 약 냄새는 느껴지지 않았다. 게다가 그는 산에 올라가 맑은 공기를 한껏 들이마신 것처럼 머리가 한결 가벼워졌다. 군의관은 요철에게 약 처방전을 주었다. 요철은 그 종이를 주머니에 구겨넣은 뒤 가운을 도로 입었다. 그가 꾸벅 인사를 하고 난 뒤 1층으로 향하는 계단으로 내려가려고 하는데, 군화 소리가 들렸다. 그가 뒤를 돌아보니 율리가 그를 내려다보고 있었다.

"약국은 저기예요."

율리는 지하로 내려가는 작은 문을 가리켰다. 그녀가 먼저 앞장 서서 걸어 내려갔다. 누군가 일부러 운동을 하려고 만들었는지 수백 개의 나선형 계단이 있었다. 하지만 지하로 가면 갈수록 요철은 이 길이 약국과 거리가 멀다는 것을 알아챘다. 계단 주변은 미등만 켜 있어 자기 몸에 팔다리가 제대로 붙어 있는지도 분간이 안 갈 정도였다. 하지만 이렇게 감각이 하나, 둘 무뎌지자 요철의 상상력에는 더 큰 조명이 들어오는 것 같았다. 그는 전부터 하고 싶었던 이야기를 꺼냈다.

"우리 전에 같이 연극을 한 적이 있지 않습니까?"

요철은 아무 말도 없이 내려가는 율리의 등짝을 향해 물었다. 하지만 여전히 그녀는 뒤도 돌아보지 않고 나선형 계단 위에 부지런히 발을 디뎠다.

"언젠가 이 장면을 본 것 같아요. 그런데 저 밑에 약국이 있는 겁니까?"

요철은 꿋꿋이 물었다.

"당신은 내 꿈을 꾸죠?" 마침내 율리가 물었다.

"예, 맞아요."

"사실 나도 당신 꿈을 꿔요."

그녀는 이렇게 말하면서 주머니에서 종이 하나를 내밀었다. 요철은 라이터를 켜고 그것을 보았다. 문서 형식으로 보아, 요철이 작업장에서 복사하던 서류 중 한 장이었다. 알 수 없는 기호와 숫자들이 가득했다.

"당신은 위험에 빠졌어요."

율리가 말했다. 요철은 종이에 코를 가까이 대고 암호를 해독하듯이 그 서류를 바라보았다. 다행히 그가 유일하게 알아볼 수 있는 글자가 있었다. '凹凸'. 요철은 서류 곳곳에 적힌 본인의 이름을 손가락으로 가리켰다.

"이게 왜 여기에 적혀 있죠?"

"가석방 위원회가 얼마 전에 열렸어요. 교도소 회전율을 높여야 한다는 목소리가 많아요. 지금 이미 로텍은 상상범들로 만실이에요. 과연 누굴 가석방시킬 것인가? 그런 문제로 매일 논쟁 중이죠. 세금을 축내는 죄질 나쁜 상상범들은 퇴출시키고 모범 상상범들로 로텍을 가득 채워 더 많은 후원금을 끌어모을 작정인 겁니다. 그리고 지난주 드디어 가석방 위원회가 결론을 맺었죠. 당신은 로텍법이 생긴 이래로 최초의 사형수가 될 겁니다."

"사형수요?"

"천사 같던 우리 언니는 실종 사십 일 만에 분쇄기에 갈린 것처럼 죽어서 나타났고 평생 천식으로 고생하던 할아버지는 유방암으로 돌아가셨어요. 인생은 어찌 될지 모르는 거예요. 하지만 괜찮아요."

"괜찮다니, 뭐가 괜찮다는 거죠?"

"내가 당신을 로텍에서 탈옥시킬 거니까요."

율리가 그렇게 말한 순간 계단이 끝나 있었다. 그곳은 암흑만이 가득한 빈 공간이었다. 요철이 다시 그녀를 보기 위해 얼굴을 돌렸지만 그녀는 사라져 있었다.

▼
그건 저희 담당이 아닙니다

요철은 꿈에서 깨어나 셀 안을 두리번거렸다. 그는 여전히 셀이

낯설었다. 그는 첫 공연날을 떠올렸다. 처음 어떤 대본을 받아들고 무대에 서면 그는 제일 먼저 그 공간에 익숙해지려 애썼다. 공간이 하나의 좌표라는 생각을 하면 무대가 두렵지 않았다. 그는 목장 밖을 나온 소처럼 멋대로 상상의 초원을 활보하고 다녔다. 생각들이 파편처럼 마구 흩어졌다. 그것을 잡기 위해 전자노트를 펴고 반성문을 써보려고 애를 썼다. 공중에 뿌려진 돈다발을 잡기 위해 악을 쓰는 사람처럼 보였을 것이다. 하지만 아무래도 반성할 거리가 생각나지 않았다. 게다가 그것을 쓰는 것이 상상을 멈추는 데 도움을 주는 것도 아니었다. 그가 반성해야 할 것을 상상해서 쓴다면 그는 다시 반성문을 써야 하고 또 무엇을 써야 할지 상상해내야 하기 때문이다.

"배우란 몸을 쓰는 직업이다. 아무것도 하지 않는 연기까지 할 수 있어야 진정한 배우이다." 요철의 연기 스승은 늘 그렇게 말했다.

그는 마치 그 스승이 지금도 보고 있을 것이라는 생각이 들어서 강박적으로 몸을 일으켰다. 그는 팔굽혀 펴기를 백 개까지 하고 나서 지쳐버렸다. 다리를 쭉 뻗고 누웠다. 마치 관 속에 들어온 기분이 들었다. 그때 벽면에 있던 스피커에서 갑자기 방송이 나왔다.

"알려드립니다. 오후 3시 2분, 상상범 304가 관에 들어간 자신의 모습에 관한 상상을 했습니다. 이어서 오후 3시 3분 상상범 304가 관 안에 벌레가 들어오자 밖으로 몸을 뻗어 탈출하는 상상을 했습니다. 이어서……"

그는 리모컨으로 조심스레 304 채널을 눌러보았다. 그러자 거기에는 자신과 무척이나 닮은 사람이 호텔 방에 앉아 있는 것이 보였다. 그는 다른 채널로 돌려보았다. 이번에는 다른 사람들의 방이 보였다. 그는 다시 304 채널로 돌아왔다.

"저건 내 모습이잖아? 정말로 지금 이 연극이 외부로 송출되고 있단 말이군."

그는 저 '데우스 엑스 마키나'라는 이름의 연출가를 만나보고 싶은 호기심이 생겨났다. 그는 대체 무엇을 위해서 이런 작품을 만들게 된 것일까? 배우가 연출에 대한 모든 것을 알 필요는 없지만, 그는 연출의 방향을 안다면 더 좋은 연기를 할 수 있다고 늘 생각해왔다. 더구나 이제 그는 '극단 요철'의 창립자이자 연출가가 될 몸이었다. 그는 이 연극을 좀 더 진지하게 즐길 필요가 있다고 생각했다.

요철은 침상 옆에 있는 전화의 수화기를 들었다. 0번을 누르자 서무과의 직원이 친절하게 전화를 받았다.

"데우스 엑스 마키나씨에게 연결 좀 해주세요."

"예?"

"그분이 연출가이신 것 같은데, 아직 저랑 깊은 대화가 오가지 않았다고요."

"그건 저희 담당이 아닙니다."

"아니, 아니, 끊지 말아요! 제가 상상범이라는 역할로 확정된 겁니까?"

요철이 묻자, 직원은 로텍의 사법 위원회로 전화를 걸어야 한다고 했다. 그는 친절하게 사법 위원회의 종합안내서비스 번호로 연결해주었다. 종합안내서비스 직원은 고충 처리과로 전화를 걸면 아마도 당신이 궁금한 것을 알게 될 거라고 했다. 하지만 고충 처리과 직원은 상상범 인권 위원회로 전화를 걸라고 했고 상상범 인권 위원회는 다시 로텍 서무과로 문의하라고 했다. 아까 요철의 전화를 받은 그 직원이 또 전화를 받았지만 그는 요철의 목소리를 기억하지 못했다.

"아니, 이러깁니까? 제가 이 연극의 주연배우입니다. 그런데 어처구니없게도 저에게는 아무런 정보가 없습니다. 지난 십 년간 무수히 많은 극에 출연했고 즉흥극도 해본 저입니다. 하지만 아무리 열린 극이라고 해도 배우에게 기본적인 설정은 주는 법입니다. 그런데 이건 당최 아무런 얘기가 없어요. 제가 궁금한 것은 단지 이 연극이 누구 손에 의해 만들어지고 있는지, 작가가 누구이고, 연출이 누구인지에 관한 것입니다. 원래 배우로서 저의 원칙은 대본 없이는 작품 출연을 결정하지 않는다는 것인데……"

"당신 보호관찰관에게 문의하세요."

> 인간　(명) 사람을 참조하시오.
> 사람　(명) 인류를 참조하시오.
> 인류　(명) 인간을 참조하시오.

요철은 무한히 순환하는 사전을 두 시간째 뒤적이는 기분이 들었다. 그는 수화기를 내려놓다가, 수화기 안쪽에 붙은 스티커가 너덜거리는 것을 발견했다. 스티커에는 '로텍 A2'라는 글씨가 로텍의 로고(L)자 밑에 적혀 있었다. 요철은 스티커의 빈틈 사이에 침을 발라 그것을 살살 떼어내어보았다. 그러자 그 밑에 유성물감 도장을 찍었던 흔적이 나타났다. 책상 위, 침대 옆, 벽면, 의자 밑에도 전부 스티커가 있었다. 요철은 호기심이 생겨, 로텍 로고 스티커가 붙은 곳을 찾아다니며 그것을 일일이 다 떼어보았다. 거기에는 이런 글씨가 흐릿하게 새겨져 있었다.

'로텍 중앙교도소.'

기요철의 연출론

다음날 요철은 작업장에 가서 보물찾기를 하듯 그 기호('凹凸')를 찾았다. 로텍 중앙교도소의 자취를 감추게 한 스티커처럼 어떤 글자 뒤에 그 기호가 숨어 있을지 모를 일이었다. 평소에는 신경도 쓰지 않는 로텍어들의 물결 속에서 그는 기어이 '凹凸'을 두 번이나 찾아냈다. 작업반장이 그날따라 조용했기 때문에 더 찾을 수는 없었지만 그만해도 대단한 발견이었다.

요철은 율리의 말이 생각나 찜찜했다. 그냥 단순히 상상범들의 이름이 나열된 문서일 수도 있잖은가? 요철은 그렇게 생각하며 모르모트의 본명 '구영삼'이 있는지 샅샅이 뒤졌다. 그러나 고대 로제타 석에 생긴 문자처럼 요상하게 생긴 기호들 사이에 '구영삼'이라는 글자가 있을 리 없었다. 그는 혹시나 해서 '903'으로도 찾아보았지만 실패였다. 그 문서에는 오로지 '凹凸'라는 기호만 존재할 뿐이었다.

작업장에서 돌아와 옷을 갈아입으려 하는데 누군가 문을 두드렸다. 문 밖에 키가 훤칠하게 큰 양복 입은 남자가 서 있었다.

"정의철이라고 합니다." 그가 요철에게 꾸벅 절을 했다.

"아, 스티커 문제 때문에 오셨군요? 제가 여러 번 서무과에 전화를 했죠. 스티커를 그렇게 제대로 안 붙여놓으면 다들 의심할 겁니다.

미술감독도 하나 없는 연극이 다 있냐고……"

요철은 그렇게 말하면서 책상 건너편에 앉은 남자를 보았다. 정의철의 얼굴은 수려했고 최고급 양복을 입고 있었다. 그의 몸에 있는 모든 털은 정원수처럼 깔끔하게 다듬어져 있으며 양복을 세탁하고 나면 매번 커프스단추가 바뀔 것 같은 이미지였다.

"혹시 제가 기억나지 않으십니까?"

"잠깐, 어디선가 뵌 적 있는 것 같군요."

요철은 미간을 찡그렸다가 뭔가가 생각난 듯 눈을 크게 떴다.

"아아, 제 3차 공판 때 검상 역할을 하신 분이시죠?"

"기억하시는군요. 연기가 어설펐죠?"

"이제 기억나요. 그때 제법 괜찮았으니 부끄러워 마세요. 시선처리가 약간 어색하시던데 그 부분만 고치면 좋을 것 같더군요. 그나저나 반갑습니다. 그런데 무슨 일로?"

"사실 저는 이 영화의 연출가예요. 당신을 캐스팅한 사람도 접니다."

"영화요? 그럼 당신이 데우스 엑스 마키나씨입니까? 사람을 참 별난 방식으로 캐스팅하시네요?"

"좀 색다른 영화를 만들어보고 싶었어요. 그런데 무슨 일로 저를 찾으셨습니까?"

"저는 솔직히 이 연극, 아니 영화에 불만이 좀 있습니다. 저도 눈치가 있는 사람인지라, 이 영화가 즉흥드라마라는 건 그때 우리가 만났던 법정 장면에서 알아차렸죠. 하지만 아무런 정보도 없이 다짜고짜 이렇게 배우를 투입하신다는 게 납득이 안 갔습니다."

"바로 그걸 노린 겁니다. 기요철 배우야 연기 베테랑이시니 충분히 해내실 것이라고 믿었습니다."

"아니, 베테랑은 베테랑이라고 쳐도, 나 이거 원. 사실 지금도 좀 헷갈립니다. 제가 지금 극 안에 있는 것인지, 아니면 극 밖에 있는 것인지요."

"지금도 사람들은 TV로 우리 모습을 지켜보고 있어요."

"그래요? 카메라가 어디 있죠?"

"카메라는 데우스 엑스 마키나가 대신해요. 어느 각도에서건, 어느 위치에서건 데우스 엑스 마키나는 포착할 수가 있어요."

그 말에 요철은 사방을 둘러보았다. 하지만 어쩐지 믿음이 가지 않는 말이었다.

"이 영화 제목이 뭡니까?"

"미정입니다."

"장르는요?"

"초기에 구상한 건 범죄물이었어요. 어떻게 보면 액션느와르에 가까워요. 구성은 액자식이죠. 이야기 속에 이야기가 있고 또 그 이야기 속에 이야기가 들어 있는."

"예, 뭔지 알겠습니다. 고전적인 방식이죠."

"전 말입니다, 당신이랑 정말 괜찮은 영화를 만들어보고 싶어요. 원래 제가 연출하고자 했던 연극은 한 여성 킬러의 이야기였습니다."

"여성 킬러요?"

"예, 하지만 예상하시는 것만큼 피도 눈물도 없는, 잔인한 킬러는 아니에요. 제가 생각하는 캐릭터는 마리아처럼 순수하고 유리처럼 약한 여자예요. 마리아가 자신의 의지와 상관없이 신의 아들을 배태하였듯이 우리의 주인공도 어쩔 수 없이 킬러의 길로 들어서게 됩니다."

"어째서죠?"

"제가 생각한 그림은 이렇습니다. 그녀는 전형적인 운명론자였고 어린 시절에 '열여섯 살에 죽음의 위기를 맞는다'는 점쟁이의 말을 듣고 염세주의자로 변했습니다. 그녀는 매일 자신이 갑자기 죽어버릴지도 모른다는 두려움에 떨었고 차라리 그렇게 개처럼 죽어버리느니, 스스로 죽음을 택하겠다고 생각했죠. 그래서 그녀는 매일 자살 시도를 하거나 자살하는 방법을 연구했습니다. 그런데 정말로 열여섯 살이 되자 그녀가 아닌 그녀의 천사 같은 언니가 살인마에 의해 피살되는 사건이 일어났습니다. 그때 그녀는 자기 대신 언니가 죽었다고 생각했고 그로 인해 자신의 삶이 멈춰버렸다며 매일 신을 원망하게 되죠. 그러다가 자신에게로 향하는 죽음의 공포가 타인에게 전이되어버립니다. 그러던 어느 날 그녀는 자살 기도를 위해 면도칼로 손목을 긋던 자신을 발견한 행인을 죽여버립니다. 그녀는 스스로 자신을 방어하는 차원에서 저지른 살인이었다고 생각하게 되고 그 뒤로 본격적인 킬러의 길에 들어섭니다. 그렇게 해서 총 열여섯 명의 무고한 사람들을 죽이게 되죠. 그녀는 시체를 토막내어 정육점에 팔거나 여대생을 지하실에 사십 일간 가두어 굶어 죽이고 급기야 임신부의 태아를 산 채로 꺼내 그 해골로 만든 목걸이를 걸고 다닙니다. 하지만 그녀는 떳떳하죠. 자신은 살인하는 것이 아니라 신을 대신하여 사람들에게 속죄할 기회를 준다고 믿으니까요."

"혹시 실화인가요?"

"아뇨, 다 제 머릿속에서 나온 이야깁니다."

"아, 제가 착각했습니다. 상당히 구체적이어서."

"칭찬으로 듣겠습니다."

그는 슬며시 미소를 띤 후 말을 계속했다.

"그녀는 다음 타깃으로 세 명을 삼게 됩니다. 로텍 소장, 수사신부, 그리고 차기 법무부 장관을 노리는 로텍파 의원, 이렇게 세 사람입니다."

"왜 그들을 죽이죠?"

"그건 모르겠습니다."

"아니, 연출가가 그것도 몰라요?"

"사실은 제가 긴 슬럼프에 빠져 있습니다."

정의철은 와이셔츠의 가슴 부분의 단추를 한두 개 푼 뒤에 앞에 놓인 물을 마셨다.

"일단 제가 생각한 첫 부분은 이렇습니다. 이 여성 킬러가 앞서 두 사람을 죽인 뒤 마지막으로 로텍파 의원을 죽이려다 체포되어 법정에 선 장면입니다. 거기서 그녀가 왜, 그리고 어떻게 의원을 죽이게 됐는지 역설하게 되죠. 하지만 한번 막히기 시작하니까 정말 대책이 없더군요. 하루 종일 책상 앞에 앉아도 멍할 뿐 아무 생각도 떠오르지 않았습니다."

"혹시 로텍에 대한 원한 때문은 아닐까요?"

"원한이요?"

"그 세 사람 모두 로텍과 관련이 있는 사람들 아닙니까?"

"그럴 수도 있겠네요."

"그럴 수도 있다니! 연출가가 그런 말을 하면 안 되죠!"

요철은 정의철이 마시다 만 물을 끝까지 비워버렸다.

"그나저나 저는 무슨 역할을 맡게 되는 겁니까?"

"아직 정해지지 않았습니다."

"아직이라고요? 이 양반 답답한 사람이네. 캐스팅만 해놓고 배역을 주지 않다니!"

"그래서 이렇게 직접 당신을 찾아온 겁니다. 기요철 배우께서 연출에도 지대한 관심을 갖고 계신다고 들었습니다. 좀 이상하게 들리시겠지만, 제가 만든 대략의 뼈대에 맞춰, 기요철 배우가 원하는 대로 이 영화를 끌고 갔으면 합니다. 이 극의 결말 역시 본인이 원하시는 대로 하고요."

그 말을 듣고 요철은 귀가 솔깃해졌다.

"저더러 감독을 맡으라고요?"

"예, 캐스팅부터 각본까지 모두 참여해주셨으면 좋겠습니다."

"하지만 저는 영화 쪽은 문외한이에요. 만일 손해라도 난다면……영화는 연극보다 더 상업적인 매체 아닙니까?"

"그건 걱정 마십시오. 제가 이미 투자자를 다 포섭해놨고, 판권도 이미 다 팔렸습니다."

"벌써요?"

"예, 예술을 보는 눈은 다 같은 겁니다. 물론 스태프들은 저의 오랜 동료들이 그대로 투입될 겁니다."

"그럼 제가 공동 연출가로 이름을 올리게 되는 겁니까?"

"예. 주연은 기요철씨, 감독은 저와 기요철씨, 이렇게 공동 연출로 합시다. 어때요?"

요철은 고민에 빠졌다. 만일 그가 첫 영화를 통해 성공적으로 데뷔한다면 그에게 진정한 연극 연출의 기회가 올지도 몰랐다. 그러면 그는 마음에 들지 않는 이 영화의 첫 부분을 완전히 편집해서 휴지

통에 내버릴 수도 있었다. 그런데 생각해볼수록 이상한 일이었다.

'나처럼 경험이 없는 사람에게 왜 이런 좋은 조건의 영화를 맡기려 하는 것일까? 혹시 영화가 망하면 나한테 돈을 뜯어가려는 것 아냐? 아니지, 아냐, 냉정하게 생각해보라고. 사실 말이야 바른 말이지, 나만큼 충분한 자격이 있는 사람도 드물다고! 난 오랫동안 연극에 몸담아오면서 연기뿐 아니라 연출 감각도 자연스럽게 익혔잖아. 배우의 마음을 움직여야 좋은 연출이 나오는 법이지.'

이렇게 생각하고 보니 그는 왜 이 정의철이라는 작자가 이제야 자신을 찾아왔는지 원망스럽기까지 했다.

기요철의 연출론 : 좋은 연출이란 배우가 얼마나 고집이 센지 알아가는 과정이다.

"'율리아' 어떻습니까? 여주인공 이름으로요." 요철이 말했다.

"괜찮네요!" 정의철은 무릎을 쳤다. 요철은 신이 나서 침을 튀며 이야기를 계속했다.

"그럼 제가 그 여주인공을 사랑하는 남자 주인공이자 이 극의 화자 역할을 맡겠습니다. 한 평범한 남자가 여주인공을 사랑해서 쫓아다니다가 어느 날 그녀가 연달아 두 명을 살인하는 것을 우연히 목격하게 되는 겁니다. 그것을 발견한 남자가 사정을 물어보자 여자가 울면서 대답합니다. '이건 살인이 아니라 제사야!' 이 대사는 매우 의미심장합니다. 하지만 남자 주인공은 그게 무슨 뜻인지 전혀 모릅니다. 그는 그 말이 무슨 뜻인지 백방으로 알아봅니다. 그리고 마침내 그녀의 언니를 죽인 진범이 사형되기 직전 범죄완화특별조치법이 통과된 것을 알게 됩니다. 이로써 살인마를 영영 잡을 수 없게 된 율리아가 직접 복수에 나서게 된 것도요."

"우와, 기요철씨! 이걸 지금 방금 지어낸 겁니까?"

"예, 물론이죠."

"대단해요. 어떻게 상황과 인물만 주어졌는데 이야기를 술술 풀어냅니까? 혹시 알고 있는 이야기가 아닙니까?"

"저는 벌써 십 년 경력 아닙니까? 제 머릿속에는 러시아 비극, 프랑스 희극, 영국 낭만극, 미국의 풍속극 할 것 없이 전부 들어 있다고요. 물론 다들 망해버린 나라들이지만."

"어이쿠, 이거 이야기를 끊어서 죄송합니다. 계속 해보세요."

요철은 정의철의 뜨거운 눈빛을 피하기 위해 그가 앉은 반대쪽 책장을 눈으로 훑다가, 우연히 19세기 러시아 희곡 선집에 시선이 꽂혔다.

"'블라디미르'는 그녀에게 자수하라고 계속 설득하고 여자는 고민하게 됩니다."

"블라디미르요?"

"아, 좀 전에 갑자기 생각났는데, 남자 주인공 이름입니다. 제가 19세기 러시아 연극을 좋아하거든요. 러시아 연극에는 특유의 비장미와 인간미가 살아 숨쉬죠. 특히 아이러니와 페이소스는 타의 추종을 불허하고요!"

"아, 그래서 블라디미르……, 그렇다면 배경이 19세기 러시아가 되는 겁니까?"

"예, '율리아'라는 이름도 러시아의 흔한 여성 이름이지 않습니까?"

"그건 그렇지만, 아무래도 투자자들에게 19세기는 별로 매력적으로 다가오지 않을 것 같네요. 시대적 배경은 그냥 현재로 하는 게 어떨까요?"

"24세기요? 흠, 그건 좀 곤란한데요. 내가 생각한 인물들은 19세기에 훨씬 어울려요."

"그럼 범죄완화특별조치법 통과라는 설정은 어떡하고요?"

"아, 그런가요? 그럼 19세기 SF영화라고 광고하면 어떻겠습니까? 24세기 인물들이 19세기로 타임워프한 것으로 하고요, 19세기에 이런 법이 있다고 가정하는 거죠."

정의철의 표정은 부정적이었다. 그는 잠시 생각해보더니 이렇게 말했다.

"이 문제는 좀 더 논의해보기로 하죠. 어쨌든 율리아는 블라디미르에 의해서 드디어 살인을 멈추는 겁니까?"

"아뇨! 주인공이 그렇게 쉽게 의지가 꺾이면 안 되죠!"

"그럼 어떻게 할까요?"

정의철의 질문에 요철은 잠깐 턱을 괴고 생각했다. "누명을 쓰는 건 어떨까요?" 요철이 무심코 던진 말에 정의철의 눈이 커졌다.

"오, 좋아요. 이건 어때요? 율리아에게 블라디미르를 못마땅하게 생각하는 아버지가 있는 거예요. 아버지는 블라디미르가 로텍 소장과 수사신부를 죽였을 뿐만 아니라 그 이전에 열여섯 명의 무고한 사람들을 죽인 살인귀라고 주장합니다. 율리아가 말리려고 애쓰지만 끝내 블라디미르는 모든 죄를 뒤집어쓴 채 체포되어 법정에 끌려갑니다. 재판이 시작되고 블라디미르의 결백을 주장하기 위해 율리아는 증인으로 나섭니다. 블라디미르가 자신이 저지르지도 않은 로텍 소장과 수사신부의 살인에 대해 설명을 하고 있을 때, 율리아는 또 다른 증인으로 나선 로텍파 의원을 노려봅니다. 그때 그녀의 살인 본능이 되살아나는 거죠. 그래서 블라디미르가 최후의 진술을 하게 되었을 때, 그녀는 갑자기 일어나 로텍파 의원을 총으로 쏴버립니다. 의원은 그 자리에서 즉사하고 율리아는 체포되어버립니다. 그녀가 체포되는 것을 본 블라디미르는 머리에 총을 쏘고 스스로 죽어버림으로써 율리아의 결백을 주장하게 되는 것입니다. 어때요? 감동적이지 않습니까?"

정의철의 말에 요철은 고개를 잠시 갸우뚱했다.

"아무래도 그녀가 왜 의원을 쏘는지 납득이 가지 않는데요?"

요철의 말에 정의철은 약간 실망한 눈치였다.

"그래요? 그럼 어떻게 할까요?"

"블라디미르한테 라이벌이 있는 겁니다."

"라이벌이요?"

요철은 몸을 앞으로 바짝 당겨 앉아 열변을 토해내기 시작했다.

"예, 블라디미르가 누명을 쓰는 것까지는 같아요. 그런데 율리아에게는 정략결혼을 약속한 약혼자가 있었던 겁니다. 그는 얼굴도 훤칠하고 유능한 검상이에요. 그런데 나중에 알고 보니 그녀의 가족을 죽인 사람이 다름아닌 이 작자로 밝혀지는 거죠. 그 약혼자는 '미하일'로 합시다. 미하일의 정체를 알게 된 율리아는 분노를 감추지 못합니다. 그녀는 약혼을 깨버리고 블라디미르 재판에 증인으로 나섭니다. 진짜 연쇄살인마는 저 불쌍한 블라디미르가 아니라 저기 검상의 자리에 선 미하일이라면서 그녀는 블라디미르의 무죄를 적극 주장합니다. 하지만 최종 판결에서 블라디미르는 끝내 사형 선고를 받고 맙니다. 그로 인해 율리아는 분노를 참지 못하고 미하일에게 총을 쏘는 겁니다."

"아, 그건 좀 아닌 것 같아요. 블라디미르가 머리에 총을 쏘고 스스로 죽는 게 좀 더 나아요. 그래야 사랑의 비극이 완성됩니다."

정의철의 말에 요철이 고개를 가로 저었다.

"절대 안 될 말입니다. 주인공이 죽는다면 관객들은 아마 등을 돌릴 겁니다."

"그럼 이건 어떻습니까?"

정의철이 두 손을 모으며 머릿속에서 뭔가를 그리는 듯한 표정으로 천장을 바라보며 말했다.

"율리아가 미하일에게 총을 쏘려고 했던 찰나, 옆에서 누가 그녀를 미는 바람에 총이 그만 블라디미르에게 맞는 거예요. 그래서 블라디미르는 재판이 채 끝나기도 전에 피를 흘리고 죽는 거죠."

"그럼 너무 어정쩡하지 않습니까?"

"뭐가 어정쩡하단 겁니까? 투자자들이 당신의 연출 스타일이 지나치게 연극적일 거라고 우려하더군요. 연극에서 경력을 쌓은 탓이겠지만, 영화는 본질적으로 연극과 달라요. 좀 더 역동적인 그림이 나와줘야 합니다. 율리아가 블라디미르의 사형 선고에 분개해 미하일에게 총을 쏘려다 오히려 미하일의 총에 맞아 죽는다는 설정이 차라리 낫겠어요." 정의철이 말했다.

"그건 당신이 잘못 생각하는 겁니다." 요철이 고개를 저으며 말을 이었다.

"율리아가 미하일을 죽이고 주인공들이 해피엔딩으로 가는 게 맞다고 봐요. 우라질 시가 지금 얼마나 각박합니까? 이런 세상에서 사

람들이 기댈 곳은 약이 아니라 예술이죠. 예술이 바로 정신의 치료
약이에요. 그러니까 배우인 우리들은 일종의 의사이자 약사가 되는
겁니다. 그러고 보니, 미하일 역할에 딱 맞는 사람이 하나 있어요."
요철이 말했다.

"그게 누군가요?"

요철은 정의철 주변을 한 바퀴 돌면서 그의 몸을 위아래로 훑었다.

"정의철씨야말로 완벽한 미하일이군요. 냉철하고 보수적이면서도
세련된 느낌이에요. 본인은 어때요?"

"제가 미하일 역을요? 에이, 전 그런 건 못합니다."

"제 공판 때처럼 자연스럽게 하면 돼요. 아니, 자연스러운 것은 생
각하지 말고, 최대한 본인다운 연기를 해봐요."

"이를테면 어떻게 말입니까?"

"블라디미르가 끝내 사형 선고를 받을 때 미하일의 표정을 지어
봐요."

요철은 정의철에게 그렇게 주문한 뒤 천천히 그의 연기를 기다
렸다.

"괜찮다니까, 그냥 편하게 하면 돼요."

정의철은 한참을 뜸들이다 어떤 표정 하나를 지었다. 그 표정은
좋아한다고도 싫어한다고도 할 수 없는 묘한 표정이었다. 그것은 굉
장히 익숙하면서도 낯선 표정이었고 선량한 일반 시민으로서는 쉽
게 분노를 일으키게 할 만한 표정이었다. 찰나의 시간에 그는 아마
추어로서는 보기 힘든 복잡 미묘한 표정을 선보인 것이었다.

"그만하면 됐어요! 당신을 미하일 역으로 캐스팅하겠습니다."

"하지만 전……"

"저는 법정 장면을 〈율리아〉에서 가장 중요하게 생각하고 있습니다. 정의철씨가 그 대목에서 날카로운 검상의 이미지를 그대로 보여 줬으면 합니다. 피고인을 적당히 몰아붙이면서 살살 구슬리며 끝내 원하는 것을 얻어내는 냉혈한이죠. 하지만 이 냉정함 못지않게 약혼 녀에 대한 애증으로 가득 차 재판 중에 감정이 폭발하는 부분이 있어야 합니다. 굉장히 이중적인 감정을 번갈아 보여줘야 해요."

"아니, 그렇게 어려운 내면 연기를 제가 어떻게 합니까?"

"연기 경험이 부족하단 말은 하지 말아요! 저는 연출 경험이 아예 없는 사람이니까."

정의철은 잠깐 떨떠름한 표정을 지었지만 의외로 쉽게 이 역할을 수용했다. 더구나 그는 이전에 법정물을 찍었을 때 점찍어둔 배우와 재판장의 세팅을 그대로 쓰면 어떻겠냐는 제안까지 했다. 요철은 정의철에게 법정 장면에 관한 모든 준비를 맡기기로 했다.

"정의철씨 덕분에 영화의 반은 벌써 완성한 기분이군요."

요철은 만족스러운 표정을 지었다. 그는 점점 감독이라는 직업이 마음에 들기 시작했다. 마치 원하는 대로 찰흙이 빚어지는 느낌이었다.

"자, 그럼 여배우 캐스팅만 남았군요." 정의철이 말했다.

"다른 배우들은 일반 오디션을 해도 상관없지만 여자 배우는 정말 연기를 잘하는 분이었으면 합니다. 제가 이전에 좀 당한 일이 있어서요."

"찜해놓은 사람이 있어요?"

"좀 뚱딴지 같은 얘기처럼 들리겠지만 꿈에 자꾸 한 여자가 나타나요."

"꿈에요?"

"네. 그 여자를 우리 영화의 주인공으로 썼으면 좋겠어요."

요철이 말했다.

▼ 꿈에서 만나요

'대화의 시간'은 상상범의 집단치료 시간이었다. 수사신부 외에는 아무도 이 시간을 함께할 수 없었다. 집단치료는 3단계로 이루어졌다. 1단계는 강연, 2단계는 모둠 대화, 3단계는 전화 고백이었다. 요철이 보기에 강연은 정말 끔찍했다. 한 뚱뚱한 여자가 나와서 침을 튀면서 한 시간에 걸쳐 한 얘기는 한마디로 이거였다.

"바람난 남편에 대한 원망으로 매일 밤 통닭을 먹으면서 남편과 그 여자가 자는 상상을 하곤 했는데, 결국 제가 잘못했습니다."

요철은 몇 번이나 그녀의 이야기를 끊고 싶었다. 이렇게 너저분한 연기를 하는 여자 때문에 이 영화가 폭삭 망하게 될 거라고 연출가에게 가서 따지고 싶었다. 하지만 아무리 둘러봐도 공동 연출가는 보이지 않았다. 하긴 이곳은 늘 붙어다니던 보호관찰관조차 입회가 허락되지 않은 곳이었던 것이다.

요철은 강연장을 가득 메운 사람들을 보았다. 그들은 손을 휘휘 저어가며 열정적으로 강연하는 그 뚱뚱한 여자에게 완전히 빠져버린 듯했다. 요철은 고개를 설레설레 저으며 두 손을 모았다. 조용히 묵상하는 척하며 잠을 잘 생각이었다. 하지만 그때마다 보호관찰관이 다가와 목덜미를 꽉 잡는 느낌이었다.

지옥 같은 세 시간의 간증회가 끝나자 다 같이 '울음바다' 시간을 가졌다. 그것은 지난날의 잘못을 회상하며 서로의 손을 잡고 엉엉 우는 시간이었다. 울음바다 시간에 앞에 나온 사람은 모르모트였다. 그는 접어올렸던 양 소매를 내리면서 앞으로 나갔다.

　"저는 로텍에 처음 왔을 때 제 보호관찰관을 밀치는 바람에 코뼈를 부러뜨렸습니다. 하지만 관대한 로텍법 제1조의 은혜를 입어 무죄를 받았지요. 그런데 그날 밤 잠이 오지 않는 겁니다. 제가 그랬다는 것을 당국에 고발한 저희 작업반장에 대한 미움 때문에요. 그래서 저는 무죄를 받은 그날, 반장님 머리를 프라이팬으로 내리쳐 머리뼈가 산산 조각나는 상상을 해버렸어요. 그 때문에 저의 보호관찰관께서는 그 일을 로텍의 사법 처리 위원회에 고발하셨고, 그 때문에 저는 총 세 번, 열여섯 시간 동안이나 고백수사를 받아야 했습니다. 그래서 옐로 등급으로 강등되어 십 킬로그램 이상인 물건과 이하인 물건을 구분하는 창고 정리 일을 하였죠. 하지만 이제 저는 반성합니다. 제가 얼마나 반장님께 큰 실수를 하였는지, 또 제가 마음에 둔 분과 키스하는 상상을 하느라 얼마나 많은 밤을 날려버렸는지 말입니다. 이제 여러분 앞에서 이렇게 사죄합니다."

　박수가 간간이 터져나올 무렵 그는 갑자기 통곡을 하기 시작했다.

　"전 행복해요. 저는 더 이상 상상을 하고 싶지 않아요. 상상은 사람을 해롭게 해요. 상상은 인간의 의식과 무의식을 철저히 파괴해요. 저는 이곳 로텍에 들어와 상상이라는 죄를 저지르던 지난날의 저를 반성하고 또 반성합니다. 회개하고 또 회개합니다. 감사합니다."

　사람들이 기립박수를 치기 시작했다. 그는 눈물을 닦으며 자리로 돌아왔다.

요철은 그를 측은하게 바라보았다. 그의 연기는 지나치게 감정적이었다. 적당히 감정을 절제했어야 했는데 이렇게 오열을 했다는 것이 요철로서는 안타까웠다.

"다 같이 우리의 지난날을 반성합시다!"

대화의 시간을 진행하는 김오식 수사신부가 이렇게 말하자 모두들 고개를 숙인 뒤 눈물을 흘리기 시작했다.

요철은 아무리 생각해도 잘못한 것이 떠오르지 않았다. 눈물 연기를 할 때마다 그가 써먹는 특효약이 있었다. 그것은 아주 매운 후춧가루가 눈에 들어갔다고 생각하는 것이었다. 요철은 '울음바다' 시간을 재치 있게 잘 넘겼다고 기뻐했다.

하지만 2단계는 그리 쉽게 넘길 수 있는 것이 아니었다. 열 명이 한 모둠이 되어 동그란 원을 그리고 앉았다. 이번에도 말 많게 생긴 사람들이 골고루 앉아 있었다. 그들은 자신들이 상상 때문에 얼마나 힘들었는지, 그리고 더 이상 상상을 하지 않게 되어 얼마나 기쁜지 주절주절 늘어놓기 시작했다. 하지만 각자 자신의 이야기를 하는 것일 뿐 그들은 누구의 말도 듣지 않았다. 진정한 대화 같은 건 없었다. 그것은 대화라기보다는 시도 때도 없이 울려대는 알람이나 다름없었다.

이번에는 요철의 차례였다.

"이렇게 다 같이 모인 것도 특별한 기회인데, 제가 한마디 하겠습니다. 이번에 제가 처음으로 〈율리아〉라는 영화의 연출을 맡게 될 예정입니다. 율리아라는 여성 킬러의 복수를 다룬 범죄물이죠."

"저도 복수극이라면 정말 좋아해요!"

요철의 말에 끼어든 사람은 아까 그 통닭 많이 먹었다는 여자였다.

"그만하시오."

김오식 수사신부가 갑자기 요철의 이야기를 중지시켰다. 사람들이 웅성거리는 것을 보고 김 수사신부는 단상 위에 올라가 마이크에서 굉음이 울리게끔 했다. 그 소리를 듣고 사람들은 말을 멈추었다.

"지금은 과거에 저지른 상상을 회개하는 자리입니다. 보호관찰관에게 아무런 설명도 듣지 못했나요?"

"……"

"세트라는 먹었겠죠?"

요철은 입을 꾹 다물었다.

"오늘은 기요철 입주자의 첫 번째 대화의 시간이니 그냥 넘어가도록 하겠습니다. 방금 기요철 입주자가 한 이야기는 기록에서 모두 삭제하도록 하지요."

"감사합니다." 요철이 대답했다.

"수사신부님, 사이코드라마 치료라는 것도 있잖아요." 통닭녀가 말했다. "제가 여러 번 정신과 치료를 받아봤거든요? 원래 제가 조울증이 있었어요. 아졸락도 소용이 없더라고요. 근데 사이코드라마는 그 어떤 약보다 치료 효과가 뛰어나다더군요. 어쩌면 제가 배우 출신이라 그런 건지도 모르지만요."

그 말을 듣고 요철이 통닭녀를 다시 쳐다보았다. 어딘가 모르게 낯설지 않은 얼굴. 그 얼굴의 주인은 바로 통통하게 살이 찐 오미영이 틀림없었다. 요철은 그녀를 보자 반가운 마음과 지겨운 마음이 동시에 들었다.

"저는 찬성이요. 매번 치료 프로그램이 똑같아서 무료합니다." 나이 지긋한 남자 하나도 거들었다. 그는 어깨가 구부정하고 왼쪽 뺨에 길게 상처가 나 있었다.

"저도요. 보호관찰관 없이 합시다!" 이번에는 비슷한 연배의 빼빼마른 남자가 손을 들었다. 그것을 보고 오미영이 경쾌하게 박수를 쳤다. "와, 두 분의 생각이 일치할 때도 있네요!"

사람들이 너도나도 찬성표를 보내자 김 수사신부도 어쩌지 못하는 눈치였다.

"좋습니다. 하지만 저의 입회하에 특별히 실시하도록 하겠습니다. 만들 수 있는 기한은 딱 삼 일입니다. 단 그렇게 완성된 영화가 아무런 치료적 효과가 없는 것으로 밝혀지면 상영회 없이 바로 폐기처분하도록 하겠습니다."

"어떻게 영화를 삼 일 내에 찍습니까?"

"싫으면 관두든가."

김 수사신부가 그렇게 말하면서 요철을 노려보았다.

"특히 당부할 게 있소! 이 사실을 절대 보호관찰관에게 알리면 안 됩니다. 만일 이 일이 발각되면 보호관찰관들이 들고 일어날 수도 있는 문제란 말입니다. 이건 내 특별권한으로 허락한 것임을 명심하시오. 아시겠소?"

"마음 약하신 수사신부님 감사합니다."

요철은 일어나서 수사신부에게 꾸벅 절을 한 뒤 사람들을 향해 이렇게 말했다.

"이따 오후 6시에 지하 연습실에서 오디션을 보려고 합니다. 지금 필요한 역할이 남자 분 세 분이에요. 나이가 좀 지긋하신 분들이었으면 좋겠습니다. 혹시 시간이 되시는 분들은 A2동 지하에 있는 연습실로 와주시기 바랍니다."

"율리아 역은 오디션 안 보나요?" 통닭녀가 손을 들고 물었다.

"좋은 질문입니다만, 주인공은 이미 낙점해둔 분이 계십니다."

모둠 대화가 끝나고 3단계 전화 고백의 시간이 이어졌다. 전화 고백소는 닭장처럼 생긴 곳이었다. 수백 개의 닭장 속에 전화기가 한 대씩 놓여 있었다. 보호관찰관이 요철에게 준 번호는 18번이었다. 잠시 후 전광판에 18 : A2라는 글자가 떴다. 요철은 A2의 닭장으로 가서 걸려오는 전화를 받았다.

"기요철씨, 왜 내 말을 믿지 않죠?" 그것은 틀림없이 이율리의 목소리였다.

요철은 주위를 둘러보았다. 하지만 닭장 안에서 볼 수 있는 시야에는 한계가 있었다.

"오늘 밤 나랑 만나요." 율리가 말했다.

"예?"

"이따 잘 때 꿈을 하나 꾸세요." 그녀가 목소리를 낮춰 말했다.

"꿈을 꾸라면 맘대로 꿔집니까?" 요철이 물었다.

"잠들기 전에 나랑 섹스하는 것을 상상해요. 그럼 자연스럽게 잠이 오고 어느새 내 꿈을 꾸고 있을 테니까."

율리의 말에 요철은 침을 꿀꺽 삼켰다.

"꿈에 버스가 하나 지나갈 거예요. 새벽 3시쯤 그 버스를 타고 반드시 열여섯 번째 정류장에서 내려요. 그럼 낯익은 광장이 보일 거예요. 거기 있는 '세계는 의지의 반영'이라는 카페로 와요. 누가 말을 걸어도 대꾸하지 말구요. 오늘 밤, 당신은 영원히 여길 탈옥하는 거예요. 아셨죠?"

전화는 그렇게 끊겼다.

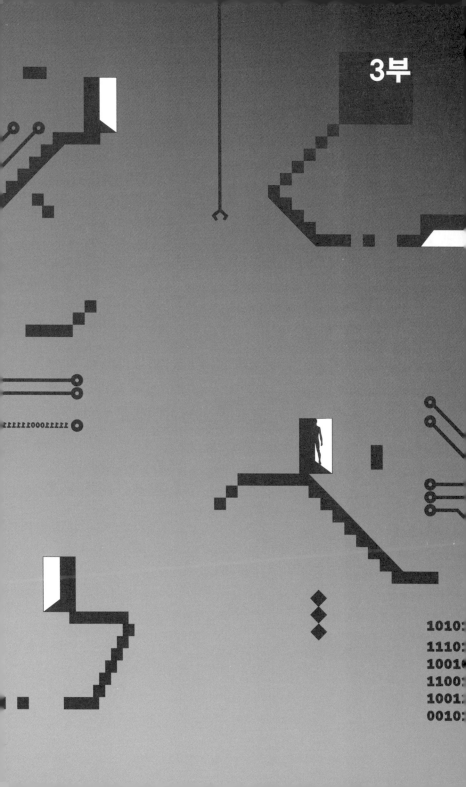

3부

101010
111010
100100
110010
100110
001010

모든 것을 신에게 맡기고
그런 연극 따위는 포기하는 것이 더 낫지 않을까?
—헤르만 헤세, 《요양객》

오디션

지하 연습실은 피살자가 되기 위한 사람들이 대기하는 오디션장으로 변했다. 오미영은 오디션 대기자들을 위한 의자를 마련해오고 그들에 대한 번호표를 일일이 종이에 작성해서 나눠주었다. 그녀는 내심 여주인공 자리를 노리는 듯했다. 하지만 요철은 그녀를 조연출로 여길 뿐이었다. 오디션 심사는 요철과 김오식 수사신부가 보기로 했다. 요철은 수사신부에게 간단히 〈율리아〉의 줄거리와 인물에 대해 소개했다.

"오늘 캐스팅할 사람은 율리아에게 피살당하는 남자 역입니다. 로텍 소장, 수사신부, 로텍파 의원. 이렇게 세 사람이죠. 그럼 오늘 심사 잘 부탁드리겠습니다."

"나야말로 잘 부탁하네. 여기 있는 사람들은 로텍의 VVIP야. 상상 범 한 명을 관리하는 비용이 얼만지 아나? 자그마치 6500만 우라 야, 6500만! 저들은 적어도 그 몫을 할 만한 후원금을 낼 수 있는 여 력이 있는 자들이네. 그러니 저들의 심경을 건드리면 다음 해에는 영영 로텍의 입주자를 못 받게 될 수도 있어. 알겠나?" 김오식 수사 신부가 이렇게 속삭였다. 그의 말이 끝나기 무섭게 오미영이 다가와 요철에게 물었다.

"저는 뭘 준비하면 될까요?"

"당신은 조연출이니까 오디션 참가자를 바로바로 대기시켜줘야 지."

"제가 율리아 역할이 아닌가요?"

"그럴 리가? 그러기엔 당신은 너무 뚱뚱해요. 오미영씨가 등장한 순간 이게 다이어트에 도전한 뚱뚱한 여자의 사랑 이야기라고 오해 하는 사람들이 생길지도 모릅니다."

"통닭을 끊을게요."

"통닭이 문제가 아니라, 이미 낙점한 사람이 있어요."

"누군데요, 그 년이?"

오미영의 면도날 같은 눈을 보고 요철은 입을 꾹 다물었다. 그러 자 오미영은 3대 0으로 지고 있을 때 후반 십 분을 남기고 패널티킥 을 허용한 골키퍼와 같은 표정을 지었다.

"그럼 율리아의 언니 역이라도 시켜줘요. 죽은 언니를 회상하는 장면에 살짝 등장하게요."

"그런 역은 애당초 없었어요. 그냥 대사로 처리할 거요."

"제발 부탁이에요. 이게 저한텐 마지막 기회란 말이에요. 사실 율리아가 범죄를 저지르기 시작한 것은 미하일의 손에 언니가 죽는 것을 본 사건 이후잖아요."

"율리아의 언니는 사십 일간 지하실에서 굶어 거의 아사상태에 피살당했다고요. 지금 당신 이미지랑은 전혀 안 맞아요. 알겠어요? 나는 오랜만에 당신 얼굴을 보고 오미영인지, 갓 찐 발효식빵인지 구분도 못했다고요!" 요철이 말했다.

오미영은 울먹거리며 사십 일 다이어트를 통해 완벽한 아사상태로 만들어오겠다고 약속했다. 그러면서 닭 가슴살 샐러드니, 당근 다이어트니, 블루베리 요거트니 하는 것들을 언제, 어떤 용량으로 먹을지를 지리멸렬하게 늘어놓기 시작했다. 요철은 그 지루한 이야기를 끊기 위해 이렇게 말했다.

"알겠어요, 알겠다고요. 그럼 미하일에게 납치당하기 전에 매달리는 장면을 연기해봐요."

"네, 감사합니다!"

그녀는 거의 울먹이는 표정으로 바닥에 무릎을 꿇었다.

"제발, 저를 죽이지 마세요. 저는 아직 할 일이 많아요. 어떤 일이냐고요? 이따 머리도 해야 하고, 반지도 맞추러 가야 해요. 손톱도 지금 다 지워져서 엉망이에요. 오늘 죽을 순 없어요. 차라리 저를 죽이시려면 내일 오세요, 제발!"

그녀의 연기는 소행성이 지구에 충돌하는 재앙처럼 다가왔다. 요철은 차라리 자신이 눈이 멀고 귀가 먼 사람이었으면 좋겠다고 생각했다.

"어때요?"

그것은 방금 전 지진보다 더한 여진처럼 다가오는 질문이라고 요철은 생각했다.

"단 삼 분이라도 좋아요. 제발, 부탁이에요." 오미영이 애걸복걸했다. 요철은 그녀의 장면을 단 삼 분 만에 찍어버리고 나중에 통째로 편집해야겠다고 생각하며 고개를 끄덕였다. 오미영은 예상 밖의 긍정적인 제스처에 뛸 듯이 기뻐했다. 그녀는 그날 밤 통닭을 먹으며 오랜만의 캐스팅 성공을 자축하겠다며 해맑게 웃었다.

잠시 후 오디션이 시작되었다. 가장 먼저 눈에 띈 사람은 이 영화에 관심이 있다고 손을 들었던 두 초로의 남자였다. 왼쪽 뺨에 상처가 난 남자와 빼빼 마른 남자는 서로 등을 돌린 채 딴 데를 쳐다보고 있었다. 오미영이 다가와 요철의 귀에 대고 속삭였다.

"……저 사람들은 참 웃기는 인연이에요. 두 사람은 '세계 사형수의 날' 대회에서 만났는데, 서로를 죽이려는 상상을 하다가 체포되었죠. 저기 빼빼 마른 남자의 아들이 왼쪽 뺨에 상처가 난 남자의 아들을 때려 죽였지요. 가해자는 재수 없게도 로텍법이 통과되기 전에 사형수가 되어 교수형을 당했어요. 그후에 저 왼쪽 뺨에 상처가 난 남자가 '세계 사형수의 날'에 가서 그 가해자의 아버지를 용서해주기로 하고 둘은 친구가 되었어요. 하지만 화해하던 날 밤 왼쪽 뺨에 상처 난 남자가 술을 마신 뒤 '그 애비에 그 아들'이라고 빼빼 마른 남자를 놀렸어요. 빼빼 마른 남자가 지나가던 개미를 손으로 죽인 뒤 먹었거든요. 그것 때문에 둘이 술집 한가운데서 뒹굴며 싸웠다죠. 그 뒤에도 술 마시면 원수가 되었다가 '울음바다' 시간만 되면 언제 그랬냐는 듯이 서로 부둥켜안고 엉엉 울어요. 좀 안됐어요."

요철은 두 남자를 자세히 관찰했다. 둘 중 한 명에게 로텍 소장 역할을 맡기면 제법 괜찮을 것 같았다. 요철은 일부러 두 사람을 동시에 불러서 연기 테스트를 했다.

"율리아의 첫 번째 희생자인 로텍 소장 역할을 두 분 중 한 분이 맡아주시면 좋겠네요."

"저희가요?"

두 양숙은 서로의 얼굴을 쳐다보았다.

"지금 방금 떠올랐는데 로텍 소장이 테니스를 치다가 죽는 게 어떨까 싶네요. 로텍 소장이 공을 쳤는데, 반대편에서 공이 아닌 총알이 날아오는 겁니다."

요철의 말에 두 남자가 고개를 끄덕였다. 김오식 수사신부는 아까부터 왼쪽 뺨에 상처가 난 남자의 모습을 보며 무척 흐뭇해하고 있었다. 요철 역시 그 남자의 연기가 자연스럽다고 생각했다. 그는 빼빼 마른 남자를 캐스팅하라는 오미영의 말을 무시하고 왼쪽 뺨에 상처가 난 남자를 로텍 소장 역으로 찜했다. 김 수사신부는 왼쪽 뺨에 상처가 난 남자가 뽑히는 건 당연하다면서 속삭이듯 이렇게 말했다.

"얼마 전 가석방 위원회가 열려 입주자 선정에 관한 협의를 했지. 헌데 빼빼 마른 쪽은 더 이상 가망이 어렵겠더군. 후원금을 반으로 줄이자는 데 서명했다지 뭐야? 지금 그렇지 않아도 운영비의 반은 후원금으로 메우는 중인데, 세금만 축내는 입주자는 필요 없는 거지."

"왼쪽 뺨에 상처가 난 자는 계속 여기 남는 겁니까?"

"그렇지. 저 자의 외아들이 죽으면서 유산 상속인이 영영 사라져 버렸거든. 이제 저 사람의 전 재산이 로텍으로 넘어오는 거요."

김 수사신부가 그렇게 말하며 웃었다. 그 순간 요철은 '수사신부' 역할에 어울리는 배우를 찾았다고 생각했다. 수사신부 역할에 김오식 수사신부만큼 잘 어울리는 사람이 또 있으랴? 요철은 그렇게 생각하며 오디션 대상 리스트에서 '수사신부'에 줄을 그었다.

"오늘 오디션은 여기서 끝입니다." 요철이 말했다.

"예? 벌써 캐스팅이 다 끝나셨나요? 나머지 역할은요?" 오미영이 물었다.

"삼 일 내에 다 찍으려면 시간이 없어요. 이왕 모인 김에 '로텍 소장 살인 사건' 부분부터 촬영에 들어갑시다."

"리허설도 안 하고요?"

"그냥 즉흥극이라고 생각해요."

요철은 왼쪽 뺨에 상처가 난 남자에게 여주인공 없이 피살되는 역을 해달라고 주문했다.

"너무 긴장할 것 없어요. 여기 이 연습실이 테니스장이라고 생각하고 여주인공이 반대편에서 총을 쏘았다고 생각하고 쓰러지는 연기를 해봐요."

"네, 그럼 총을 쏴주세요."

"아뇨, 총알이 날아온다고 가정하고 해보라니까요."

그때부터 이 남자는 안절부절 못하기 시작했다.

"총알도 날아오지 않는데 그걸 어떻게 생각합니까?"

"제가 알기론 총알이 그쪽으로 날아가면 영영 테니스를 못 치게 되는 걸로 아는데요."

요철이 간접적으로 요구사항을 말했지만 그는 잘 알아듣지 못하는 듯했다. 왼쪽 뺨에 상처가 난 남자는 잠깐 뭔가를 생각하는 듯하더니 머리를 감싸 쥔 채 비틀대기 시작했다.

"아니, 저 사람 왜 저러지?" 요철이 중얼거렸다.

"전형적인 증상이죠. 상상범들은 저렇게 자주 멀미를 해요. 저도 두통이 있을 때마다 세트라를 먹곤 하는데, 그러면 좀 가라앉더군요." 김 수사신부가 말했다.

요철은 일단 왼쪽 뺨에 상처가 난 남자에게 세트라를 먹든가 빨리 화장실에 다녀오라고 말했다. 그는 세트라를 한 알 먹더니 비틀비틀 밖으로 걸어나갔다.

오미영은 어떻게든 빨리 이 장면 리허설을 끝내고, 자신의 연기 실력을 보여주고 싶은 마음에 다른 배우를 쓰자고 졸랐다. 그는 다름아닌 빼빼 마른 남자였다. 하지만 그 역시 총알을 맞고 쓰러져야 하는 이유가 뭔지 전혀 모르는 것 같았다.

"총알을 실제로 맞는 건가요?" 빼빼 마른 남자가 물었다.

"물론 아니죠." 요철이 대답했다.

"그럼 나더러 왜 총알을 맞으라는 거요? 당신도 그놈 아들처럼 맞아 죽고 싶어요?"

때마침 화장실을 다녀온 왼쪽 뺨에 상처가 난 남자는 그 말을 듣자마자 눈이 뒤집혔다. 그는 달려가서 빼빼 마른 남자의 멱살을 잡았다. 하지만 왼쪽 뺨에 상처가 난 남자의 이성은 이미 화성으로 날아간 지 오래였다. 그는 빼빼 마른 남자를 바닥에 패대기쳤고, 그 바람에 촬영은 자동 종료되고 말았다.

사실 이 두 사람 말고도 후보자는 많이 있었다. 심한 불면증 환자인데 너무 잠을 못 잔 나머지 자기를 제외하곤 세상 사람들 모두가 불면증에 걸린 상상을 하다가 체포된 여자, 손가락에 화상을 입고 매일 밤 피아노가 물에 잠기는 상상을 해서 체포된 남자, 복숭아나무 위에 올라가 낮잠을 실컷 자는 것을 상상하다가 체포된 여자, 극

장에서 영화가 지루한 나머지 연신 시계를 쳐다보는 사람들을 보고
는, 대형자기장으로 지구의 시곗바늘을 멈추게 하는 상상을 해서 체
포된 남자 등이 모두 로텍 소장의 피살 연기에 도전했다. 하지만 그
들은 모두 연기가 무엇인지조차 이해하지 못했다. 총에 맞아 죽는
연기를 하라는 요철의 주문에, 그는 총에 맞아 죽기 전에 짧게 유언
장을 쓰겠다며 눈물을 글썽이기까지 했다.

요철이 한숨을 쉬고 있는데, 갑자기 누군가 황급히 오디션장의 문
을 박차고 들어오는 소리가 들렸다. 어지순이었다. 그는 허들 백 개
를 단숨에 넘어온 사람처럼 숨을 헐떡이고 있었다.

"저 자에게 이렇게 마구 상상을 하도록 놔둬도 되는 겁니까?"

그는 심장을 부여잡고 김 수사신부에게 소리를 고래고래 질렀다.

"이건 상상범을 치료하기 위한 사이코드라마야. 오해하지 말게."

김 수사신부의 말에도 아랑곳하지 않고 어지순은 떠들어댔다.

"저한테 NCS가 이식되었다는 것을 잘 아시잖습니까? 대체 이게
무슨 짓입니까? 당장 사법 위원회에 고발하겠습니다!"

"그러든가. 이 양반아, NCS는 법적 인정을 받지 못했어. 앞길이
꽉 막히고 싶다면 계속 그렇게 떠들어보시지."

"제 앞길 걱정일랑은 마십시오."

"흠, '그 소문'이 사실이었나보군? 정정 의원의 사주를 받았다는
소문 말이야."

"설마 수사신부님도 제가 로텍 소장의 살인사건과 관련이 있다고
생각하는 겁니까?"

"마지막으로 로텍 소장을 만난 것도 자네고. 너무 딱딱 맞아떨어
지잖아."

"이미 종결된 사건입니다. 이율리가 범인으로 밝혀졌고요. 무엇보다 살인은 더 이상 범죄가 아니니 괜한 죄의식을 심어줄 생각은 마시죠."

"그럼 배신인가? 자네를 여기 심어주고 NCS를 준 사람도 고인성, 그 양반이었는데!"

"자꾸 그런 식으로 나오시면 저도 가만있지 않을 겁니다."

"정정 의원이 차기 법무부 장관을 준비하신다며? 하긴 그보다 그 자리에 어울리는 사람은 없지. 원래 법무부(法務部)는 법이 없어서 법무부(法無部)라잖은가."

"대체 수사신부님은 어느 편입니까? 로텍파입니까? 반로텍파입니까?"

"지금 그 말이 여기서 왜 나오나? 난 그 어느 쪽도 아니야!"

잠자코 그 말을 듣고 있던 어지순의 얼굴이 뻘게지더니 '툭!' 하는 소리를 내며 바닥에 고꾸라졌다. 그는 협심증에 걸린 사람처럼 가슴을 부여잡은 채 앞으로 엎드려 있었다. 그는 살짝 옆으로 몸을 비틀더니 허리춤을 만지작댔다.

"…… 세트라요, 세트라를 줘요."

그는 호흡이 가빠지고 그 자리에 쓰러질 것처럼 몸을 떨고 있었다. 요철은 윗옷 주머니에서 연둣빛 알약이 가득 든 통을 꺼냈다. 그는 쓰러진 어지순의 머리맡에 앉아 그의 입을 한껏 벌린 다음, 혀 밑에 그것을 몇 알 넣어주었다. 그러자 몇 분도 채 지나지 않아 그는 조금 나아진 것 같았다. 그는 서서히 숨을 돌리며 약통을 감다 만 눈으로 바라보고 있었다.

"왜 이렇게 약이 많이 남았소? 상상범 304, 고백수사요, 고백수사……"

요철은 그 말을 들으며 김오식 수사신부를 쳐다보았다. 수사신부
는 어이없는 표정을 지으며 한쪽 입 꼬리를 추어올렸다.

♥ 세계는 의지의 반영

셀에 돌아온 요철은 장마 만난 지렁이처럼 완전히 지쳐 있었다.
그는 오랫동안 참고 있던 소변을 보았다. 샤워도 했다. 오디션 때문
에 복잡해졌던 기분이 조금 나아졌다. 보드라운 파자마로 옷을 갈아
입고 오데 코롱을 몸 여기저기에 뿌렸다. 그러자 율리의 레몬 향기
가 갑자기 떠올랐다. 그는 그 향기를 생각하며 그녀와 섹스를 하는
상상을 했다. 작은 오르가슴이 세 번 찾아오더니 마침내 절정에 달
했고 마침내 거대한 오르가슴을 체험한 뒤 스르르 잠이 들었다.

한 시간 뒤, 요철은 모래폭풍 속을 거니는 꿈을 꾸고 있었다. 그는
자신이 꿈을 꾸고 있다는 사실을 자각하고 있었다. 모래가 입과 콧
구멍에 들어가는 것을 윈드브레이커로 막으며 주변을 두리번거렸
다. 하지만 어디에도 버스정류장은 보이지 않았다. 그런데 새벽 3시
를 알리는 종이 어디선가 울렸다. 그러더니 버스 한 대가 폭풍을 뚫
고 그의 앞에 섰다. 그는 윈드브레이커의 옷깃을 거머쥔 채 버스에
올라탔다. 버스 안에는 아무도 없었다.

'정말 원하는 대로 꿈을 꿀 수 있다니!' 요철은 자신의 생각대로 꿈
이 꿔지는 것이 마냥 신기했다. 하지만 이 꿈마저도 영화의 한 장면
일 수도 있다는 생각이 얼핏 들었다. '혹시 정의철이 나 몰래 이 여자

를 먼저 캐스팅한 것 아냐?' 요철은 다소 얼굴이 상기되었다.

　바깥은 깜깜해서 아무것도 보이지 않았다. 버스에는 에어컨 바람이 세게 틀어져 있었다. 요철은 무릎에 덮은 담요를 턱까지 당겨보았지만 한기는 여전했다. 잠시 후 버스 문이 열렸다. 이제 세 정거장째였다. 앞으로 열세 정거장을 더 가야 율리가 말한 그 건물이 나올 터였다. 요철은 정류장을 놓치지 않기 위해 눈을 연신 깜빡였다. 마침내 멀리서 큰 회색 건물이 보였을 무렵, 요철은 푹 잠들어 있었다. 운전사가 다가와 어느 정거장에 내리느냐고 물었지만 요철은 대답하지 않고 버스에서 내렸다.

　정류장을 지나자 익숙한 광장이 나왔다. 그곳은 시계탑이 있는 교회가 있는 바로 그 광장이었다. 유일하게 네온사인이 켜진 카페가 멀리 보였다. '세계는 의지의 반영'이 분명했다. 불 켜진 간판을 보자 요철은 초콜릿을 곁들인 에스프레소 때문에 입에 침이 고였다. 그는 서둘러 카페로 향했다. 문을 열고 들어가자, 예전에 본 것과 똑같은 풍경이 보였다. 바흐의 〈Coffee Cantata BWV211〉가 흐르고 에스허르의 그림이 걸려 있는 갈색 벽돌도 여전했다. 그런데 이전과 다른 점이 있다면 카페에 손님들이 제법 눈에 띈다는 점이었다. 요철은 구석에 있는 녹색 소파 앞에 가서 앉았다. 그는 윈드브레이커를 벗어 소파 위에 얹었다. 그때 문이 열리더니 율리가 카페로 들어왔다.

　"여기예요!" 요철이 손을 들었다.

　"난 레모네이드, 당신은?" 율리가 말했다.

　"에스프레소요."

　주문이 끝난 뒤 요철은 잠시 뜸을 들이다 이렇게 말했다.

"그러잖아도 만나고 싶었습니다. 〈율리아〉에 대해서 말할 것도 있고."

"율리아?"

"네, 〈율리아〉의 주인공 역을 맡아주시면 좋을 것 같습니다."

"어떤 역할인데요?"

율리는 공허한 눈빛으로 그를 바라보았다. 요철은 갑자기 어디론가 숨고 싶어졌다. 그녀는 모든 것을 알고 있는 것처럼 성숙한 눈빛을 하고 있었다.

어쨌든 요철로서는 다행스러운 일이었다. 그녀는 아직 공동 연출가를 따로 만난 적이 없는 것이었다. 마치 유리가 되기 전의 순수한 석영처럼!

"19세기 러시아에서 '율리아'라는 여성 킬러가 복수를 벌이는 내용이에요. 영화의 시작은 법정에서 율리아가 자신에 대해 항변하는 장면에서 시작되죠. 하지만 실제로 크랭크인에 들어가면 로텍 소장의 피살 장면부터 찍을 거예요. 아주 좋은 배우를 구했거든요…… 하지만 또 이렇게 이율리씨를 보니까 꼭 순서대로 찍지 말고 여주인공과 남자가 서로 만나 사랑하는 장면부터 찍으면 좋을 것 같다는 생각이 드는군요."

그때 종업원이 음료를 갖고 오는 바람에 요철의 말은 끊기고 말았다. 율리가 레모네이드를 쭉 들이켰다. 금세 반이 비워졌다. 율리가 입술을 혀로 훑은 뒤 요철을 보며 말했다. 그 모습은 무척이나 자극적이었다. 마치 그녀의 거대한 혓바닥이 요철의 얼굴 전체를 훑어버리는 느낌이었달까.

그때 한 남자가 카페 문을 열고 들어왔다. 이상하게도 그에게는 얼굴이 없었다.

율리는 낯선 남자에게도 물었다.

"뭐 드실래요?"

"홍차요."

얼굴 없는 남자가 말했다.

"인사해요, 이 사람은 우리를 연결시켜준 NCS팀의 프로그래머."
율리가 말했다.

"안녕하세요. 이인용이라고 합니다."

"너무 그렇게 놀란 얼굴 하지 말아요." 율리가 요철에게 말했다.

잠시 후 종업원이 홍차를 가지고 왔다. 그때까지도 요철의 의문은
쉽게 풀리지 않았다. 과연 얼굴 없는 저 남자가 어떻게 홍차를 마실
수 있을까? 그런데 정말 신기하게도 그의 얼굴이 있어야 할 자리에
놓인 시커멓고 흐릿한 점 하나가 홍차를 쭉쭉 들이켜버리는 것이 아
닌가. 요철은 너무 놀라서 에스프레소를 턱 끝으로 줄줄 흘리고 말
았다.

"어째서 이 사람은 얼굴이 없나요?" 요철이 물었다.

"내가 그것까지는 미처 기억해내지 못해서 그래요. 이건 꿈이잖아
요. 현실의 왜곡과 통제."

율리가 살짝 미소를 짓더니 이렇게 말을 이었다.

"정확히 말하면 '우리'가 함께 꾸는 꿈이죠."

"우리요?"

그녀는 벽에 걸린 에스허르의 그림을 가리켰다.

"저 그림을 봐요. 두 남녀의 머리가 붕대처럼 서로 이어져 있죠?
우린 저렇게 서로의 꿈을 공유했어요. 공동의 꿈을 꾸고 있는 거예

요." 율리가 남아 있던 레모네이드를 전부 마시고 말을 계속 이었다.

"우리가 서로의 꿈에 나타나는 이유가 뭔지 알아요?"

"저도 그게 예전부터 궁금했습니다."

"어지순 때문이에요."

"어지순? 내 매니저 말입니까?"

"매니저가 아니라 보호관찰관 말이에요. 혹시 어지순이란 사람에게 이상한 낌새를 눈치채지 못했나요?"

"전혀요."

"어지순이 우리에게 NCS를 불법 도킹했어요."

"NCS?"

"무접촉센서요. 당신이 뭔가를 상상하면 타인이 그 상상의 강도만큼 공포를 느끼게 되는 장치죠. 당신이 뭔가를 상상하는 순간 어지순은 심장에 통증을 느끼게 되고, 그 통증이 임계치를 넘어서면 사망하게 되어 있어요."

요철은 자신의 심장 부위를 잡고 얼굴을 찡그렸다. 율리는 주머니에서 휴대용 NCS 탐지 장치를 꺼냈다. 그것은 작고 둥근 라디오 모양이었다. 그녀는 요철의 몸 위를 샅샅이 훑었다. 장치가 왼쪽 겨드랑이를 통과할 때 '삐삐' 소리가 들렸다. 요철의 왼쪽 겨드랑이 아래에 NCS 칩이 하나 박혀 있다고 했다. 그러면서 자신의 혓바닥을 내밀었다. 그녀가 혓바닥으로 요철의 겨드랑이를 살살 긁듯이 만졌다. 그러자 이인용이 들고 있던 NCS 탐지 장치가 '뚜두- 뚜두-' 하는 소리를 냈다.

"우리가 서로 같은 꿈을 공유하게 된 건 바로 이 NCS가 연결되어 있기 때문이에요. 내가 당신 꿈을 꾸면, 당신은 내가 꾸는 꿈을 또 꾸고…… 일종의 무한루프죠."

"왜 어지순이 우리를 도킹한 거죠?"

"그는 당신과 NCS를 연결하고 당신을 감시하는 조건으로 로텍에 입사했어요. 이번엔 당신을 통해서 나까지 감시하려는 거예요. 하지만 내가 당신과 그 작자 사이의 NCS 연결을 분리시켜서 당신을 탈옥시키는 데 성공할 겁니다."

　요철은 갑자기 일어나서 크게 박수를 쳤다. 사람들이 그를 이상하게 쳐다봤다.

"월척이네요."

"예?" 율리는 입을 벌리고 눈을 동그랗게 떴다.

"이 정도 상상력을 가진 배우라면 주연으로 손색이 없을 것 같군요." 요철이 대답했다.

"주연이요?"

"정말 재미난 얘기였어요. NCS 분리라……, 왜 진작 그런 상상을 하지 못했지? 그러잖아도 19세기 SF를 구상 중이었는데 잘됐군요!" 요철은 미소를 띠며 말한 뒤 표정을 싹 바꿨다. 그는 팔짱을 끼며 그녀를 노려보았다.

"이율리씨, 왜 나한테 거짓말했죠?"

"이건 거짓말이 아니에요!"

"정의철을 만났잖아요. 벌써 둘이 캐스팅 얘기는 끝낸 겁니까?"

"캐스팅이라뇨?"

"어떤 역인지는 대충 아실 테니 생략하겠습니다. 그런데 기왕 이렇게 된 것 저도 그냥 두고 볼 수 없네요. 그렇지 않아도 저는 결말이 마음에 들지 않았으니까요."

"결말이라니, 어떤 결말이요?"

"제 영화 〈율리아〉의 결말 말입니다! 생각해봐요, 율리아가 블라디미르의 사형 선고에 분개해 미하일에게 총을 쏘려다 오히려 그의 총에 죽는다는 것 말입니다. 대체 주인공이 죽는 드라마를 누가 좋아하겠습니까? 아, 물론 〈로미오와 줄리엣〉 같은 예도 있지만요. 공동 연출가에게 말한 결론은 율리아가 미하일을 죽이는 것으로 생각했는데, 생각이 좀 바뀌었습니다. 블라디미르가 미하일을 죽이는 겁니다. 뭐, 꼭 제가 주연이라서가 아니라, 블라디미르가 누명 쓰는 역할로만 끝나면 캐릭터가 좀 밋밋해지는 감이 있어요. 그러니까 사랑하는 여자를 위해 한 방을 쏘는 거죠. 즉 마지막 법정 장면에서 말입니다만, 율리아가 세 번째로 살인하려고 했던 로텍파 의원의 증언을 듣고 나서 그를 총으로 쏘게 되잖아요? 의원이 즉사하고 율리아는 긴급 체포됩니다. 그때 제가, 그러니까 블라디미르가 혼란한 틈을 타 그녀의 총을 줍는 겁니다. 그러고 나서 미하일에게 열여섯 발의 총을 쏘는 겁니다. 미하일이 죽인 희생자 숫자만큼의 총알을 그대로 되돌려주는 거죠. 어때요?"

"정말 소름이 돋네요."

"그렇게 짜릿한가요? 일종의 '희비극(tragicomedy)'이죠. 사람들은 너무 무거운 것은 좋아하지 않아요. 〈템페스트〉나 〈바냐 아저씨〉 같은 작품이요."

율리가 팔짱을 끼며 말했다.

"기요철씨, 〈율리아〉가 본인의 머릿속에서 나온 것이라고 생각하죠?"

"아니란 말씀입니까?"

156

"그건 내 머릿속에서 나온 거예요. 내 기억과 내 상상과 내 생각들! 우리가 NCS 연결로 생각이 마구 섞여버려 출처를 찾을 순 없겠지만 방금 말한 건 내 얘기예요."

"지금 나에게 저작권을 요구하려는 거예요? 아님 표절 제기라도 하는 겁니까?"

"그런 건 관심도 없어요! 당신이 뭔데 내 얘기를 함부로 영화로 만들어요?"

"이건 나한테 정말 중요한 작품이란 말이요. 내게서 〈율리아〉를 빼앗아갈 생각 말아요."

"정신 차려요. 기요철씨, 여기 상상범으로 체포된 건 알고 있어요? 로텍에서는 상상을 금지하고 있어요. 그런데 어떻게 영화를 만든다는 거예요? 다큐멘터리나 극사실 영화도 아니잖아요? 대체 누가 허락을 한 거예요?"

"이거 보세요. 전 이미 수사신부님 앞에서 오디션도 끝낸 사람입니다! 혹시 율리아 역이 줄어들어서 서운한 겁니까? 오해 말아요. 이 율리씨는 누가 뭐래도 이 극의 주인공이니까요. 일단 당장 찍어야 할 것을 말해볼게요. 첫째, 로텍 소장의 암살 장면. 둘째, 수사신부의 암살 장면. 셋째, 법정에서의 로텍파 의원의 피살 장면. 이것이 율리아에게 있어서 가장 중요한 장면들입니다. 순서대로 찍을까 해요. 우선 내일부터 로텍 소장의 암살 장면을 찍으려고 합니다. 시간이 되시나요?"

요철의 이야기에 율리는 큰 한숨을 내쉬더니 표정이 미묘하게 변했다. 율리는 이인용을 바라보며 머리를 흔들었다.

베드신

 율리는 이인용의 그 불안했던 표정이 생각났다. 하지만 이제 와서 이 작업을 포기할 수는 없었다. 율리는 결심한 듯 요철에게 이렇게 말했다.

 "좋아요, 19세기 SF로 하든 말든, 그건 당신 말대로 해요. 대신 나도 엄연한 주연배우니까 원하는 장면이 있으면 좋겠어요."

 "뭔데요?"

 "베드신이요."

 율리는 이렇게 말한 뒤 요철을 카페의 여자 화장실로 데려갔다.

 "베드신? 여기서요?"

 "예, 율리아와 블라디미르가 만나 사랑을 하는 장면이죠."

 여자 화장실에는 기다란 욕조가 있었다. 요철은 욕조에서 베드신을 찍어본 경험이 없었다. 그는 율리가 대담한 여자라고 생각했다. 그는 자신도 모르게 바지 아래가 부풀어오르기 시작했다.

 이인용은 갖고 온 가방을 요철과 율리에게 각자 하나씩 주었다. 그것을 멘 채 욕조 안으로 들어가라는 것이 그의 설명이었다.

 "물에 흠뻑 젖은 시체라도 들었나요? 무척 무겁군요." 요철이 가방 속을 힐끔 보았다. 그 안에는 알람시계를 포함해, 빗, 도자기 저금통, 나이프, 풍선껌, 클립 이백 개, 계산기, 수동 저울, 양말, 핫팩, 잡지, 볼펜, 손톱깎기, 면봉, 팬티, 큐브, 향초, 라이터, 카메라 등이 들어 있었다.

 "이렇게 하지 않으면 몸이 물에 떠버릴 겁니다. 최대한 몸을 무겁게 해야만 해요. 이십여 분 정도 잠을 자고 일어나면 몸이 개운해질 거예요." 이인용이 말했다.

"옷은 언제 벗으면 됩니까?"

"안 벗어도 돼요." 율리가 말했다.

"그냥 나에게 몸을 맡기고 최대한 좋은 꿈을 꾼다고 생각해요."

요철이 가방을 메고 물속에 먼저 들어갔다. 가방이 무척 무거웠기 때문에 그는 코만 살짝 수면 위로 내놓고 있었다. 잠시 후 율리도 물속으로 들어왔다. 욕조의 물이 넘치기 시작했다. 찰랑찰랑 소리를 내면서 요철은 물에 완전히 잠겨버렸다. 그의 품에 가녀린 율리의 몸이 쏙 들어왔다. 그녀의 몸에서는 시원한 레몬 향기가 풍겼다. 율리는 요철의 왼쪽 겨드랑이를 들어올리게 한 다음, 혓바닥으로 그것을 핥기 시작했다.

"상당히 이상한 설정이군요. 이율리씨가 독특한 건 알았지만, 율리아에 대한 캐릭터 분석도 상당히 독특하게 하신 모양이군요."

"베드신을 해본 경험 없어요?"

"많죠, 하지만 이런 식으론 없어요."

요철은 매우 낭만적인 상상을 하면서 눈을 감았다. 그가 율리의 몸을 부둥켜안고 그녀의 가슴에 키스하려고 할 때 갑자기 방송이 들려왔다.

"오늘 새벽 4시 15분 이율리 등급 분류관이 상상범을 집단 탈옥시키는 상상했습니다. 18동 B호 6셀에 잠적해 있던 이율리는 특별감사 기간 중에 로텍에 불을 지르고 상상범들을 이용해 폭동을 일으켜 삼백 명이나 되는 상상범과 보호관찰관에게 중경상을 입힌 뒤 자살을 시도했습니다. 이에 로텍은 범행에 가담한 상상범 304를 추적 중이며……"

그때 한 무리의 사내들이 화장실의 문을 박차고 들어왔다. 사방에서 총소리가 탕탕 들렸다.

"다들 제자리에 엎드려!"

사내들은 요철과 율리가 누워 있던 욕조의 물을 향해 무자비하게 총을 발사했다. 그 순간 요철은 율리의 몸이 스펀지처럼 뚫리는 것을 보았다. 얼마 지나지 않아 붉은 핏물이 욕조 안으로 가득 번져나갔다. 요철은 피에 젖은 율리를 안은 채 꼼짝 않고 있었다. 애써 침착하려 했지만 그녀를 안고 있는 두 팔이 밀랍처럼 굳어 떨어지지 않았다.

"이 새끼들 봐라, 흠뻑 젖었네? 하하하!"

그 말을 한 사람은 어지순이었다. 그의 말에 옆에 서 있던 사내들이 다 같이 웃음을 터뜨렸다. 어지순이 욕조 앞에 다가와 엉거주춤 앉았다. 그는 가오리처럼 흐물흐물해진 율리를 옆으로 밀쳐내고 요철의 목덜미를 위로 잡아당겼다. 욕조의 물이 빠르게 넘쳐흐르면서 요철의 머리가 욕조 밖으로 모습을 드러냈다. 어지순의 사타구니 냄새가 풍겨왔다. 어지순은 요철을 그대로 일으켜세우더니 그의 왼쪽 가슴에 노란 배지를 달아주었다.

"드디어 쓰리스타가 되셨군." 어지순은 요철의 가슴팍을 가볍게 쳤다.

"잠깐만요! 당신 누구한테 캐스팅된 겁니까? 정의철?" 요철이 물었다.

"뭐, 그런 셈이지." 어지순이 대답했다.

"대체 언제 크랭크인이 된 거지? 내 허락도 없이." 요철이 중얼거렸다. "아무리 급해도 그렇지! 이건 계약에 어긋난다고 분명히 말해 둬요."

"꼭 전해드리지."

어지순은 그를 끌고 나가려 했다. 요철이 그의 팔을 붙잡았다.

"잠깐, 지금은 무슨 장면이죠?"

"무슨 장면이냐고? 하하핫! 당신이 고백수사를 받기 위해 잡혀가는 장면이오."

"잠깐 욕조로 들어가봐요."

"뭐요?"

어지순이 더 대답할 새도 없이 요철은 그의 멱살을 잡고 욕조 안에 앉혀버렸다. 핏물이 욕조 밖으로 마구 넘쳐흐르자 동료들이 배를 잡고 웃었다.

"자, 봐요. 이렇게 멱살을 쥐고 가슴을 흔들란 말이오."

요철은 어지순의 멱살을 놓지 않고 계속 미친 듯이 흔들었다. 그 바람에 어지순은 욕조에 머리를 쾅쾅 박았다.

"뭐하는 거야?"

어지순은 기요철을 밀치고 욕조 밖으로 나왔다.

"데려 가!"

요철은 남자들의 손에 이끌려 나가며 이렇게 외쳤다.

"다음 장면 찍을 때 옷을 말려야 하는 것 아시죠? 안 그러면 나중에 화면이 안 붙어요. 편집하기 곤란해진단 말이오. 예? 내 말 지금 다들 듣고 있는 거죠?"

고백수사

얼핏 보아도 이백 명은 넘을 것 같았다. 요철은 대기표를 뽑았다. 10-L/189. 이것은 10번의 왼쪽 고백소이며 대기인원은 189명이란 뜻이었다. 그는 10번 고백소로 갔다. 그날은 주님 수난 성지 주일이었다. 일주일만 있으면 부활대축일이어서 그 전에 죄를 바겐세일하려는 사람들이 고백소 앞에 길게 늘어서 있었다. 고백소의 문 옆에는 상상에 대한 죄를 남김없이 말하라는 문구가 적혀 있었다. 차례가 되자 그는 왼쪽 고백소 안에 들어갔다.

요철은 나무판 위에 무릎을 꿇은 채 수사신부가 이쪽을 돌아보기를 기다렸다. 고백소의 불투명한 작은 창은 타인의 심장에서 심장으로 전해지는 통로처럼 보였다. 어딘가 어둡지만 설레고 뭔가 두려운 기분을 느끼게 해주는 문. 요철은 그 문 건너의 사제를 상상했다. '영성체 배령이 끝난 후 그가 흰 천으로 광택 나는 금속 성기(聖器)를 닦는 모습을 볼 때 내가 그것을 성기(性器)로 탈바꿈하며, 은근히 이상야릇한 상상에 빠져들곤 한다는 것을 그는 알까? 사제는 사정한 후에 과연 어떤 방식으로 자신의 성기를 닦을까? 그때도 저 고귀한 흰 천으로 정성들여 그것을 닦을까?' 그가 이런 생각을 하고 있을 때 수사신부가 반대편 창문을 닫고 요철이 있는 쪽의 창을 열었다.

"앞에 있는 인간성 측정 기계에 우선 손을 올리게." 김오식 수사신부가 말했다.

그것은 저울처럼 생긴 기계였다. 요철이 그 위에 손을 올리자 바늘은 시계방향으로 한 번 돌더니 50mmmpg를 가리켰다. 그 숫자는 형광색으로 되어 있어 차단막을 사이에 둔 두 사람이 양쪽에서 볼 수 있는 위치에 있었다.

"숫자가 올라갔다는 것은 수치심 또한 올라갔다는 말이지. 자네는 죄의식으로 충만해 있어. 이제 회개의 시간이 왔네."

차단막 너머로 그의 음성이 나직이 들렸다. 김 수사신부의 입에서는 레몬 사탕 향이 났다. 요철은 전에도 여러 번 그 향기를 맡았던 기억이 났다.

"인생은 광기 어린 반복적 행동의 무한 집합이지. 매일 이를 닦고 밥을 먹고, 회사를 가고 집에 와서 발을 씻고 잠을 자다 죽는 게 인간이야. 이렇게 삼십 년 근속을 하면 표창을 받지. 반복에 대해 이렇게 관대한 종은 아마 인간이 유일할 거야. 상상도 마찬가지야. 나는 어렸을 때 소아마비에 걸려서 늘 목발을 짚고 다녔지. 그 시절 나는 나 혼자만의 상상에 빠져서 아이들이 나를 놀리고 괴롭힌다는 착각에 빠져 있었네. 나는 하느님께 기도 드렸지. 그리고 정말 기적처럼 나는 응답을 받았네. 그건 상상을 하지 않는 것이었지. 상상은 현실보다 무서웠네. 하지만 괜한 공포였어. 나는 응답을 받은 후 상상을 멈추었네. 그 뒤 매일 상상을 하지 않는 연습을 하게 되었지. 마치 피아노를 치듯이 매일 연습하는 것과 같다네. 언젠간 자네도 내 말이 무슨 뜻인지 알게 될 거야. 자, 그럼 편안한 마음으로 모든 죄를 고백하게. 고백을 하고 나면 상상한 모든 죄들이 사라진다네. 영적으로 가벼운 존재가 된다니까. 내 말을 믿어봐. 이제 고백해보게."

고백수사는 요철에게 있어 또 다른 범죄의 시간이었다. 저지르지도 않은 죄를 끊임없이 상상해내야 했기 때문이다.

"…… 고백건대 너무 배가 고파서 수사신부님의 목구멍에 손을 넣어 이제 막 위장을 통과하고 있을 레몬 사탕을 꺼내는 상상을 했습니다. 죄를 고백했으니 용서해주십시오.”

“흠, 그렇군.”

수사신부는 이렇게 말하며 고백소의 격자창의 구멍 틈으로 뭔가를 들이밀었다. 45구경 권총이었다. 권총의 눈깔은 요철의 심장을 겨누고 있었다.

“어이쿠, 내 정신 좀 봐.”

수사신부는 총을 급히 아래로 치웠다. 그제야 요철은 한숨을 돌렸다. 밑에서 뭔가 부스럭대는 소리가 들리더니 수사신부는 38구경짜리 권총을 새로 꺼내서 구멍 안에 걸쳐놓았다. 요철은 총알이 수사신부의 심장을 관통해 고백소 안을 피범벅으로 만들어버리는 장면을 떠올렸다.

“듣자 하니 자네가 이율리와 함께 탈옥하려는 상상을 시도했다던데, 사실인가?”

“잘못했습니다.”

“뭘 잘못했는가?”

“잘못한 것을 잘못했습니다.”

“아니, 죄가 있건 없건 그것은 중요치 않아. 중요한 건 자백이야.”

“어떤 식으로 하면 됩니까?”

“그건 자네가 생각해내야지.”

“저는 죄가 많은 사람이죠. 하지만 어디서부터 어디까지가 죄인지 모르겠습니다.”

“고백은 어려운 게 아냐.”

“이를테면?”

"이를테면 내가 여기 앉아 있는데 자네에게 레몬 향이 난단 말이야."

"저에게서 레몬 향이 납니까? 저는 아까부터 신부님께서 식사 후에 레몬 사탕을 드신 줄 알았는데요."

"그런가?"

"어쨌든 계속해보십시오."

"그 레몬 향은 어린 시절 우리 어머니를 떠올리게 하는군. 어머니는 내가 어린 시절, 내가 밥을 먹고 나면 후식으로 식탁 위에 늘 레몬 사탕을 올려두셨지. 나는 그것을 먹을 생각에 반찬투정도 하고 밥을 곧잘 먹었단 말이야. 지금 마치 내가 식탁 앞에 앉아 있는 기분이 든단 말이야, 이런 식으로 상상한 것을 떠올려보라고."

"아, 그게 바로 '재생적 상상'이군요. 하지만 수사신부님께서 원하시는 건 '창조적 상상' 아닙니까? 아무래도 전 상상력이 부족한가봐요. 어떻게 상상범 역할을 맡게 됐는지 모르겠군요."

"창조적 상상이라고 별반 다를 게 없어. 그냥 편안하게 생각해."

"예를 들면?"

"예를 들자면, 자네가 그 레몬 사탕을 자네 콧구멍에 끼우고 있는 거지."

"하하하, 그건 어렸을 때 수사신부님이 자주 하시던 상상입니까?"

"아니, 사실 이건 내가 어렸을 때 당한 일이야. 나를 놀려먹던 패거리 녀석들이 있었는데, 어느 날 내 주머니를 다 털어보라고 했지. 역시나 레몬 사탕이 몇 개 들어 있었어. 그놈들은 그 사탕을 일일이 다 까서는 내 콧구멍에 넣더군. 양쪽에 두 개씩, 합쳐서 네 개나 콧구멍에 넣었다고, 그놈들이."

"그래서 어떻게 됐어요?"

"응급실에 실려갔지."

"방금 수사신부님께서는 제 콧구멍에 몇 개의 사탕을 끼우셨습니까?"

"네 개."

"합쳐서요?"

"아니, 한쪽에만."

"여덟 개나요? 그래서요? 저도 응급실에 실려갔나요?"

"어. 응급실에 사람이 아주 많았지. 자네는 코피를 줄줄 흘리고 있는데 사람들이 침대를 차지하고는 나와주지 않는단 말이야."

"그래서 제가 어떻게 했나요?"

"자넨 어린 시절부터 콧구멍 힘이 굉장히 셌어. 열여섯 살 때 콧바람으로 촛불 끄기에 도전해서 한 번에 무려 오십 개나 되는 촛불을 끌 정도로."

"제 콧구멍이 수사신부님의 영감에 불을 댕긴 모양이군요."

"그래, 자넨 콧구멍이 웃기게 생겼잖아."

"제 콧구멍이 어때서요?"

"하트 모양이 아닌가? 콧구멍 말이야. 하하하."

수사신부는 낄낄대기 시작했다.

"에이, 농담 마세요. 그것도 수사신부님의 상상 아닙니까?"

"들켰군. 내가 하트 모양의 사탕을 쑤셔넣는 바람에 하트 모양의 콧구멍이 된 거지."

"그래서 저는 치료를 받았나요?"

"아니, 자넨 치료를 받을 필요가 없었어. 왜냐하면 있는 힘을 다해 콧구멍 안으로 바람을 빨아들였거든. 그래서 콧구멍에 박혀 있던 사탕 여덟 개가 모조리 목구멍으로 들어갔네."

"하하하, 수사신부님은 재미난 분이시군요."

"창조적 상상은 어려운 게 아니야. '모방은 창조의 어머니, 표절은 창조의 새어머니'란 말도 있잖은가?"

"처음 듣는 말인데요? 그런데 궁금한 게, 수사신부님께서는 그런 창조적 상상을 한 것만으로도 죄책감이 드시나요?"

"맞아. 사실 자네에게 그 말만 쏙 빼고 안 했지만, 실은 사탕 여덟 개 중 하나가 그만 자네 귀로 나와버렸거든. 그 바람에 자네의 한쪽 귀가 영영 멀어버리고 말았어."

"아, 사탕이 나오는 장면을 상상만 해도 귀가 아프군요. 피가 나오는 것만 같아요. 이제야 알겠어요. 왜 신부님께서 죄책감을 느끼시는지. 제게 더 고백할 죄는 없나요?"

"없어. 없다고. 아, 이런 뭔가 내가 속아넘어간 기분이군. 이제 자네 차례야."

"실은 아까부터 든 상상이 하나 있긴 합니다."

"그게 뭔가?"

"원래 고백수사를 오기 전 저는 무슨 죄를 고백해야 하나 고민이 많습니다. 지금껏 제가 살아오면서 저지른 수많은 상상들을 하나하나 떠올렸죠. 마침 그 이야기를 하려고 하는데, 마침 수사신부님이 난데없이 권총을 들이미는 겁니다. 그래서 제가 놀라 그만……"

"총을 빼앗았나?"

"예. 수사신부님을 난사하는 장면을 상상했습니다."

"몇 발이나?"

"열여섯 발이오."

"정확히 어느 지점을 쐈나?"

"심장 주변이오."

"심장 중심부에서 오 센티 이내인가?"

"아뇨, 그보다는 좀 더 멀리요."

"총알이 관통한 깊이는?"

"반대편 벽을 삼십 센티는 뚫어버렸죠."

"그래서 어떻게 됐나?"

"수사신부님은 돌아가셨습니다. 심장이 벌집처럼 변해버리고 피가 무릎까지 차버렸죠."

"그게 단가?"

"네, 정말로 그게 답니다! 절대로 수사신부님이 죽는 순간 거위만한 부피의 똥오줌을 갈기고 돌아가시는 상상 따위는 하지 않았습니다!"

"마지막에 그런 불경한 상상을 빼다니 아주 영리하군. 정말로 그런 상상을 했다면 자넨 공무집행방해상상죄로 총살감이야."

"그럼요, 전 법과 질서를 존중합니다."

"일단 계산을 좀 해봐야 할 것 같네. 난사한 깊이와 위치, 장기 파열 여부 등을 면밀히 검토해봐야겠군."

수사신부가 보속(補贖) 계산기를 두드리는 소리가 들렸다.

"보속으로 격리실 삼 주라는 계산이 나왔네."

"삼 주씩이나요?"

"지난번에 내 입에 후추를 잔뜩 넣고 입을 테이프로 봉하는 상상을 한 녀석은 사 주가 나왔으니 그다지 긴 편은 아니지. 그럼 집행

위원들이 방문할 때까지 자네 셀에서 기다리도록. 그럼 잘 가게."

율리의 고백

요철은 일어나려고 했지만 무릎이 저려서 '쿵' 하고 바닥에 쓰러졌다. 그는 다리가 풀릴 때까지 잠시 그대로 앉아 있었다. 수사신부가 몸을 돌려 반대쪽 창문을 여는 소리가 났다. 그 순간 아까부터 고백소 안에 머물러 있던 레몬 향이 더 강하게 풍겨졌다. 요철은 자신도 모르게 고백소의 문을 잠가버렸다. 누군가 밖에서 두, 세 번쯤 노크를 하다가 떠나버렸다. 잠시 후, 반대쪽 고백소에서 율리의 목소리가 들려왔다.

"아직 저지르지 않은 죄를 고백해도 됩니까?"

"예, 물론입니다." 수사신부가 대답했다.

"감사합니다. 죄를 저지르고 난 다음에는 시간이 없을 것 같거든요……"

"아, 그래요? 예에, 저기…… 그럼 어디 말씀해보십시오."

요철은 갑자기 심장이 두근거리기 시작했다. 전날 밤 꿈에서 그녀가 이마에 총을 맞고 쓰러졌을 때 그는 가슴 한쪽이 텅 비어버리는 것 같은 느낌을 받았다. 그래서 깨어나서도 한동안 잠을 이루지 못했었다. 그런데 이렇게 율리의 목소리를 들으니 반가워 죽을 지경이었다. 그는 창을 향해 귀를 바짝 갖다댔다. 다행히 이 고백소의 방음 상태는 형편없었다.

"오늘 안으로 살해할 인간이 있습니다."

169

김오식 수사신부는 하얗게 질려버렸지만 이미 수백, 수천 건의 고백수사를 해본 그였기에 감정을 차분히 억눌렀다. 그는 격자창 사이로 건너편 여자를 보려고 했으나 어둠이 얼굴을 완전히 가리고 있었다. 하지만 그는 목소리만으로도 그녀가 이율리라는 것을 대충 짐작할 수 있었다.

"계속하세요."

"수사신부님은 강론 중에 늘 말씀하셨지요. 내 안에 갇혀 있으면 더 큰 세계를 만날 수 없다고. 왜 신을 만나러 가지 않느냐고. 너 자신을 버리고 신을 만날 준비를 하라고. 무엇 때문이었을까? 성가대의 웅장한 노래? 신비하게 빛나는 스테인드글라스? 우리 가운데 오신 성령? 영혼의 재림이라 부를 만한 모호한 분위기? 무엇 때문인지 몰라도 저는 옆에 목발을 붙잡고 간신히 서 있던 사람이라도 붙잡고 펑펑 울고 싶었습니다. 수사신부님은 말씀하셨죠. 여러분들은 태어난 이유가 있습니다. 그런데 웬일인지 피식 웃음이 나오더군요. 아니, 깔깔 웃어버렸습니다. 나는 누군가를 죽이기 위해 태어난 건가? 바로 이 날을 위해 내가 살아온 건가? 내가 괴로워한 지난날들이 단지 우연이 아니라, 누군가의 체계적인 계획과 전략 하에 일어난 일들이었던 건가? 그런 생각이 든 것입니다."

"인간은 누구나 다 고통스럽습니다. 저도 한때 죽음을 생각할 정도로 힘든 시기가 있었습니다. 하지만 살인은 올바른 해결책이 아닙니다. 아시겠지만 인생은 그 자체가 '해결'이어야 합니다. 그렇지 않고서는 인생을 제대로 살았다고 할 수가 없습니다. 살인은 타인의 생명을 제 것처럼 여기는 행위이니까요. 들풀 한 포기를 잡아당겨 뽑듯이 남의 소중한 목숨을 그렇게 앗아갈 수 없습니다. 자매님은 전쟁을 찬성하십니까? 오늘도 세상 어느 곳에서는 총성이 울려퍼지고 있습니다. 무고한 목숨들이 피를 흘리며 스러져갑니다. 참으로 안타까운 일입니다. 광기! 지금이 바로 광기의 시대가 아니고 무엇이겠습니까? 이 시대에 종교가 할 수 있는 일은 대체 무엇일까요? 믿음, 그것은 부활에 대한 믿음입니다! 이제 다음주면 부활절입니다. 부활은 교회에서 가장 큰 축제입니다. 그리고 부활은 예수 그리스도뿐만 아니라 모든 인간에게 해당하는 이야기입니다. 모든 인간은 저녁에 눈을 감았다가 아침에 다시 눈을 뜹니다. 부활하는 것이죠. 일상의 행위가 실은 죽음과 부활의 연속인 것입니다. 이제 사순 기간도 얼마 남지 않았고 이럴 때일수록 우리들은 예수 그리스도의 순고한 죽음을 기리며 자기의 죄를 한번 더 돌아보아야 할 것입니다."

"수사신부님, 당신은 로텍을 끔찍하게 믿고 있는 사람이죠? 무엇인가를 믿는다는 것은 자신이 순진하다는 것을 드러내는 행위 아니겠습니까, 순진하신 양반. 당신은 언젠가 내게 '나 자신'을 좀 더 버릴 필요가 있다고 했습니다. 인간의 마음의 길은 뱃길과도 같아서 내가 한 가지 생각에 전념하면 계속 그 생각만을 고수하게 된다고 말입니다. 망망대해를 떠도는 배가 오직 같은 물길을 헤치듯이 인간은 오직 같은 생각의 언저리에서 맴돈다는 말. 그건 저를 비롯한 모든 상상범에게 툭 던지듯 하는 일종의 대사지요? 그럼에도 불구하고 진심으로 공감했습니다. 당신의 언변은 정말 대단합니다. 하지만 '나 자신'이란 대체 무엇을 말하는 겁니까? 나의 속죄를 끌어내기 위한 자아입니까?

"자매님, 인간은 누구나 고난을 통해 성숙해지고 또 거룩해집니다. 그 고난을 통해 우리는 순교자가 될 수 있는 겁니다. 고난을 이

171

기지 못한다면 우리 인간은 언제나 분노한 상태에 머물러 있게 되는 겁니다."

"왜 로텍이 재생적 상상을 허용하는지 이제 알겠어요. 그건 바로 죄의식을 되살려내기 위해서인 거죠? 팔십 먹은 노인의 하루를 생각해보세요. 그들만큼 짧은 십 년과 긴 하루를 보내는 사람들도 드물 거예요. 노인들이 하는 일은 예전에 놀던 골목과 어머니가 해주시던 음식의 맛과 향, 그리고 과거에 했던 잘못들을 회상하는 것이 전부이죠. 그렇게 매일 반복되는 하루를 보내다보면 십 년은 매우 짧은 것처럼 느껴지겠죠. 노인은 의식을 스스로 활용할 수 없고 오로지 허용된 의식, 즉 기억에만 의존해야 합니다. 과거의 기억을 떠올리다보면 마치 즐거운 일이 덩어리처럼 보이겠죠. 그러나 자세히 그 덩어리를 들여다보면 그것을 감싸고 있는 것이 죄의식이라는 것을 알 수 있을 거예요. 죄책감에 대한 거부감이 과거를 매우 순진하게 응축해버리는 것이죠. 정말로 제가 죄를 저질렀다고 칩시다. 하지만 뒤늦게 어떤 죄를 인정하고 고백했다고 해서 혐의 사실이 사라지는 건 아니에요. 이미 일어난 일은 어쩔 수 없어요. 이제 와서 빚을 청산하란 말입니까? 그것이 범죄를 소멸시킨다고 생각하세요?"

"좋은 지적입니다. 죄로 인정되기 이전에 저지른 죄를 죄로 인정할 것이냐, 말 것이냐. 이것은 굉장히 중요한 문제이지요. 그것은 양심의 문제로 이어져서, 나아가 죄에 대한 책임을 물을 수 있는지를 알려주는 중요한 판단이 기준이 됩니다. 기존의 법은 죄의 성립, 즉, 하나의 죄로 인정받을 만한 사안으로 굳어지기 이전의 사유들, 다시 말해 과거에 저지른 상상들에 대해서는 관대했지요. 하지만 과연 시간이 지났다고 죄가 감형된다고 할 수 있습니까? 죄는 백화점의 연말연시 세일과는 다른 겁니다. 죄는 항존적인 개념이죠. 왜냐하면 죄는 영혼의 우물에 빠뜨린 돌덩어리와 같거든요. 그것이 실수이든 고의든, 처벌을 받든 받지 않든 우리 영혼을 꽉 짓누르고 있지요. 죄라고 인식한다면 그건 죄가 되는 겁니다. 다시 말해 죄의식이야말로 죄의 모든 것이지요. 죄의 유무는 그 행위가 초래한 결과가 아니라 범죄자 내면에 있는 죄의식의 유무로 봐야 하는 겁니다. 한 사람이 죄를 짓지 않았더라도 그에게 죄의식이 있다면 그건 죄가 있는 거나 다름없지요. 죄의식으로 인해 괴로워하니 말입니다. 가령 사회 각지에서 일어나는 범죄나 사회문제를 두고도 수수방관하는 자들이 있지요. 그들은 심약한 나머지 그런 일이 일어난 사실, 도울 수 없다는 사실에 괴로워합니다. 그러나 막상 뛰어들 의지는 없지요. 영적 에너지가 도달되기 바라는 초능력자라도 되는 양 괴로움의 에너지를 발산하는 것으로 끝내버립니다. 아예 처음부터 그런 사실에 대해 객관적으로 응수한 사람들보다 그들은 두 배, 세 배 괴로움이 쌓이는 것이지요. 죄가 죄의식을 만든 것이 아니라, 거꾸로 죄의식이 죄를 만들어낸 셈입니다."

"제 생각은 조금 다릅니다. 아니, 아주 다르죠. 난 자유의지를 믿지 않아요."

"자유의지를 믿지 않는다고요?"

"자유의지란 과연 어디서 나왔을까요? 한 인간이 무엇인가를 하고 싶어하는 마음, 즉 욕망입니다. 물을 마시고 싶은 욕망, 구토하고 싶은 욕망, 권력에 대한 욕망. 이런 것들이 내 안에서 나왔을까요? 이 욕망의 기원을 찾아 계속 올라가다보면 그 욕망이야말로 텅 비어 있다는 우스운 결론에 도달하게 됩니다. 다시 말해 우리가 어찌

면 인간의 심장부에 위치한다고 믿어 의심치 않는 '자유의지'는 사실 인간의 저열한 밑바닥에 깔린 욕망으로부터 나온다는 것이 제 생각입이죠. 그렇다면 우리는 왜 욕망하게 되는 것일까요? 욕망의 원인은 결핍에 있습니다. 가령 배고픔의 욕망은 왜 생깁니까? 장이 비어서이죠. 장은 왜 비는 겁니까? 뇌가 장이 비었음을 알리고 있기 때문이거든요. 아주 간단한 논리예요. 내가 자유롭다는 것은 나의 배고픔을 인지하고 있다는 사실을 스스로 알고 있기 때문이에요.

……저는 왜 수사신부님께서 아까부터 죄의식에 대한 이야기로 문제를 집중시키는지 알고 있어요. 법은 자유의지 하에서만 의미가 있으니까요. 자유의지에는 책임이 따르고, 책임을 묻지 않는 죄는 존재하지 않아요. 따라서 제가 자유의지를 인정하지 않는다면 죄의 성립도 불가능한 것이죠.

……법과 신의 세계는 사실 간단해요. 나쁜 사람은 벌을 받고 착한 사람은 상을 받죠. 그럼 그 착하고 나쁨, 옳고 그름의 기준은 어디서 나왔을까요? 그건 좋고 싫음의 확장에 불과한 거예요. 좋은 것이 옳은 것이 되고, 싫은 것이 그릇된 것이 된 것입니다. 그렇다면 무엇을 좋아하고 싫어하는 주체는 누구일까요? 신일까요? 그게 누구죠? 아, 모든 사정을 다 알고도 모른 체하거나 바쁜 체하는 그 인간성 없는 신 말입니까? 사람들은 매주 봉헌함에 돈을 넣고 나서 소원이 이뤄지기를 기도합니다. 이것은 전적으로 오해에서 비롯된 행동입니다. 그 오해란 신에게 어떤 '생각'이 있을지도 모른다는 상상을 뜻하는 것입니다. 그건 위험한 일이지요."

"오랜만에 의견이 일치하는군요. 상상은 비약이고, 종종 사실을 비켜갑니다. 진실을 왜곡하고 사람들의 정신을 해이하게 만들죠. 진실은 상상 이전부터 거기 존재했던 무엇입니다. 가령 신은, 하느님은 무엇으로 정의되지 않는 분입니다. 누군가의 상상으로 만들어진 존재도 아닙니다. 하느님은 우리가 생각하고 발설하기 이전 이후에 언제나, 늘 그 자리에 계십니다. 진실함에 대해 해석을 내리는 자는 언제나 2등으로 달리는 법이죠."

"방금 수사신부님께서는 크나큰 실수를 했습니다. 신에 대해 주관적 해석을 한 것이죠. 신은 윤리적 존재가 아닙니다. 신이나 운명에 인격을 부여한 것은 바로 인간 자신일 뿐이죠. 신이 있는 게 아니라, 있다고 믿고 싶은 인간의 소망이 있는 것이죠. 초월적인 것에 인간성을 부여함으로써 인간의 비루함을 숭고함으로 바꿔보려는 인간들의 의지가 아니고 무엇입니까. 하지만 인간에게는 생각보다 결정권이 없습니다. 실체도 없는 힘을 두려워할 필요는 전혀 없습니다. 운명의 힘을 믿고 뭔가를 섣불리 결정할 필요가 없습니다. 또한 어떤 소원을 신에게 줄기차게 빌었음에도 불구하고 신이 그것을 들어주지 않았다고 해서 투덜거릴 필요 또한 없습니다. 왜냐하면 인간은 신이나 운명에 의존하지 않고도 자유롭게 살아갈 힘이 있기 때문입니다."

"의존하지 않고도 살아갈 수 있다고요?"

"뇌가 있잖아요? 인간이 어떤 행동을 하게 되는 것은 순수하게 자연의 운동에 따른 것입니다. 한 인간이 어떤 특정한 시공간에서, 어떤 특정한 행동을 하는 데 결정적 영향을 미치는 것은 다름아닌 뇌입니다. 인간은 다른 사물들과 마찬가지로 물리법칙의 지배를 받아요. 분자의 활동에 따라 뇌 세포와 조직이 움직이고, 인간은 그 뇌의 명령을 따를 뿐이에요. 나라는 존재는 전기적 신호에 의해 자궁 속에 배태된 결과이고요. 뇌의 무수한 신경다발들이 인간의 행동을 조정하게끔 되어 있어요. 우리 뇌의 전두엽이 의사결정과 행동을 통제하고 정보를 처리할 수 있게 해주는 것이지, 신이 그걸 미리 결정해주는 게 아닙니다."

"한마디로 당신은 하잘 것 없는 단백질 덩어리한테 지배를 받는다고 말하는 거군요. 지금까지 당신이 말한 자유라는 것은 그 단백질 덩어리의 자유였습니까?"

"그럼 수사신부님께서는 제가 한낱 인간으로 보이세요?"

"왜 그런 말씀을 하십니까?"

"고백건대 저는 인간이 아니에요."

"……?"

"저는 병을 앓고 있습니다. 심리적인 병부터 육체적인 질병까지, 아마 세상 모든 병을 다 앓고 있다고 해도 과언이 아닐 거예요. 모두 저를 죽음에 이르게 하는 병이죠. 저는 서서히 제 병의 원인이 무엇인지 알게 되었습니다. 십 년간 제 내면에서 잠자고 있었던 그 마음이 한순간 제 육체를 사로잡아버렸습니다…… 그자를 용서할 수가 없어요. 용서해서는 안 된다는 생각이 듭니다. 그런데 이상하게도 이렇게 전심전력으로 그를 미워하고, 또 그에게 벌을 가한다고 생각하는 것만으로는 고통스럽지가 않군요. 이런 저도 피와 살을 가진 인간이라고 할 수 있겠어요?"

"한 가지만 말씀드리겠습니다. 당신은 유리와 같은 상태인 것 같습니다. 유리로 된 사람은 깨지기가 쉽지요. 하지만 그 깨진 유리를 밟은 타인은 상처가 날 수도 있다는 사실을 기억하세요. 본인을 하나의 점에 불과하다고 생각해보십시오. 얼마나 두렵고 외롭습니까?

욕망을 차단하십시오. 뭔가에 에너지를 집중하십시오. 나아가 총체적 인간이 되십시오. 하느님 안에서 모두인 동시에 하나인 인간 말입니다. 가장 쉬운 방법은 개인의 자유의지와 세계의 보편의지를 일치시키는 겁니다."

"네, 알겠습니다. 수사신부님. 이 밖에도 알아내지 못한 죄가 있다면 사하여 주십시오."

"모든 죄가 용서되었습니다. 요한의 첫째 서간의 1장부터 3장까지 읽고, 주의 기도를 열 번 암송하세요."

김오식 수사신부의 보속이 내려지고 나서 얼마 지나지 않았을 때였다.

열다섯 발의 총성이 울렸다.

요철은 총소리에 놀라 머리를 다리 사이에 넣은 채로 얼어붙었다. 그러자 이어서 한 발의 총성이 더 울렸다. 잠시 후 그는 엉거주춤 일어서서 신부 쪽 창문 안을 들여다보았다. 심장에서 피를 흘린 채 죽어 있는 김 수사신부의 모습이 보였다. 요철은 하마터면 비명을 지를 뻔했다. 그는 밖에서 누군가 거세게 노크하는 소리를 들었다. 그는 어디로 도망가야 할지 몰라서 눈을 꼭 감고 있었다. 마침내 밖에서 사람들이 문을 열고 들어왔다.

"저 사람은 아니에요! 내 눈으로 똑똑히 봤어요. 어떤 여자가 들어간 것을요."

오미영이 기요철을 바라보며 소리쳤다. 사람들이 웅성거리며 그녀를 빙 둘러싸기 시작했다. 그때 사람들 틈을 헤치고 한 사람이 고백소 안으로 천천히 들어왔다. 그 남자의 커프스단추가 반짝 빛났다. 그는 정의철이었다.

수사(搜查)인 듯, 수사 아닌 대화

기요철은 정의철과 책상 하나를 마주하고 서로를 바라보고 있었다. 요철은 방의 구석구석을 예리한 눈으로 바라보았다.

"데우스 엑스 마키나가 지금 우릴 찍고 있습니까?"

"한 번도 촬영하지 않은 적 없었소."

정의철이 팔짱을 끼고 나서 요철에게 물었다.

"말해봐요, 블라디미르, 수사신부와는 원래 무슨 관계였소?"

"아무 사이도 아니었어요. 수사신부님은 그저 좋은 분이셨죠."

"왜 살해했습니까?"

"아뇨, 억울해요. 나는 그냥 거기서 고백한 것 외에는 죄가 없어요."

"그럼 수사신부를 살해한 건 누구라고 생각합니까?"

"그야 모르죠. 저는 단지 율리아가 고백하는 것을 우연히 엿들은 것뿐입니다."

"율리아가 고백을 했다고요? 고백소에는 당신밖에 없었잖소?"

"아뇨. 제가 분명히 들었습니다. 율리아가 한참 고백을 하는데 갑자기 '탕, 탕, 탕!' 하고 총소리가 났어요. 그리고 창문 틈으로 안을 들여다보니……"

"흠, 당신 말에 따르면 율리아의 고백이 끝나자 총소리가 들렸고 수사신부가 혼자 죽어 있었다는 거군요."

그 말을 듣자 요철은 뭔가 잘못되어가고 있다는 것을 느꼈다. 정의철이 다시 질문했다.

"율리아가 고백수사 받을 때 뭐라던가요?"

"글쎄, 그게…… 아, '아직 저지르지 않은 죄를 고백해도 되나요?'라고 했습니다."

"아, 그렇군요. 고백을 다 듣고 나서 수사신부는 뭐라고 하던가요?"

"'당신은 유리 같은 사람이네요'라고 하더니 모든 죄가 다 용서되었다고 했습니다."

"고백 중에 특이한 사항은 없었나요?"

"전혀 없었어요. 아무튼 전 아닙니다. 총이 발사된 방향을 보시면 알 것 아닙니까? 도저히 내가 쏠 수 있는 상황이 아니잖아요."

"그럼 어째서 율리아가 수사신부를 살해했을까요?"

정의철의 말을 듣고 요철이 자리에서 벌떡 일어났다.

"잠시만요, 정의철씨! 그건 경찰서에 견학나온 어린이가 하는 질문 같잖아요. 좀 더 매몰차고 자신감 있게 몰아붙여야죠. 철저히 그 사람 입장이 돼서 취조하란 말입니다. 그 고백소에 누가 있었을지, 그 분위기는 어땠으며, 대사는 어떤 것들이 오고 갔을지 염두에 두면서 말이오!"

정의철은 미안한 표정을 짓더니 이렇게 말했다.

"알겠습니다, 검상 역할은 처음이어서요. 그런데 수사신부가 율리아에게 뭘 잘못했죠?"

"아, 이 사람이?"

"정말 의문투성이란 말입니다. 율리아가 수사신부를 살해한 이유가 뭔지, 살해 후에 어떻게 고백소를 빠져나갈 수 있었는지 말이죠."

"정의철씨! 자꾸 이럴 거면 연출에서 손을 떼요."

요철은 정의철이 앉은 쪽의 책상 귀퉁이를 툭툭 치면서 항의했다.

"어떻게 연출이라는 작자가 자신의 작품을 이렇게 모를 수가 있습니까? 이건 작품에 대한 예의가 아니지요!"

"죄송합니다. 당신이랑 공동 연출을 하다보니 캐릭터에 대해 마구 혼란이 오는 것 같아요."

"내가 웬만하면 참고 넘어가려고 했는데 안 되겠군요! 대체 이런 법이 어딨습니까? 날 무시하는 겁니까? 나에게 상의도 없이 먼저 크랭크인을 하지 않나, 나 몰래 이율리씨를 따로 만나 캐스팅하질 않나? 더군다나 어지순은 왜 쓰신 겁니까? 연기가 너무 어색하고 가볍기만 해서 이 영화와는 어울리지 않아요. 약속을 이렇게 일방적으로 어기면 곤란해요!"

"약속을 어긴 건 그쪽이 먼저잖아요. 왜 기요철씨야말로 허락도 없이 결론을 맘대로 바꿔버립니까? 왜 갑자기 블라디미르가 미하일을 죽입니까? 난 분명히 블라디미르는 머리에 총을 쏘고 스스로 죽으면 좋겠다고 했는데요."

"미하일이 죽어야 이야기가 말이 돼요."

"투자자들의 항의가 들어왔어요. 그들은 미하일이 죽기를 원치 않아요. 그렇게 되면 너무 단순한 권선징악 이야기가 되어버려 관객들의 입맛을 사로잡을 수 없다는 겁니다."

"아, 그건 중요한 게 아니에요. 초점은 블라디미르가 미하일을 죽이고 복수와 사랑이라는 두 마리 토끼를 잡는다는 데에 있죠."

"그거 너무 기요철씨 위주 아닙니까? 이 영화의 제목은 〈율리아〉라는 사실을 잊지 마시오."

정의철은 한숨을 내쉬고 요철을 바라보았다.

"차라리 기요철씨께서 영화의 각본을 따로 써주시면 어떻겠습니까?"

"모험심이 투철하시군요?"

"겸손하시긴! 집필실을 따로 드릴 테니까 한번 완성해보세요. 어떻게 해서 율리아가 수사신부를 살해하게 되었는지에 관해서요. 그녀가 어떻게 로텍 소장을 살해했고, 또 어떻게 그 법정에서 로텍파 의원을 죽이게 될지, 또 어떤 식으로 그녀가 법정에서 항변을 할 것이며, 총을 쏠 것이며 하는 것 등을 말이죠."

그 이야기를 듣자 요철은 놀랍게도 수많은 상상들이 머릿속을 스치고 지나갔다. 그는 마치 자신이 율리아가 되기라도 한 것처럼 그 캐릭터가 무슨 말을 할지, 어떤 행동을 할지 다 계산이 되어 있었다. 책상 위에 종이와 펜만 있다면 뭐라도 써 갈기고 싶은 심정이었다.

"정말 그래도 됩니까?"

"예. 저는 차라리 엔딩크레디트에 연출보다는 원안이나 각색자로 이름을 올리는 게 나을 것 같습니다."

"그럼 연출에서 아예 손을 떼신단 말씀입니까?"

"네."

요철은 속으로 쾌재를 불렀다.

"대신 각본이 완성되면 제게 원본을 꼭 보여주십시오. 투자자들을 더 끌어모을 기회가 될지도 모르니까요." 정의철이 말했다.

"그거 정말 고맙군요. 언제부터 집필을 시작하면 됩니까?"

"지금 당장이라도 가능합니다."

정의철은 흔쾌히 말했다.

"각본이 완성되면 어지순씨를 통해 22-01A 사무실 앞으로 보내주세요. 검토하고 나서 답장을 드리겠습니다."

그 말을 듣고 나자, 요철은 드디어 고삐에서 풀려난 자유로운 망아지가 된 기분이었다. 풀밭도 뛰어다니고 싶고 교미도 하고 싶은 망아지! 요철은 드디어 정의철에 대해 갖고 있던 오해와 반감이 풀렸다. 그는 정의철이 연출감각이 꽝인데다 고집만 센 욕심쟁이라고 생각하고 있었다. 물론 연출감각이 꽝인 것은 맞지만, 생각보다 욕심은 없는 사람인 것 같았다. 요철은 하루라도 빨리 메가폰을 잡고 싶었다. 그러려면 눈앞의 숙제부터 당장 끝낼 필요가 있었다.

기요철의 각본론

신기하게도 집필실은 격리실과 구조가 똑같았다. 침대 하나에, 변기 하나, 책상 하나가 전부였다. 어두컴컴했고 창문은 손바닥만 했으며 TV도 볼 수 없었다.

요철이 아는 극작가들 중에는 일부러 산에 토굴을 파고 들어가 글을 쓰는 작가도 있었다. 아이디어를 극대화시키기 위해 오히려 시각이나 촉각, 청각 중 하나를 차단시키는 사람도 있었다. 그렇게 자신을 극단으로 몰아붙여야 최대의 생산물을 끌어낼 수 있다고 믿는 사람들이었다. 그런데 막상 요철이 각본을 쓰는 입장이 되고 보니 그 의미를 알 것 같았다. 그는 처음에는 어둡고 답답했지만 점차 정의철에 대한 고마움이 들기 시작했다.

'내가 각본에만 충실할 수 있도록 이렇게 아무것도 없는 곳에 데려다주었구나.'

요철은 펜을 잡자마자 잠재되어 있던 상상력이 급격히 폭발하기 시작했다. 그는 영화 전체의 시놉시스를 반나절 만에 완성했다. 다쓰고 나자 배식이 들어왔다. 식단을 보고 요철은 정의철의 배려에 한 번 더 감동했다. 배식판에는 그가 먹으면 설사를 쭉쭉 하게 만드는 시금치도 없고, 알레르기를 유발하는 복숭아도 없었다. 단지 마른 빵과 우유 한 잔이 전부였다. 한 손으로 잡고 먹기 편한 크기의 빵이었기에 그가 펜을 움직일 때 방해되지 않았고, 우유에는 두뇌를 활성화하는 DHA가 들어 있어 글을 쓰는 데 큰 도움이 되었다. 이런 조력자의 정성에 힘입어 그는 율리아가 세 사람을 살인하는 과정이 담긴 시놉시스를 일필휘지로 써버렸다. 그것을 쓰면서 그는 정의철이 멋대로 찍어버린 장면을 어떻게 바꿀지 고민했다. 대본을 끝낸 뒤 그는 자신이 원하는 스타일대로 전 장면을 재촬영하기로 마음먹었다.

1. 율리아는 어떻게 로텍 소장을 죽였는가?

율리아는 로텍 소장이 테니스를 무척 좋아하는 것을 알았다. 그래서 테니스 라켓을 들고 그가 자주 다니는 VIP 테니스장에 갔다. 그녀는 일부러 테니스 라켓의 가운뎃줄 하나를 끊어놓고 어떻게 하면 좋을지 한숨을 푹푹 쉬었다. 그때 마침 로텍 소장이 지나가면서 무슨 일이냐고 물었고, 율리아는 로텍 소장에게 자초지종을 설명했다. 그 말을 들은 로텍 소장은 자기 집 창고에 테니스 라켓이 복날의 개처럼 쌓여 있다고 말했다. 로텍 소장은 이것도 인연이니 함께 테니스라도 한 게임 치자고 제안했다. 율리아는 수준급의 테니스 실력을 갖고 있었다. 로텍 소장은 지는 것을 목숨보다 싫어했고 두 사람은 이십 분간 단 한 번도 공을 떨어뜨리지 않고 경기를 진행했다. 로텍 소장은 두 사람이 치고 있던 세트 주변에 아무도 없다는 것을 발견했다. 그가 잠깐 주변에 한눈을 파는 사이, 공이 미친 듯한 속도로 달려왔다. 그것은 공이 아닌 총알이었고 그 뒤로 로텍 소장은 다시는 테니스를 칠 수 없었다.

2. 율리아는 어떻게 수사신부를 죽였는가?

율리아는 수사신부에게 고백할 생각이 원래 없었다. 그런데 그는 블라디미르가 갑자기 고백소에 들어가는 것을 보고 급한 마음에 고백소에 따라 들어갔다. 왜냐하면 그녀는 전부터 자신을 스토커처럼 쫓아다니는 블라디미르가 그녀의 비밀을 알아버렸을지도 모른다고 의심해왔기 때문이다. 그녀는 아직 죽일 사람이 더 남아 있었기 때문에 이 귀찮은 방해꾼의 정체를 확실히 알아볼 필요가 있었던 것이다. 그런데 의외로 블라디미르는 그녀의 생각보다 훨씬 순진하고 어리석었다. 그녀는 블라디미르가 순수한 마음으로 자신을 쫓아다닐 뿐, 그녀가 살인하러 다니는 것을 의심해서가 아니라는 것을 확실히 알게 되었다. 그녀는 블라디미르의 고백이 끝난 뒤 자리를 뜨려 했다. 왜냐하면 그날따라 사람들이 많아서 살인하기에 좋은 날은 아니라고 생각한 것이었다. 그러나 막상 수사신부의 목소리를 듣고 나니 그녀는 충동적으로 그를 살해해야겠다는 생각이 들었다. 그녀는 고백을 하고 나면 죄가 완전히 씻긴다는 로텍의 법을 이용하기로 했다. 즉 선

(先)고백, 후(後)살인을 하게 된 것이다. 그녀는 삼 개월에 걸쳐 뚫어놓았던 고백소 밑의 구멍을 통해 지하로 내려갔다. 그러고 나서 깔개용 카펫으로 구멍을 막아버린 뒤, 자신의 셀로 돌아갔다.

3. 율리아는 어떻게 로텍파 의원을 죽이려 했는가?

율리아는 로텍파 의원을 여러 차례 죽이려다 실패했다. 첫 번째 시도는 그와 애증관계에 있던 로텍 소장으로 하여금 죽이게 하는 것이었다. 로텍 소장은 전에 로텍파 의원을 상대로 사기공갈을 친 적이 있었다. 그는 매사에 조심스러운 성격이었기에 늘 지갑 안에 작은 면도날을 방어용으로 갖고 다녔다. 그녀는 로텍파 의원의 우편함에 로텍 소장의 글씨체로 쓴 '너의 비밀을 알고 있다'는 내용의 편지를 넣어두었다. 이것은 전에도 로텍 소장이 그에게 써먹은 공갈 수법이었다. 그녀는 편지 뒤에 접선장소를 써두었다. 그래서 약속된 공터에 가서 기다렸는데 하필이면 그날 로텍파 의원의 집 개가 그 편지를 먹어버리는 바람에 계획은 수포로 돌아갔다. 두 번째 시도는 로텍파 의원이 아들과 함께 공연을 보러 가는 날에 있었다. 그녀는 2부 공연이 시작되고 불이 꺼지자마자 로텍파 의원 옆에 가서 그를 칼로 찌를 생각이었다. 그런데 1부 공연이 채 끝나기도 전에 그의 아들과 로텍파 의원은 율리아의 문제로 심하게 다투었다. 원래 두 사람은 율리아 쪽 집안이 파혼을 거론한 뒤부터 사이가 틀어지고 있었고 화해하는 의미로 공연장에 갔던 것이다. 그런데 아들이 1부 공연이 시작되자마자 옆에 있던 아리따운 아가씨에게 추파를 던지는 것을 보고 로텍파 의원은 화가 머리끝까지 치밀었다. 율리아가 도착했을 때 로텍파 의원은 이미 자리를 뜨고 없었다. 대신 그 옆에 공연 따위는 안중에 없는 듯 한

데 뒤엉킨 채 서로의 입술을 빨아대는 한 커플 앞에서 그녀는 분루를
참아야 했다.

이렇게 두 번의 시도가 실패로 돌아간 뒤 그녀는 자신을 쫓아다니
던 그 불쌍한 블라디미르가 누명을 쓰고 기소된 사실을 알게 되었다.
그녀는 증인으로 참석해 블라디미르의 죄를 열렬히 주장하는 로텍파
의원을 총으로 쏘아버린다……

요철은 여기까지 쓴 뒤 잠시 눈을 감았다. 그의 얼굴은 행복으로
가득했다. 어디서 이런 아이디어가 무궁무진하게 쏟아져나오는지
알 길이 없었다. 그는 신이 쭉 불러주는 내용을 받아쓰기 하는 기분
이 들었다. 그가 직접 목격하지는 않았지만 마치 눈앞에서 보기라도
한 것처럼 모든 장면이 머릿속에 그려졌다. 둔하고 느려 터진 손이
그의 생각을 못 따라갈 정도였다.

**기요철의 각본론 : 좋은 각본은 방귀 낄 힘도 없을 만큼 기운이 쭉
빠졌을 때 나온다.**

요철은 당장 이 좋은 시놉시스를 하루 빨리 정의철에게 보내야겠
다는 생각이 들었다. 그는 어지순을 불러 그것을 22-01A 사무실로
보냈다. 세 시간 뒤에 어지순은 정의철로부터 답장을 갖고 왔다.

'로텍 규율에 어긋남. 특히 100항.'

로텍 규율 100항은 '생각을 하되 상상을 섞지 마라'였다. 그는 이

규율을 백 번도 더 읽고 이대로 실천하려고 노력해봤으나 전부 실패하고 말았다. 그는 띄어쓰기와 맞춤법을 수정해서 시놉시스를 새로 보냈다. 하지만 이번에도 실패였다. 대답은 역시나 로텍 규율에 어긋난다는 것이었다. 이런 식으로 그가 22-01A 사무실 앞으로 보낸 시놉시스는 매번 반려되었다. 요철은 열 번째 퇴짜를 맞은 후 어지순에게 물었다.

"대체 뭐가 문제랍니까? 마침표? 조사? 아니면 어미?"

"아뇨. 율리아의 행동에서 죄의식이 전혀 느껴지지 않는다고 합니다."

이 말을 듣고 요철은 기가 찼다.

"죄의식이라뇨? 율리아는 원래 그런 여자로 설정된 것 아니었소?"

"율리아의 고백수사 장면에서 그녀의 죄의식이 더 부각되었으면 한답니다."

"그래요? 충분히 담았다고 생각하는데요."

"율리아가 자신의 죄를 사죄하면서 눈물을 흘리는 독백 장면이 있었으면 한답니다."

"차라리 본인이 쓰라고 하지요."

요철은 얼굴을 찌푸렸다.

"율리아도 사람이잖아요. 그녀가 범죄를 일으킬 때마다 무슨 죄의식을 느꼈는지 각본에 나와 있어야 그녀의 행동이 이해가 갈 것 같답니다. 그래야 투자자들을 설득할 수 있답니다."

"대체 어떻게 하라는 얘깁니까?"

요철이 묻자 어지순이 대답했다.

"각본의 한 문장, 한 문장마다 죄의식이 깃들어 있으면 좋겠답니다. 이를 테면 분명히 사랑의 세레나데를 부르는 장면인데도 읽고 나면 마치 반성문을 읽은 것처럼 써달라는 주문입니다. 즉, 반성문처럼 보이지만 실은 각본이고 각본처럼 보이지만 언뜻언뜻 반성문처럼 보이는 그런 각본 말입니다."

"한마디로 반성문을 쓰란 얘기 아닙니까?"

"아뇨, 반성문은 절대 아닙니다."

그가 세차게 고개를 젓더니 이렇게 말했다.

"난 글쓰기는 잘 모르지만, 마치 본인의 얘기라고 생각하고 써봐요. 본인이 어떤 죄를 저질렀을 때를 떠올리면서."

"상상을 하면 안 되잖아요."

"그렇죠. 생각을 하되 상상을 섞지 말란 얘기는 재생적 상상에 집중하란 얘깁니다. 창조적 상상이 떠오르려고 할 때마다 그 빨간 버튼을 눌러봐요. 그럼 좀 도움이 될 거요."

"아무래도 정의철씨를 직접 만나야겠어요."

"안 됩니다, 투자자들을 만나야 하기 때문에 바쁘시다고 합니다. 시나리오 집필을 다 끝내셔야만 만나주시겠답니다."

"그럼 면회는 됩니까? 따로 만나고 싶은 사람이 있는데요."

"시나리오 집필이 끝나고 셀로 복귀 시 가능합니다."

"하나만 물어봅시다. 정말 아까부터 궁금해서 그런데요, 여긴 격리실처럼 보이는 집필실인 거죠?"

"맞아요."

"그런데 왜 자꾸 집필실처럼 보이지만 실은 격리실 같은 곳이라고 느껴지죠?"

그 말을 듣고 지순은 의미 모를 웃음을 흘릴 뿐이었다.

"괜한 오해 마시고, 우선 글을 끝내시는 게 빨리 여기서 나가시는 길일 겁니다."

그 말을 듣고 요철은 기분이 묘했다. 정말 희한하게도 그는 마치 독방에 갇힌 기분이 들었다. 그는 아주 잠깐 정의철에게 속아넘어가 격리실에 갇힌 채 그의 시나리오를 대신 쓰고 있는 것은 아닐까 하는 생각에 사로잡히게 되었다. 시나리오 작업이 끝나면 정의철이 이 시나리오를 탈취해 마치 자기가 쓴 것인 양 만들지도 모른다고 말이다.

세트라 중독

요철은 반성문처럼 보이지만 실은 각본이고 각본처럼 보이지만 언뜻언뜻 반성문처럼 보이는 그런 각본을 어떻게 써야 할지 전혀 몰랐다. 그는 책상에 고개를 숙인 채 생각이 떠오를 때까지 앉아 있었다. 그렇게 가만히 앉아 있기만 하니 점차 몸이 무겁고 나른해졌다. 정신이 몽롱해지는 것을 느끼자 요철은 눈을 여러 번 깜빡이고 뺨도 때렸다. 하지만 어느 순간 그는 잠에 빠져들고 있었다.

꿈에서 그는 율리가 등급 분류소 2층에 있던 그 수십 개의 침대 위에 누워 있는 것을 보았다. 그녀는 식은땀을 흘리며 잠들어 있었다. 요철이 흔들어 깨워보려고 했지만 소용이 없었다. 그때 한 남자가 그의 옷소매를 붙잡기에 요철이 돌아보니, 얼굴 없는 남자였다.

"지금 이율리씨는 심각하게 아픕니다."

"대체 어디가 아픈 거죠?"

"심장에 이상이 생겼어요. 의료기기를 총동원했지만 아무런 차도가 없어요."

"이렇게 아픈 지 얼마나 되었죠?"

"당신과 NCS를 연결한 순간부터요. 당신이 뭔가를 상상할 때마다 이율리씨는 고통에 시달려요."

거기서 요철은 꿈에서 깼다. 기분이 찜찜하고 이상했다. 꿈에 나타난 율리는 지난번에 봤을 때의 모습과 조금 달랐다. 그녀는 요철과 눈도 마주치지 않았고 특유의 레몬 향기도 풍기지 않았다. 그녀는 살아 있는 시체였다!

요철은 책상에 멍하니 앉아 있었다. 그의 앞에 하얀 종이가 보였다. 각본을 쓰고 있었단 사실이 뒤늦게 생각났다. 자세를 바로 하고 각본을 쓰기 시작했다. 하지만 얼마 못 가 한창 영화를 촬영 중인 자신의 모습을 떠올렸다. 오미영이 직접 로텍 지하에 있는 테니스장을 섭외해오고, 미술팀은 부지런히 세트장의 곳곳을 꾸미고, 배우들은 목을 풀기 바쁘고, 감독인 자신은 감독용 의자에 앉아 이 소동을 하나하나 조율해가고 있는 모습 말이다. 그런데 상상 속에서 감독용 의자에 앉아 있던 그가 엉덩방아를 찧으며 바닥에 굴러떨어졌다. 그가 엉덩이를 매만지며 일어서는 순간 그는 상상에서 현실로 돌아왔고 이런 말을 내뱉었다.

"나 때문에 심장이 아프다니."

요철은 더 이상 원고를 쓸 수가 없었다. 그가 일어서는 상상을 하는 그 순간에 율리의 심장이 아플 수도 있다는 생각이 든 것이다.

'혹시 내가 미친 것일까? 아니, 그럴 리가 없어. 이 작품에 대한 열정이 너무 지나쳤던 거야. 자신이 상상한 인물이 꿈에 나올 수도 있는 거지. 그런 사람들은 많이 봤어. 극단 '오아시스'에도 그런 사람들은 부지기수로 깔렸지. 그때마다 내가 그들에게 무슨 조언을 해줬게? 당신에게 필요한 건 휴식이오, 휴식!'

그는 잠을 자려고 침대에 누웠다. 하지만 아까 꾼 꿈이 자꾸 생각났다. 그는 머리가 아프면서 식도에서 뭔가가 올라오는 것만 같은 느낌이 들었다. 그는 그럴 때 모르모트가 먹는 게 생각났다. 그는 책상 서랍을 열어보았다. 맨 윗칸에 세트라가 한 통 들어 있었다. 그는 거기서 한 알을 꺼내 꿀꺽 삼켰다. 일 분 정도 지나자 머리가 가벼워졌다. 얼마 후 두통도 멎고 마음이 좀 편안해졌다. 그는 다시 집중해서 글을 쓰기로 했다. 율리아가 고백수사를 받는 장면이 떠올랐다. 율리아가 수사신부와 어떤 대화를 했을지 상상했다. 눈을 감고 있는 그녀의 얼굴이 머릿속에 떠올랐다. 그런데 그가 글로 옮겨 적으려는 순간 자신도 모르게 율리가 욕조에 누워 있는 상상을 하고 말았다. 욕조는 핏물로 가득 찼고 그녀의 얼굴은 구더기로 뒤덮였다. 그리고 욕조 뒤에는 어지순이 피를 흘린 채 쓰러져 있었다. 요철은 펜을 내던지고 절규했다.

"결국 내가 그들을 죽였어!"

요철은 얼굴을 감싸 쥐었다. 다시 머리가 아파왔다. 그는 세트라를 딱 한 알만 더 먹어보기로 하였다. 세트라는 하루에 한 개 이상을 복용하면 안 된다고 약통에 씌어 있었지만 그는 약통의 뚜껑을 열었다. 약을 먹고 나자 덜 어지러웠다. 하지만 글을 쓸 수 있을 정도는 아니었다. 그는 쥐덫에 갇혀 이러지도, 저러지도 못하는 기분이었다. 한 시간 동안 좁은 방 안을 왔다 갔다 하다가 결국은 다시 세트라에 손을 댔다.

'딱 한 번만이야!'

그는 약을 먹고 나서 다시 책상 앞에 앉았다. 잠깐 턱을 괴고 벽면을 바라보는데, 벽의 작은 구멍에서 구더기들이 나오기 시작했다. 구멍이 점점 커지더니 급기야 구더기를 뒤집어쓴 율리와 이인용의 얼굴이 눈앞에 나타났다. 책상 위에도, 벽 위에도, 종이 위에도 기어가는 구더기들이 보였다. 눈을 감아도, 떠도, 의자에 앉아도, 침대에 누워도 마찬가지였다. 요철은 더 이상 참을 수가 없었다. 그는 세트라를 통째로 입안에 털어넣었다. 잠시 후 몸이 급격히 나른해졌다. 그는 침대에 몸을 던진 후 시트를 머리끝까지 덮어썼다. 그는 또 다시 꿈을 꾸기 시작했다.

요철은 꿈에서 A동 8층에 있는 작업실을 향하고 있었다. 그곳의 의무실 옆에 '복사 2팀'이 있을 터였다. 하지만 8층이 가까워지면 질수록 그는 조금 불안해졌다. 작업반장은 분명히 왜 삼 주나 늦었냐면서 그를 닦달할지도 몰랐다. 그는 의무실 앞으로 가서 복사 2팀을 찾아보았다. 하지만 복사 1팀과 3팀은 있는데 아무리 찾아도 2팀은 보이지가 않았다. 그는 아까만 해도 피곤에 절어 머리만 대면 잘 수 있을 줄 알았는데, 갑자기 정신이 번쩍 들었다. 그는 복사 1팀과 3팀을 기웃거렸다. 하지만 그곳에 아는 얼굴은 하나도 없었다. 그는 조심스럽게 복사 1팀의 문을 열고 들어갔다. 한 남자가 책상을 쾅쾅 치면서 소리를 지르고 있는 것이 보였다. 그가 요철에게 고개를 돌렸다. 그는 반갑게도 모르모트였다. 그는 한 손에 팔뚝만 한 길이의 헝겊 인형을 들고 있었다.

"뭡니까?" 모르모트가 말했다.

"나야."

"누구신데요?"

요철은 모르모트를 노려보았다.

"내가 정말 기억 안 나나?"

"뭘 말입니까? 난 당신을 처음 보는데요."

"이렇게 어색하게 굴지 말고, 툭 터놓고 얘기해봐. 대체 무슨 일이 있었던 건가?"

"무슨 일 말입니까?"

"대체 이렇게 로봇처럼 앉아서 뭘 하고 있는 거냐고. 말해봐. 자넨 지금 좀 이상해 보여. 내가 정말 기억이 안 나나?"

"거듭 말하지만 난 당신을 처음 봅니다. 이름이 뭡니까?"

"기요철이요."

"아, 거기 실종된 사람?"

"실종?"

"네. 그 사람은 실종됐어요."

"복사 2팀은 어디 이사갔나요? 전 거기서 클러스터링 하던 사람이에요."

"그건 모르겠소. 여긴 복사 1팀이요."

그는 이렇게 말하면서 들고 있던 인형의 고개를 흔들어 보였다. 그런 다음 자신의 자리로 돌아가 다시 작업에 열중했다. 그 작업이라는 것은 똑같이 생긴 남자 인형의 얼굴에 눈을 붙이는 것이었다. 복사 1팀에서는 종이가 아닌 인형을 복사하는 모양이었다. 요철은 이상하고 신기한 표정으로 복사 1팀 내부를 돌아다녔다. 그런데 그 인형은 어딘지 모르게 낯설지가 않았다. 길고 치렁치렁한 머리, 갈색 눈, 보조개까지…… 그것은 틀림없이 요철 그 자신의 얼굴과 닮아 있었다. 그는 정신없이 고개를 돌려보았다. 그러자 한쪽 옆에는 기요철을 닮은 프라모델을 조립하는 여자가 보였다. 또 다른 구석에서는 4D 그림으로 구현된 기요철의 마네킹이 서 있었다. 뿐만 아니라 복사 1팀의 일개미들은 기요철의 얼굴이 새겨진 티셔츠, 컵, 볼펜, 기념주화, 심지어는 그의 얼굴이 큼지막하게 그려진 팬티까지 부지런히 만들고 있었다. 그리고 그 그림들 밑에는 여지없이 '실종자'라고 적혀 있었다. 그들은 돈만 된다면 뭐든 만들 준비가 되어 있는 듯 보였다. 요철은 공포감을 느끼며 입구를 찾아 두리번거렸다. 그때 마침 작업반장이 지나갔다. 요철은 자신을 괴롭히던 그가 이번에는 오히려 반갑게만 느껴졌다.

"반장님!"

"누구십니까?"

"절 모르세요?"

작업반장은 뒤로 서서히 물러났다.

그러더니 전화기로 가서 어디론가 급히 전화를 걸었다.

"지금 수상한 사람이 있습니다. 인상착의는……, 전반적으로 각진 얼굴에 양쪽 눈은 비대칭입니다. 아, 왼쪽 눈에만 쌍꺼풀이 있어요. 눈동자 색깔…… 잘 안 보이네, 눈동자 색깔이 뭐요?"

"갈색이요. 밤색과 갈색의 중간. 예! 맞아요! 그 현상범이랑 똑같이 생겼어요!"

작업반장은 요철의 이야기를 다 듣고 나서 수화기에 입을 다시 가져갔다.

"눈동자는 흐리멍덩하고요, 인중에 비해 턱이 약간 깁니다. 대략 5.5cm 정도 됩니다. 예? 그게 뭐냐고요? 여기서 그렇게까지 자세히 볼 순 없어요. 어쨌든 빨리 와서……"

요철은 작업반장이 전화를 끊기 전에 뒷걸음질을 치면서 거기를 빠져나왔다.

'뭔가 잘못됐어. 난 분명히 복사 2팀이었다고!'

요철은 벽에 기대려다가 자신의 얼굴이 커다랗게 실린 포스터를 보고 깜짝 놀랐다. '사람을 찾습니다. 고유번호 : 2322 고단 304. 본명 : 기요철. 나이 : 30세. 현상금 5천만 우라.'

그는 재빨리 그곳을 나와 1층으로 내려갔다. 로텍의 입구에 있는 등급 분류소에 가기만 한다면 새로 입소하는 입주자들 틈에 껴 밖으로 탈출할 수 있으리라 여겼던 것이다. 그때 누군가 뒤에서 그를 애타게 부르는 소리가 들렸다.

"여봐요! 정신 차려요! 내 말 들려요?"

그 순간 요철은 뺨이 얼얼했다. 어지순이 그의 얼굴을 손바닥으로 세게 친 것이었다. 구역질나는 냄새가 침대 위에 진동했고 베개는 땀에 젖어 축축했다.

"괜찮아요?"

요철은 뺨을 어루만지며 입에서 나는 고약한 약 냄새에 얼굴을 찡그렸다. 그는 코를 쥔 채 침대 위를 살폈다. 하지만 구토한 흔적은 어디에도 없었다. 다만 그는 맥주 스무 병을 혼자 다 마시고 난 다음 날처럼 머리가 떵하고 가눌 수 없을 정도로 몸이 축 늘어져 있었다.

"설마 세트라 한 통을 다 집어먹은 거요?" 어지순이 물었다.

"세트라 좀…… 주세요." 요철이 말했다.

"그걸 벌써 다 먹으면 어떡합니까? 이 주치의 양인데."

"머리가 너무 아파서요."

어지순은 요철을 일으켜세워 침대 위에 앉혔다.

"지금은 어때요?"

"여전히 머리가 아파요. 세트라를 줘요!"

"안 됩니다."

"제발 부탁이에요."

요철은 엉엉 울어버릴 것 같은 표정으로 말했다.

"그럼 지금까지 쓴 대본을 보여줘봐요."

요철은 쓰레기통을 가리켰다. 어지순은 그 안에 들어 있는 원고를 주섬주섬 챙겼다. 어지순은 세트라를 가지러 갔다. 요철이 격리실처럼 보이는 집필실의 창문 틈으로 밖을 내다보니 어지순이 창고에서 세트라가 가득 든 상자를 꺼냈다. 그는 거기서 약통 하나를 꺼내어 요철에게 주었다.

"일단 이게 전부요. 일주일 치니까, 하루에 한 알 이상은 먹지 마시오."

"한 알만 먹을게요."

요철은 그가 완전히 사라진 것을 본 다음 세트라 한 통을 전부 다 먹어치웠다. 하지만 두통은 가라앉지 않았다. 그는 문 밖을 보며 소리쳤다.

"저기요, 세트라 좀!"

요철이 말했지만 밖에서는 아무런 대답도 들려오지 않았다.

▼▼
관

요철은 점점 이 집필실이 격리실처럼 갑갑하게 느껴졌다. 산 채로 관 속에 눕는다면 바로 이런 기분일 것 같았다. 머리에서는 점점 식은땀이 났고, 숨은 점점 가빠졌다. 이렇게까지 집필실이 더웠던 적은 없었는데…… 방은 습한 열기로 가득했다. 방은 점점 더 어두워지고 비좁아졌다. 그는 갑갑함 때문에 몸을 좌우로 비틀었다. 하지만 어깨가 뭔가에 꽉 낀 듯이 몸이 움직여지지 않았다. 그는 어둠 속에서 발차기를 했다. '쾅!' 하고 그의 발이 묵직한 것에 부딪치는 소리가 났다.

'내가 정말 관 속에 들어 있나봐. 혹시 내가 죽은 건가? 아니, 이건 꿈일 거야, 어쩌면 가위에 눌린 것인지도 몰라.'

이러다 갑자기 죽을지도 모른다는 공포감이 다가왔다. 그는 어지순이 해준 말이 생각나 주머니를 뒤졌다. 다행히 버튼이 만져졌다. 창조적 상상이 들 때 누르라던 그 버튼이었다. 그는 그것을 할 수 있는 한 빨리 눌렀다.

'아무래도 세트라를 너무 많이 먹은 탓이겠지. 그런데 왜 이렇게 발이 무겁고 등이 배기는 걸까?'

요철은 손을 움직여 등을 만져보았다. 가방이 매달려 있었는데, 안에서 시계가 똑딱거리는 소리가 들렸다. 그는 지렁이처럼 몸을 꿈틀거리며 가방을 어깨에서 내렸다. 등에 있던 가방을 배꼽 아래로 놓은 다음 무릎을 최대한 안으로 모아서 그것을 가슴께로 끌어올렸다. 드디어 가방의 지퍼에 손이 닿았다. 하지만 갑자기 똑딱거리는 시계 소리가 엄청나게 크게 들려왔다. '시한폭탄인가?'

요철은 갑자기 두려워져서 지퍼를 잡은 채 덜덜 떨기 시작했다.

'내가 뭘 잘못했기에 이런 일이 나에게 일어났을까? 내가 도대체 무슨 커다란 죄를 지었기에? 만일 내가 저지른 죄가 하나가 아니라면? 내 인생 전체가 잘못 끼워진 외투의 단추와도 같다면? 죽음은 내가 저지른 잘못들을 위한 해결이 될 수 있을까?······'

그는 빨리 이 관 밖으로 나가 당장 책상에 앉고 싶다는 생각이 들었다. 자신이 생각하기에도 매우 좋은 문장이었다. 율리아가 고백수사를 만나러 가기 전에 이런 독백을 했다고 하면 제법 괜찮을 것 같았다. 하지만 시간이 지날수록 점점 숨이 막혀왔다. 이제 어지순이 와서 자신을 꺼내줬으면 했다. 이것은 단순히 영화적 설정이라고 보기에는 리얼리티가 지나치게 높았다.

'혹시 누군가 날 이렇게 만들고 영원히 잊어버린 것 아닐까?'

그는 세상에서 완전히 버려진 존재가 된 것 같았다. 그가 숨을 거두고 나면 누군가 통째로 이 관을 어딘가에 묻어버리거나 산 채로 태우거나 관 위에서 삼겹살을 구워먹을지도 몰랐다. 죽음의 끝에서 그동안 알 수 없는 것들, 할 수 없는 것들, 해결할 수 없는 물음들이 그를 덮쳐왔다. 그의 심장은 마름모꼴로 부서졌으며 그의 발가락은 하늘로 치솟고 그의 정수리는 현실을 향해 떨어지고 있었다. 갑자기 서러운 눈물이 쏟아지기 시작했다. 그제야 요철은 율리아의 독백 장면에 쓰려고 했던 대사는 누구보다 그 자신을 위해 써야 하는 문장이라는 것을 깨달았다. 그는 누군가 자신을 처음으로 발견하거나 해부하기 직전에 죽음의 단초라도 얻을 수 있도록 마지막 유언을 남기기로 하였다. 그는 관 뚜껑에 펜을 꾹꾹 눌러가며 이런 글을 쓰기 시작했다.

'······나는 괴짜였고, 그간 많은 죄를 저질렀습니다. 외롭거나 울적할 때 나를 위로해줄 만한 사람이 없었습니다. 나는 고아로 태어났고, 우리 부모는 전쟁 때 모두 세상을 떠버렸다고 상상했습니다. 나는 전쟁고아들을 위해 마련된 아동보호소에서 자랐기 때문에 어려서부터 누군가를 사랑할 만한 기회를 대부분 박탈당했습니다. 그 시절 저는 알았습니다. 연극의 1막의 첫 부분을 미처 보지 못했다면 인생을 끝없이 부정하게 된다는 것을. 마치 연극의 제2막부터 관람하게 된 관객처럼 자기 자신의 인생에조차 깊이 관여하지 못하고, 철저히 외지인으로서 인생을 보게 된다는 것을. 저는 사랑을 필요로 하는 존재이면서도 그 사랑에 직접적으로 관여할 수는 없는, 관찰자가 되어야 했습니다.

내가 누군가를 사랑하면 그들은 모두 나를 떠나버렸습니다. 저희 양부모님도, 형제들도 모두 그렇게 떠났습니다. 나는 어느 순간 아무도 사랑할 수 없다는 것을 깨달았습니다. 내가 사랑을 하면 사람들이 떠난다는 징크스가 생겨버렸기 때문입니다. 나는 세상에 태어나기도 전에 버림받은 기분이었지요. 하지만 내가 어느 과거로 돌아가 아주 사소한 부분-이를테면 손톱 물어뜯기를 한 주 정도 걸렸다든가-하는 것을 수정한다고 해도 제 인생의 커다란 부분이 바뀌는 일은 없었을 것입니다. 현재의 나와 과거의 나는 절단되어버렸으니까요. 뭇사람들은 역사가 되풀이된다고 말합니다. 하지만 되풀이되는 과거란 없어요. 유사한 사례만 있을 뿐입니다. 그 과거의 역사적 사실과 선행조건이 다르기 때문에 되풀이된 과거처럼 보이는 현재는 결코 그 과거와 완전히 동질하다고 말할 수 없는 겁니다.

저는 결핍된 사랑을 메우기 위해서 저에게 다가오는 모든 사람들 전부를 사랑하기로 했습니다. 특히 여자들을요. 제게 다가오는 모든 여자들이 저를 사랑한다고 생각했습니다. 저만의 착각에 빠져 있었던 거지요. 최근에는 이율리라는 여자를 사랑했고 그녀에 대한 생각 때문에 저는 그녀가 나오는 꿈까지 꿀 정도였습니다. 이러한 상상을 했던 저를 반성하고 또 반성합니다……'

그때 관 밖에서 누군가 망치로 관을 부수는 듯한 소리가 들렸다. 요철은 자신이 이렇게 개죽음을 당하리라고는 상상도 하지 못했다. 차라리 관 속에서 고요히 숨을 거두는 편이 나았을 것이라 생각하며 그는 머리를 감싸 쥐었다. 얼마 후 바깥의 빛이 눈두덩으로도 느껴질 만큼 강렬하게 새어들어왔다.

"이런 우라질!"

어지순의 목소리였다. 그는 관 속에 누워 있던 요철의 얼굴을 구둣발로 차버렸다. 요철은 놀라서 눈을 번쩍 떴다. 그는 코피를 흘리면서 어떻게든 일어나려고 어지순의 발목을 잡았다. 어지순은 이번에는 요철의 머리를 정강이로 걷어차려는가 싶더니 갑자기 몸이 기우뚱했다. 요철은 그때를 노려 잽싸게 관 밖으로 나와버렸다. 그러자 어지순은 온몸에서 핏기가 다 빠져나간 듯, 금방이라도 픽 쓰러질 것처럼 몸을 휘청휘청했다. 그러더니 심장을 잡고 그대로 관 속에 상체를 처박고 말았다.

정신의 골절

율리는 등급 분류소의 침상 위에 누워 있었다. 그녀는 베개에 머리를 대고 활처럼 몸을 휜 채로 수십 개의 텅 빈 침상들을 바라보고 있었다. 침대 위에 자신처럼 누워 있는 입주자는 단 한 명도 없었다. 그도 그럴 것이, 로텍에 대한 세금이 반 이상 줄어드는 바람에 로텍은 상상범 수감 예산 부족을 이유로 무기한 입주 거부를 선언했다. 가석방 위원회가 기요철에 대한 '처리'를 서둘렀던 것도 다 이유가 있었던 것이다. 등급 분류소와 치료 감호소를 오가며 일했던 군의관은 치료 감호소를 아예 이쪽으로 옮겨올 정도였다. 그는 군의관의 보호 아래 치료 감호소처럼 되어버린 등급 분류소의 2층을 1인실처럼 쓰고 있었던 것이다. 그 많던 상상범들이 일순간에 사라졌다고 생각하니 율리는 공허하기만 했다. 그녀는 간혹 레모네이드가 마시고 싶었다. 두 사람이 함께 갔던 그 카페에서 말이다. 하지만 등에 물엿이라도 붙은 것처럼 그녀는 침대에서 일어날 수가 없었다.

사실 율리는 기요철에게 미안함을 갖고 있었다. 그녀는 기요철의 사형을 찬성하는 것도 아니지만, 그렇다고 그를 탈옥시킬 생각도 없었던 것이다. 그녀는 자신과 요철의 무한루프에 불법으로 도킹한 어지순의 NCS만 분리해버린다면, 자신과 요철 사이의 무한루프는 더욱 견고해지리라 생각했다. 욕조에서 요철과 화학적 교미를 나눔으로써 그녀는 요철과의 연결을 유지한 채 어지순을 제거하려 했다. 만일 그가 조금만 더 서둘러 그 베드신 장면 속으로 들어왔었다면 그 작업은 성공하지 못했을 것이다. 다행히 이인용의 섬세한 꿈 클러스터링을 통해 율리는 기요철에게서 어지순의 NCS를 분리시키는 데 성공했다. 그녀가 그렇게까지 하면서 기요철과의 무한루프를 만들고자 한 데는 다 이유가 있었다. 기요철과 NCS로 연결되어 있기만 하다면 그녀의 심장은 언젠가 자연스럽게 박동을 멈출 게 분명하기 때문이다. 이것이 바로 그녀가 어린 시절부터 줄곧 꿈꿔왔던 기발한 자살 방법의 종지부였다. 타인의 고통을 이용해 상상범의 상상을 통제하는 로텍의 수감 규율이 어느 자살광에게 이런 도움을 주리라고는 로텍의 설립자도, 그녀의 할아버지도 전혀 예상하지 못했을 것이다.

율리는 이제 다가올 고통만 감내하면 되었다. 그것이 언제인지 알 수 없다는 것은 애석한 일이었지만, 이인용의 말대로라면 이제 얼마 있으면 그녀의 심장은 너덜너덜해질 터였다. 하지만 율리는 그간 기요철이 뭔가를 상상한다 해도 고통을 그다지 느끼지 못했다. 이인용은 그 두 사람 사이를 막고 있던 어지순의 NCS 라인 때문에 고통이 분산되어버렸기 때문이라고 설명했다.

어지순은 '이런 우라질!'이 자신이 세상에 남긴 마지막 말이 되리라고 전혀 예상치 못했을 것이다. 그는 단지 기요철이 죄의식 무한 증폭기 버튼을 계속 누르고만 있으면 고통이 줄어들 거라고 생각했던 모양이다. 하지만 그 버튼은 말 그대로 입주자의 죄의식만 크게 부풀려줄 뿐, 통증의 조절과는 아무 상관도 없다고 이인용은 설명했다. 인용이 율리에게 보내온 꿈 클러스터링 파일(CF)에는 무지한 보호관찰관의 생생한 고통이 찍혀 있었다. 특히 기요철이 관 속에 들어간 상상을 했을 때 어지순은 숨이 여러 번 멎었다. 그의 고통은 무채색 화면으로 표현되었다. 기요철이 죄의식을 토로하며 반성할 때는 괜찮았지만, 관 위에서 사람들이 삼겹살을 구워 먹는 상상을 하자, 어지순의 CF는 회색빛에서 점점 까만빛을 띠었다. 그리고 마침내 어지순이 관 속에 처박히는 모양을 기요철이 상상해버렸을 때, 어지순의 삶도 그렇게 끝나버리고 말았다. 운명의 장난이 그를 괴이한 죽음으로 몰고 가버린 것이다.

어지순은 어찌 보면 단순히 먹고살기 위해 노력한 아버지 중 하나였을 것이다. 하지만 그의 개 같은 죽음은 자신의 자살과는 차원이 다르다고 그녀는 자부했다. 왜냐하면 그녀가 자살을 하려는 이유는 자신이 죽음으로써 다른 누군가가 상처를 받게끔 하고자 함이 아니었기 때문이었다. 우연으로 점철된 세계 안에서 유일하게 그녀에게 어떤 선택권이 있다는 것, 그녀가 평생 짊어져야 했던 운명에 대해 저항하려고 했던 의지가 있었다는 것을 스스로에게 증명하고 싶었기 때문이다. 그렇게 볼 때 어지순은 자신의 의지와 상관없이 '우라질!'이라는 공화국의 이름과도 흡사한 탄식만을 내뱉고 떠버렸다는 점에서 개죽음이 아니고 무엇이랴!

율리는 그렇게 생각하며 죽은 뒤 재가 되어 루트 사막을 떠도는 본인의 모습을 상상했다. 그러자 예전에 그녀의 텅 빈 가슴을 치고 달아난 새가 실은 자기 자신이었을지도 모른다는 생각이 들었다. 그녀는 그렇게 한 발 더 자유에 다가가고 있었던 것이다. 그런데 어찌 된 영문인지, 시간이 꽤나 흘렀을 것이 분명한데도 그녀의 심장에는 아무런 문제가 없었다. NCS는 건물 하나를 날려버릴 만한 강도 이상의 고통을 인간에게 준다고 알려져 있었다. 그런데 율리는 이상할 정도로 아프지 않았다. 사실 어지순처럼 심장이 기형인 것도 아니고, 그녀의 심장은 꽤나 튼튼한 편이었다. 그렇다고 해도 죽음의 순간을 애타게 기다려왔던 그녀로서는 당황스러운 일이었다.

'그 골칫덩어리 상상범이 상상을 멈춘 것일까? 설마, 그럴 리가 없었다! 그것은 개가 똥을 끊는 일, 바람둥이가 오입질을 끊는 일, 욕쟁이 할머니가 욕을 끊는 일이나 다름없지.' 율리는 그렇게 믿으며 침대에서 계속 누워 있었다. 간혹 군의관이 와서 그녀에게 상태가 어떤지 물었지만 그녀는 특별한 변화가 없다고 둘러댈 뿐이었다. 그렇게 아무 증상의 변화도 없이 날짜만 흐르는데 어느 날 군의관이 이렇게 말하는 것이었다.

"드디어 그 재판이 열린다고 하더군요."

"네? 제가 여기 온 지 몇 시간이나 됐죠?"

"몇 시간이라니요? 벌써 이 주 넘게 이렇게 목석처럼 누워만 있잖아요."

율리는 믿을 수 없었다. 그녀는 등이 뻐근할 정도로 누워 있어서 온몸에 피가 돌지 않는 느낌이었다. 하지만 그것은 일반적인 장기 요양환자의 전형적인 증상이었을 뿐, 심장의 이상과는 거리가 멀어 보였다. 군의관 역시 심장 초음파 결과를 보여주며 아무런 문제가 없다고 덧붙였다. 그녀는 어찌 된 영문인지 알 수가 없었다. '정말로 개가 똥을 끊고 바람둥이가 오입질을 끊고 욕쟁이 할머니가 욕을 끊는 기적이 일어난 것일까?'

율리는 새벽 2시에 자리를 박차고 일어났다. 팔과 다리를 주물러보고 고개도 돌려보았다. 뒷골이 조금 당겼을 뿐 아픈 곳은 하나도 없었다. 그런데 갑자기 요철에게 전화를 걸고 싶다는 생각이 들었다. 새벽 2시에 누군가의 목소리가 듣고 싶었던 적은 이번이 처음이었다. 그녀는 깨달았다. 요철이 단 한 번도 상상을 하지 않았다는 사실을.

'인간이 머리를 권총으로 날리지 않는다면 단 한시라도 상상을 하지 않는다는 것은 불가능하다. 그렇다면 어떻게 해서 그는 상상을 하지 않은 채 살아 있을 수 있었을까? 그에게는 정말로 로텍을 떠나 탈출하고자 했던 의지가 있었던 것일까? 세트라의 강력한 효능 때문일까? 어지순의 죽음을 계기로 자기를 완벽히 통제하는 극기 정신을 획득하게 된 것일까? 아니면 반대로 완전히 의기소침해졌던 것일까? 아니면 진심으로 죄를 뉘우친 것일까? 그것도 아니라면 이로텍의 체계에 완전히 수긍해버린 것일까? 그는 낭떠러지에서 떨어져 팔이 부러지는 것처럼 정신에도 어떤 골절을 입은 것은 아닐까? 어느 순간 나의 정신에 그의 정신이 부딪치면서 그의 정신이 골절을 입은 것이 분명하다. 공훈을 세운 상이병사가 훈장을 자랑하듯이, 정신에 골절을 입은 그 병자에게도 나름의 자부심이 있었던 것일까? 정말로 그는 나의 고통을 짊어지기 위해 상상을 참았던 것일까? 나의 고통을 대신 아파하지만 자신의 고통은 남에게 쥐어주지 않으려 했던 신의 아들, 최초의 메조키스트처럼 그 역시 그런 수행의 길을 갔던 것일까? 그게 아니라면……, 도대체, 어떻게 마음 안에서 이끼처럼 자라나는 상상을 제 마음대로 꺾어버릴 수가 있는 것일까? 인간인 이상 마음의 잡초를 모두 뽑아버리는 것은 불가능하다. 잔디를 밀어버리는 것은 기계의 힘일 뿐. 그렇다면 결국 데우스 엑스 마키나가 인간에게 승리를 선언하고 그의 심장 위에 정의의 깃발을 내리꽂았다는 의미인가? 정의라는 가치 앞에서 모든 것을 신에게 맡기고 연극 따위는 포기해버린 것일까? 그 알량한 정의 말이다! 허구가 진실을 압도하는 시대에, 진실로 마음 안에 정의 없는 자가 겉으로는 정의를 말하고 다닌다. 정의는 복수의 다른 말이다. 지각 있는 자는 괴롭다. 진실을 안다는 것은 마치 이 세상에서 그의 어깨 위로만 화산재가 떨어지는 것과 같은 일이다. 비유 없이 이해할 수 있는 세계는 어디에도 없다.'

율리는 다시 엎드려 베개에 얼굴을 파묻고 흐느껴 울기 시작했다.

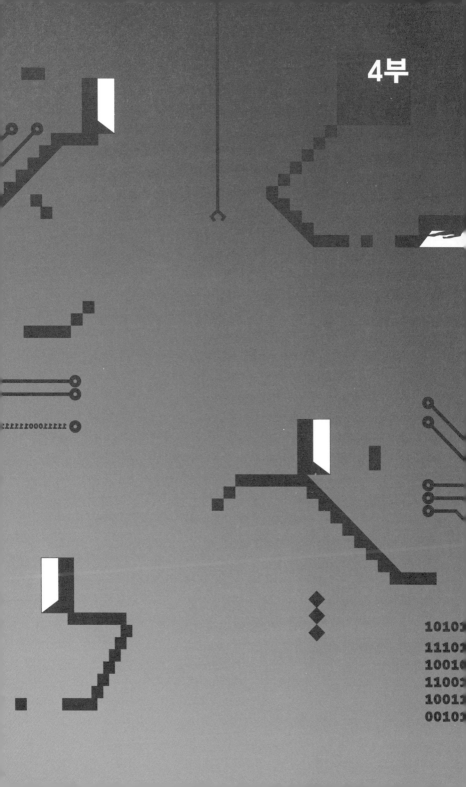

4부

우리는 어제 갓 태어난 사람들.
아무것도 모르고 우리의 인생은 땅 위에서 그림자일 뿐.
—욥기, 8장 9절

▼ 인생은 선불제

요철은 발에 차이는 어지순의 시체를 보고 깜짝 놀라 침대에서 일어났다. 그는 서둘러 옷을 입고 셀을 떠났다. 등줄기에는 땀이 죽죽 흘러내렸다. 하지만 그는 이것과 관련해 거의 기억나는 것이 없었다. 다만 마지막으로 꾼 꿈에서 어지순이 갑자기 관을 향해 손을 뻗어준 것 말고는……

'이게 뭐야! 이런 식으로 사람을 놀리다니! 당장 따져야겠어. 시나리오를 계속 이렇게 제 맘대로 고치다니! 가서 먹을 따줄 테다!'

요철은 지하 3층에 있던 연습실의 문을 열었다. 하지만 텅 빈 연습실에는 지저분한 발자국들만 남아 있을 뿐이었다. 그는 허탈한 마음으로 한 계단을 올라갔다. 거기에 고백소가 있었다. 그런데 웬일인지 평소처럼 사람들이 붐비지 않고 텅텅 비어 있었다. 그는 고백소의 문을 하나하나 열어보았지만 역시나 아무도 없었다. 〈율리아〉의 스태프나 연기자는 흔적도 없이 사라진 것이다! 요철은 꿈에서 본 것처럼 사람들이 '실종자' 어쩌고 운운하며 자기한테 달려올 것이 두려웠다.

엘리베이터 옆에 공용 전화가 눈에 띄었다. 그는 목소리를 변조해서 로텍의 서무과로 전화를 걸어보기로 했다. 그는 직원에게 정의철의 사무실이 어디인지 물었다. 그러자 직원은 상상범 인권 위원회로 전화를 돌려주었다. 상상범 인권위에서는 고충 처리과로 돌려주었고, 고충 처리과는 종합안내서비스로 연결해주었으며 종합안내서비스 직원은 로텍의 사법 위원회로 걸어야 한다고 말했다. 요철은 전화를 끊어버렸다. 그는 다시 종합안내서비스 직원에게 전화를 걸었다. 다행히도 정의철의 사무실 주소가 22-01A라는 것이 기억났다. 그 번호를 대자 그 직원은 친절하게 그 장소를 알려주었다.

요철은 그 직원의 말을 믿고 구관의 10층에서 내려 우측으로 걸어갔다. 거기에서 신관으로 통하는 복도가 나왔다. 복도를 따라 쭉 걷다가 다시 왼쪽으로 방향을 트니 구름다리가 나왔다. 구름다리는 이십 미터가량 되는 길이였다. 그런데 다리를 다 건너도 계단이 나오지 않았다. 그는 좁고 경사진 복도가 있기에 벽을 손가락으로 더듬으며 천천히 걸어갔다. 그곳은 나선형 형태로 이루어져 있었다. 복도를 꽤 오랫동안 빙빙 돌고 돈 뒤에야 그는 멈춰 섰다. 22층의 복도를 따라 걷다보니 '관계자 외 출입금지'라고 씌어 있고, 복도 맨 끝에 병동을 연상시키는 하얀색 외벽의 사무실 입구에는 가죽을 덧대놓은 고급스러운 문이 보였다. 'DEM'이라고 적힌 노란 간판이 달린 곳이 22-01A호실이었다. DEM은 보안키가 없으면 들어갈 수 없었다. 그는 복도를 돌아다니다가 버려진 상자 하나를 가져왔다. 그러고 나서 보일러실에 버려진 서류 뭉치들을 테이프로 둘둘 묶은 뒤 상자의 입구를 막았다. 그는 굵은 펜으로 수신자 명에 '정의철'이라고 썼다. 그는 그것을 어깨에 멘 뒤 최대한 힘겨워 하는 표정을 하고 DEM의 문 앞에 섰다. 그 옆에는 인터폰이 달려 있었다. 그가 버튼을 누르자 한 젊은 남자가 받았다.

"정의철님 택배요."

잠시 후 인터폰이 열리고 남자가 나타났다. 그가 상자를 낚아채려고 하자 요철이 막았다.

"그 분 사인이 꼭 필요합니다."

남자는 요철을 의심스러운 눈초리로 쳐다보다가 슬쩍 비켜주었다. DEM은 3중문으로 되어 있었다. 문을 두 개를 더 열고 가니 사무실이 나왔다. 사무실 문을 열자 사람들이 여러 대의 책상과 침대, 계기판이 달린 컴퓨터 앞에서 작업을 하는 것이 보였다. 컴퓨터 앞에 앉아 있던 가운 입은 젊은 여성이 요철을 막아섰다.

"여긴 함부로 들어오면 안 됩니다." 여자는 짜증 섞인 표정을 지었다. 하지만 요철은 그 말을 무시하고 이렇게 말했다.

"다음부턴 이렇게 무거운 걸 시킬 땐 10층까지 내려와주시죠. 여긴 왜 엘리베이터도 없답니까? 부장실이 어디요?"

요철은 주위를 둘러보다 '부장실'이라고 적힌 곳을 발견했다. 그는 막무가내로 그 안으로 들어갔다. 젊은 여자가 계속 뒤따라오며 당장 나가지 않으면 경비를 부르겠다고 말했다. 그녀가 소리를 쳤지만 DEM부의 직원들은 각자 앞에 있는 컴퓨터와 계기판을 들여다보느라 그녀를 볼 틈도 없었다. 요철이 부장실의 문을 열려고 하자 여자가 그의 팔을 꽉 붙들었다. 그때 주방에서 손을 말리며 나오는 정의철이 두 사람을 발견했다.

"정의철씨의 사인을 받아야 할 게 있어서요." 요철이 말했다.

"들어오시죠."

정의철이 먼저 사무실 안으로 들어갔다. 사무실은 책상이 있는 집무실과 접객실이 칸막이로 나뉘어져 있었다. 그는 접객용 의자에 앉더니 휴지로 손의 물기를 닦으며 이렇게 말했다.

"시나리오는 잘 받아 봤어요."

요철은 거울 옆에 있던 달력의 날짜를 보면서 말했다.

"도대체 삼 주 사이에 무슨 일이 있었는지 설명해줄 수 있습니까?"

"걱정 말아요. 덕분에 촬영은 거의 끝났소."

"촬영이 끝났다고요? 내 이럴 줄 알았어!"

요철은 책상을 주먹으로 내리쳤다. 그러자 정의철이 놀란 표정을 지으며 말했다.

"시간이 없었소. 영화판이라는 데가 다 그런 거 아니오? 시간과 돈의 싸움이지."

"혼자서 영화를 다 찍어버리는 법이 어딨습니까? 난 댁의 유령작가였을 뿐입니까?"

"당신이 쓴 글 덕분에 제작자와 투자자들을 설득하기 쉬웠소. 이제 촬영 막바지요."

"내게 감독 제의를 할 때부터 이상하긴 했어. 하지만 이렇게 사람을 부려놓고 입을 싹 씻다니!"

"잠시만, 좀 진정해요. 아직 남은 장면들이 몇 개 있소."

"저더러 지금 뒷정리나 하라 이겁니까?"

"아니, 이것 봐요. 오해하지 말아요. 저는 당신한테 가장 중요한 장면을 맡기려는 겁니다. 바로 법정 장면 말이오."

"법정 장면을 아직 안 찍었습니까?"

"그래요. 내가 찍어보려고 했지만 도무지 엄두가 안 나더군요. 역시 그 장면은 이 극 전체의 흐름을 꿰뚫고 있는 사람이 맡아야 한다고 생각합니다."

"거절하겠습니다. 내 시나리오를 돌려줘요. 나는 이 영화의 촬영을 허락하지 않을 거요."

"왜죠?"

"내가 바보도 아니고 당신 말에 속아넘어갈 것 같아요? 날 삼 주 동안 가둬놓고 당신 멋대로 촬영을 하다가 나한테 들켜서 발뺌하는 것 아니요?"

요철이 자리에서 일어나더니 정의철에게 위협적으로 다가갔다.

"자, 내 말 좀 들어봐요."

정의철은 요철의 바짓가랑이를 잡고 그를 억지로 앉혔다.

"기요철씨는 인생이 후불제 같아요, 아니면 선불제 같아요?"

"무슨 뚱딴지 같은 소립니까?"

"보통 사람들은 일단 살고 나서 대가를 치르려고 하지요. 하지만 난 반대요. 인생에 외상 같은 건 없소. 일단 대가를 치르고 나중에 그것을 돌려받을 뿐이오. 그래서 인생을 선불제라고 하는 거요."

"……"

"잠시만."

정의철은 인터폰의 발신 버튼을 눌렀다.

"벌써 출근하셨나? 알겠네. 곧 회의실로 가겠네."

정의철은 비서와 통화 후에 이렇게 말했다.

"지금 제작자와 투자자들께서 와 계신다고 하는군요. 이제 그분들 앞에서 촬영을 할 겁니다. 원래 촬영장에 잘 안 나타나시는데, 앞으로 몇 번은 더 오실 모양입니다. 이번 영화에 그분들이 많은 걸 투자했다는 것을 잊지 말아요. 아주 중요한 기회예요."

정의철은 손을 비비며 조금 망설이더니 작은 목소리로 말했다.

"결말을 당신 마음대로 연출할 수 있게 도와주겠소. 단, 당신이 연출을 하고 있다는 것을 티를 내면 안 됩니다."

"그게 무슨 말이요?"

"당신은 연기의 신이 아닙니까? 남들 앞에서는 블라디미르를 연기하고 있지만, 실은 다 보고 있는 거죠. 영화의 흐름이 어떤지, 이 장면에서 어떤 음악을 넣으면 좋을지, 공연하는 타 배우들의 연기는 어떤지, 그 모든 것을 파악하는 것이 연출하는 자의 역할 아니겠소?"

"왜 그렇게 해야 되는데요?"

"솔직히 말해서 투자자를 설득할 때 당신 이름은 얘기하지 않았어요. 왜냐하면 그분들은 워낙 시장 상황에 민감한 분들이라…… 그들은 이미 나에 대한 신뢰가 두터워요. 기요철씨는 연극판에서만 살았지 영화 쪽은 잘 모르는 초짜 신인감독 아니오? 인지도도 낮고, 특히 신인의 입봉작을 기피하는 투자자들이 좀 있거든요."

"한마디로 연출에서 손을 떼란 얘기요?"

"아뇨. 제 말은, 그분들이 보고 있을 때만큼은 기요철씨가 마치 연출을 하지 않고 있는 것처럼 연기를 해달라는 겁니다. 만남의 기회는 앞으로 차차 있을 거요. 그러니 처음부터 너무 서두르지 말고, 일단은 즉흥극의 분위기를 살려 찍읍시다. 그리고 나서 내가 나중에 당신과 공동 연출을 했다고 공개하는 거죠. 당신을 배우로만 알고 있던 그분들에게 연출가로서의 자질도 있다는 것을 어필할 수 있는 아주 좋은 기회가 될 거요."

"그럼 정말로 내가 원하는 대로 결말을 만들어도 된다는 거요?"

"맞아요! 대신 연출인 듯 연출 아닌 연기를 해주기 바랍니다."

"연출인 듯, 연출 아닌?"

"예. 그렇다고 너무 연기에 몰입해서 본인이 연출을 하고 있다는 사실을 잊지 말고요. 아시겠소? 그럼 함께 가보실까요?"

정의철은 자리에서 일어서더니 접객실 뒤의 칸막이로 요철을 데리고 갔다. 거기에는 회의실로 통하는 작은 문이 있었다. 그가 회의실 문을 열었다. 정의철의 사무실과는 다른 차가운 공기가 안쪽에서 불어왔다. 요철이 안으로 들어가자 모든 사람들이 일제히 그를 쳐다보았다.

▼ 1차 공판

법정의 좌측에는 정의철 검상이 앉아 있다. 그의 앞에는 앉은키를 넘는 방대한 서류들이 놓여 있다. 그의 표정은 자신만만하다. 반대편에는 국선 변호상이 앉아 있다. 그는 뭔가 생각난 듯 자리에서 일어나더니 방청석에 앉아 있던 이율리에게 가서 몇 마디 속삭인다. 그녀의 얼굴은 담담하며 차분하다.

잠시 후 교도관이 '기립!'을 외치자 방청석에 있던 사람들이 자리에서 일어난다. 법정에 재판상이 등장한다. 그들이 자리에 앉자 방청객들도 자리에 앉는다. 방청석에는 기요철의 영화에 참여했던 사람들이 와 있다. 잠시 후 피고인 기요철이 녹색 수의를 입고 수갑을 벗은 채 교도관 뒤를 따라 법정에 등장한다. 사람들이 술렁이기 시작한다. 기요철은 변호상 옆에 가서 간단한 목례 후에 자리에 앉는다. 여자 재판상이 마이크에 입을 가져간다.

재판상: 2322 고단 304 사건에 대해 심리를 하겠습니다. 피고인 기요철, 출석했습니까?

기요철: 예.

재판상: 검상 및 변호상 측도 출석하셨습니까?

양 측: 예.

재판상: 변호상님은 국선이시죠?

변호상: 그렇습니다.

재판상: 피고인에게 고지하겠습니다. 만약 불리한 일이다 싶으면 진술 거부할 수 있습니다. 구속되기 전 어디 살고 있었습니까?

기요철: 로텍 A2동 304호에 있었습니다.

재판상: 직업은 뭡니까?

기요철: 배우이자 감독입니다.

재판상: 정의철 검상, 기소 의견 말씀해주시기 바랍니다.

검 상: 본 사건, 피고인이 공익을 해할 목적으로 상상살인 및 상상살인을 방조한 혐의로 특별기소된 사건입니다. 기소 이

유는 크게 두 가지입니다. 첫째, 2322년 6월 2일 보호관찰관 어지순을 사망에 이르게 할 정도의 치명적인 상상을 한 것, 둘째, 2322년 5월 12일 이율리가 정정 의원을 상상 살인하는 것을 피고인이 상상한 것입니다. 이상입니다.

재판상: 이 사건에 대한 범죄경력조회서, 현장진술조서, 반성문, 수사보고서, 고소장, 로텍 경찰진술조서, 약도, 실황조사서, 사망진단서가 제출됐어요. 변호상님, 공소장 받으셨죠?

변호상: 예.

재판상: 공소사실 인정하지 않으시는 겁니까?

변호상: 예. 사실 관계가 확인되지 않았으므로 공소사실을 전부 변경하기로 하고 이에 관련된 의견을 제출하겠습니다.

재판상: 변호상 측이 제시된 증거가 불충분하다며 무죄를 주장했습니다. 검상님은 증거 조사를 새로 해야 할 텐데…… 우선 제가 주요 증거만 내용고지 식으로 살펴보겠습니다. 압수목록 제출해주시고요. 피해자 진술조서는 제출되었고…… 혹시 집행유예기간입니까?

변호상: 예, 그렇습니다.

재판상: 아무래도 데우스 엑스 마키나의 꿈 기록 클러스터링 파일(CF)이 유력한 증거가 될 것 같군요. 피해자의 현장 사진도 제출되어 있고요, 맞으시죠?

변호상: 예.

재판상: 그럼 증거 조사 마치겠습니다. 변호상 측도 증거 조사 하시겠습니까?

변호상: 공소장만 보고 나서 증거 사실은 모두 검토하지 못했

습니다.

재판상: 그럼 신문 절차 마칩니다. 다시 자리로 가주세요. 이 번 재판을 취소합니다. 기록 검토를 위해 재판을 속행합니다.

(재판상이 의사봉을 친 다음 자리를 뜬다. 기요철이 정의철에게 달려가 멱살을 잡으려 한다. 이를 본 교도관들이 기요철을 말린 뒤 그의 손에 수갑을 채우려 하자 정의철이 이를 말린다.)

기요철: 날 이번에도 속인 거요? 대체 투자자, 제작자들은 어디 있어요?

검 상: (어깨를 숙이며 귓속말로) 흥분하지 마시오. 그분들은 배우들 눈에 띄는 것을 싫어해요. 작품에 영향이 갈까봐. 차차 기회가 있을 거라 하지 않았소? 다음에 봅시다.

(정의철, 퇴장하고 기요철은 교도관의 손에 이끌려 어디론가 나간다.)

▼ 2차 공판

재판상: 2322 고단 304 사건에 대해 심리를 하겠습니다. 검 상 측, 변호상 측 모두 출석했고요, 피고인 출석했습니까?

변호상: 불출석했습니다. 어제 면회해서 출석하라고 했지만 이 공소사실에 대해서 피고인 입장이 정리가 안 된 모양입니다.

재판상: 적극적으로 출석을 권해보시죠. 이런 사정은 합의서 제출하더라도, 불출석 시 양형이 불리해집니다.

변호상: 피고인을 잘 설득해보겠습니다.

재판상: 검상 측, 모두 진술해주세요.

검　상: 2322년 6월 3일 피고인이 상상살인 및 상상살인을 방조하여 특별기소된 사건입니다.

재판상: 변호상 측, 지난번 기일 이후 충분히 기록 검토하셨습니까?

변호상: 예.

(검상이 서기에게 자료를 건네면 서기가 판상과 변호상에게 자료를 나눠준다.)

재판상: 틀린 부분이 있을지 모르니 부동의 부분 알려주시죠.

변호상: 3번 인증서 부동의, 5번, 10번은 부동의. 8번, 9번, 부동의, 아니, 보류하겠습니다. 11번부터 14번은 부동의, 17번 중에서 이율리의 진술 부분은 동의.

재판상: 부동의한 진술 위주로 보면, 3번, 5번, 10번은 보류하겠습니다. 11번은 내용 부인 한다는 건가요?

변호상: 예.

재판상: 그럼 증거로 채택하지 않겠습니다. 11번부터 14번까지 전부 부동의란 겁니까?

변호상: 14번은 이율리 부분만 부동의입니다.

재판상: 11번은 대질이 아닙니까? 그래서 내용 부인하겠고

12번은 피해자 신문조서라 했는데 실제로는 대질이 있어서 부동의란 말씀이죠?

변호사: 15번부터 18번 모두 동의. 20번은 오미영 부분만 부동의, 25번은 구영삼 진술 부분만 부동의. 28번은 보류, 30번은 부동의고요……

재판상: 16번 녹취록, 원본이 그 CF(클러스터링 파일)입니까?

변호사: 이 CF는 원본이 제출 안 돼 있습니다.

재판상: 17번 오미영 부분 보류하고요, 20번도 이율리 진술 부분만 보류하고요. 25번은 증거로 채택하지 않겠습니다. 28번은 정정씨를 증인으로 부르면 채택하고 아니면 보류하고…… 30번은 녹취록입니까? 이것도 원본이 없다는 건가요?

변호사: 네.

재판상: 30번도 보류합니다. 31번은 거짓말탐지기인가요?

변호사: 예, 그렇습니다. 41번 중에서도 오미영 진술 부분만 동의. 42번 수사보고서 동의, 46번은 부동의. 의견 보류한 부분 있는데, 48번, 52번은 CF인데, 원본 확인 후에 다시 신청하겠습니다.

재판상: 41번, 45번은 CF 청구가 있는데, 46번은 녹취록 이것도 증거로 채택하지 않겠습니다. 주요 증거가 CF인데 내용이 마음에 안 든다고 부동의는 안 됩니다.

변호사: CF의 편집 가능성도 있고, 제가 채택하지 않았던 녹취록 부분이 포함되어 있습니다.

재판상: CF는 위조가 아니면 부동의 대상이 아니지 않나요?

위조된 게 아니라면 증거 조사할 필요가 없습니다.

변호상: 취지부인으로 정리하겠습니다.

재판상: (지우개로 지우며) 41번, 45번은 다시 보류했습니다. 이상에서 동의한 부분은 전부 채택하겠습니다. 변호상님, 자료 신청 말고 특별히 의견 없습니까?

변호상: 없습니다.

재판상: 알겠습니다. 검찰에서 증인 신청하시죠.

검　상: 오미영, 구영삼씨를 증인 신청합니다.

변호상: 기요철을 피고인 신문 조사 신청합니다.

재판상: 세 명만 하면 얼마나 시간이 걸리겠습니까?

변호상: 한 시간 정도요.

재판상: 알겠습니다. 다음 기일에는 오미영, 구영삼을 불러서 속행할 거예요. 2322년 6월 10일 오후 2시에 공판 절차 진행합니다. 피고인은 별도로 소환장 제출하지 않습니다.

3차 공판

재판상: 2322 고단 304 사건에 대해 심리를 하겠습니다. 오늘 재판은 검상 측의 요청으로 녹음 및 녹취합니다. 이번엔 지난 심리에 이어서 증거조사 및 피고인과 증인 신문 조사를 위해 속행이 결정됐습니다. 피고인, 출석했습니까?

기요철: 예.

(재판상이 기요철에게 인정 신문한 뒤, 검상이 모두 진술한다.)

재판상: 오늘 3회 기일이죠? 변호상 측은 공소사실 인정하는 것으로 변경하신 겁니까?

변호상: 예. 피고인이 마음을 바꾸기로 하였습니다.

재판상: 좋습니다. 공소사실을 인정하였으므로 간이공판 절차로 하겠습니다. 간단히 보강 증거 위주로 증거조사 하겠습니다.

검　상: 변사사건가정발생보고, 현장가정약도, 현장가정사진, 실황가정조사서, 시체가정검안서, 변사사건가정조사보고, 사체가정사진, 유전자분석가정감정서를 증거 신청합니다.

(검상이 재판상에게 자료를 건넨 뒤, 법정의 슬라이드 화면에 증거목록을 하나씩 띄운다.)

검　상: 이건 이율리가 피해자 고인성과 마지막으로 게임할 때 썼던 테니스 라켓과 공입니다.

다음 사진은 어지순 피해자가 살해된 세트라 창고의 내부 모습입니다. 여기 창고에 앉아서 피해자의 시체를 보고 있는 두 사람이 이율리와 피고인 기요철입니다. 다음은 피고인이 관 뚜껑에 쓴 반성문인데요……

재판상: 글씨가 원래 이렇게 흐릿합니까? 더 진하게 볼 수 없습니까?

검　상: 관에 쓴 흔적을 찍은 거라서 이 해상도까지가 한계입니다.

재판상: 나머지 반성문도 다 이렇습니까?

검　상: 아니, 이것만 그렇습니다. 이상입니다.

재판상: 변호상 측 의견 있나요?

변호상: 없습니다.

재판상: 간이공판 절차에서 간이한 방법으로 증거조사를 마칩니다. 이제 피고인 신문 절차를 진행하겠습니다. 피고인은 가운데 자리에 앉으시죠. 변호상 측이 먼저 신문 시작하세요.

(기요철이 증인석에 앉는다.)

변호상: 피고인은 어린 시절 전쟁으로 부모님을 잃고 양부모에게 입양되었죠?

기요철: 예.

변호상: 십대부터 이십대 사이에 형 집행 및 복역 경험이 있습니까?

기요철: 없습니다.

변호상: 지금까지 마약을 하거나 특정 약을 범죄 목적으로 과량 복용한 적 있습니까?

기요철: 없습니다.

변호상: 하지만 세트라를 치료 목적으로 복용한 적은 있죠?

기요철: 예.

변호상: 무엇 때문에 먹었습니까?

기요철: 로텍에 와서 치료용으로 먹었습니다. 두통약으로 알

고 있습니다.

변호상: 상상범들의 상상을 조절하는 약인지는 알고 먹었나요?

기요철: 예, 그런 기능도 있다고 들었습니다.

변호상: 매일 복용했습니까?

기요철: 매일은 아니었지만 자주 머리가 아파서 먹게 됐습니다.

변호상: 약이 잘 들던가요?

기요철: 예. 비교적……

변호상: 성실히 약 복용에 임해왔다는 얘기죠?

기요철: 그럭저럭, 뭐.

변호상: 피고인은 가끔 이상한 생각이 머리에 떠오릅니까?

기요철: 이상한 생각이라면?

변호상: 창조적 상상 말입니다.

기요철: 예. 재미난 아이디어가 자주 떠오릅니다.

변호상: 이를테면 영화 〈율리아〉에 대한 겁니까?

기요철: 예, 그렇죠. 지난 삼 주간의 공백기에 대해 할 말이 많지만…… (정의철의 눈치를 슬쩍 보며) 데우스 엑스 마키나가 알아서 잘하고 있을 줄로 믿겠습니다.

변호상: 피고인은 그 삼 주 동안 영화의 결말에 대해 연구했습니까?

기요철: 꼭 그런 것만은 아니고, 사실은 율리아의 고백수사 장면에 더 공을 들였습니다. 왜냐하면 (정의철 검상을 가리키며) 저 사람이 거기에 대한 요구를 많이 하더군요. 그런데 막상 다 끝내고 나와 보니 이미 그쪽 촬영을 다 끝냈지 뭡니까?

변호상: 혹시 영화에 대한 꿈을 꾼 적도 있습니까?

기요철: 간혹 있습니다. 인물을 연구하다보니 그 인물이 살아 움직이는 것처럼 꿈에서도 생생하게 나왔어요.

변호상: 실제론 그렇지 않은데 인물이 살아 움직이는 것 같은 느낌을 받았다는 거죠?

기요철: 예. 저처럼 감성이 풍부한 사람이라면 어떤 느낌인지 다 알 겁니다.

변호상: 보시는 바와 같습니다. 피고인의 말과 행동을 삼 주간 관찰한 자료를 로텍 치료감호소 소속 의사 김현호에게 제공하고 감정을 맡겨본 결과, 피고인이 매우 심각한 '스트레스성 연극성 장애'가 있는 것으로 판명되었습니다.

기요철: (자리에서 일어나며) 무슨 소립니까? 나는 그런 거 없어요!

재판상: 피고인, 자리에 앉으세요.

기요철: 이 사람이야말로 이상한 말을 상상해내지 않습니까? 저는 삼 주간 메가폰을 (정의철을 바라보며) 저 사람에게 넘겨주고 각본만 썼습니다. 그런데 제가 정신병이 있다는 겁니까?

변호상: (무시하며) 이상으로 신문을 마칩니다.

재판상: 검상 측, 반대심문하세요.

(정의철 검상이 피고인에게 다가간다.)

검 상: (변호상 바라보며 귓속말로) 저 배우와는 호흡이 잘 맞습니까?

기요철: (기분 나쁜 표정으로 변호상 바라보며) 저 사람 이상합니다. 왜 각본에도 없는 대사를 저렇게 합니까? 블라디미르는 정신병과는 아무 상관없다고요!

검　상: 전에 함께 일한 배우인데, 원래 저래요. 그게 또 즉흥극의 묘미 아니겠습니까? 연기 중에 혹시라도 이상한 말을 하면 그냥 그러려니 하십시오.

기요철: (목소리 점점 커지며) 아니, 어떻게 그렇게 합니까? 저 사람이 연출의도와 안 맞는 소리를 하는데!

검　상: 쉿! 지금 제작자들이 와 있어요. 투자자는 참석 못하셨고요.

기요철: 그래요? 어디 계십니까?

검　상: 보지 말아요. 이제부터 내가 기요철씨를 신문하는 연기를 할 거예요. 아까 재판상께서 오늘 촬영 분을 녹음 및 녹취한다는 얘기 들었죠? 나중에 투자자들 만날 때 보여드리면 좋을 것 같아서 제가 특별히 부탁했지요.

재판상: (의사봉을 두드리며) 검상 측, 뭐합니까? 반대신문 안 합니까?

검　상: (어깨를 펴며 헛기침한다.) 예, 이제 시작합니다. (기요철에게 엄지를 들어올리며 미소 짓는다.) 여기 계신 피고인에게 영화 〈율리아〉와 관련한 내용으로 신문하겠습니다. 피고인은 율리아가 수사신부에게 고백한 것을 목격하신 일이 있죠?

기요철: (찜찜한 표정으로) 예.

검　상: 그 당시 어떤 분위기였는지 구체적으로 말씀해보시겠습니까?

기요철: (극중 상황인지, 현실인지 헷갈리는 표정으로) 예, 사실 전 그때 영화가 벌써 크랭크인되었는지도 몰랐습니다. 제가 고백을 하러 갔다가 우연히 그 장면을 촬영하는 것을 보았죠.

검 상: 직접 보았다고요? (귓속말로) 목소리 더 크게 하세요. 오디오가 자꾸 물려서 편집하기 힘듭니다.

기요철: (헛기침) 아? 네, 율리아가 고백하는 것을 우연히 엿들었습니다.

검 상: 어떤 내용이었습니까?

기요철: 저지르지 않은 죄를 고백해도 되냐고 하더니, 죽일 사람이 있다고 했습니다.

검 상: 그게 누구였습니까?

기요철: 따로 언급하지는 않았습니다.

검 상: 고백이 끝난 후 총소리를 들은 건 확실합니까?

기요철: 네.

검 상: 다 합해서 몇 발이었죠?

기요철: (생각하는 듯한 표정으로) 앞에 열다섯 발, 뒤에 한 발. 총 열여섯 발이었습니다.

검 상: 그런데 현장진술조서를 보면 '피고인이 고백소의 창문을 통해 수사신부가 죽어 있는 것을 봤다'고 되어 있습니다. 그렇다면 피고인은 율리아가 수사신부를 죽였다고 생각합니까?

기요철: 율리아가 수사신부를 살해하는 모습을 제가 상상했을 뿐입니다. 율리아가 수사신부를 살해하는 상상을 제가 상상한 거지, 실제로 율리아가 죽였는지는 모릅니다.

검 상: 하지만 총소리를 들었다면서요?

기요철: 예. 제 상상 속의 총소리를 들었던 겁니다.

검 상: 오락가락하는군요. 그럼 열여섯 발을 쐈다는 의미는 혹시 율리아의 언니가 연쇄살인범이 죽인 희생자 열여섯 명 가운데 하나였던 것과 관련이 있습니까?

변호상: 이의 있습니다. 지금 검상 측이 유도신문을 하고 있습니다.

재판상: 인정합니다. 검상 측은 주의하세요.

검 상: 알겠습니다. 피고인, 율리아가 이미 저질렀던 죄도 고백했습니까?

기요철: 그건 아닙니다.

검 상: 피고인은 어떻게 해서 율리아의 범행을 이렇게 잘 알고 있습니까?

기요철: 그녀를 제가 계속 미행했습니다.

검 상: 미행하다 문제의 살인 장면을 연달아 두 번이나 목격한 거군요?

기요철: 아뇨, 저는 고인성 로텍 소장이 죽는 것을 보지 못했습니다.

검 상: 율리아를 미치도록 사랑해서 그녀 대신 복수해주겠다는 마음이 들었습니까?

변호상: (벌떡 일어나며) 이의 있습니다! 검상은 증거 재판주의에 어긋난 발언을 하고 있습니다.

검 상: 신문을 마치겠습니다.

기요철: 잠시만요! 아직 제가 대답을 못했습니다.

재판상: 안 됩니다. 피고인, 자리로 돌아가세요.

기요철: 하지만 이건 중요한 대사입니다……!

재판상: 피고인 신문 절차 끝났습니다. 피고인석으로 돌아가십시오. *(기요철이 자리로 돌아간다)* 앞으로 누구라도 자리에서 일어나거나 자리를 이탈하면 무조건 퇴정시키겠습니다. 다음은 증인 신문이죠? 검상 측, 증인 부르십시오.

검　상: 예, 구영삼을 증인석에 부르겠습니다.

(구영삼이 증인석에 나와 선서한다. 주위의 눈치를 이리저리 살피는 모습이다.)

검　상: 성명과 직업을 말씀해주십시오.

구영삼: 구영삼이고 현재 복사 1팀에 근무 중입니다.

검　상: 피고인과 어떤 관계입니까?

구영삼: 잘못했습니다.

검　상: 예?

구영삼: 기억이 안 납니다.

검　상: 이보세요, 뭐가 기억이 안 난다는 겁니까?

구영삼: 뭐가 기억이 안 나는지 기억이 안 납니다.

검　상: 이 사람, 나랑 말장난하는 거요? 당신 방금 선서했잖아요.

구영삼: 죄송합니다. 선서 중에 잠깐 딴생각을 했습니다. 갑자기 아까 복사기를 쾅쾅 쳤던 것이 생각나서요. 치면서 복사기가 동전처럼 납작해지는 것을 상상했습니다. 진심으로 반성

하고 사죄드립니다.

검 상: 증인, 심리에 집중하세요.

구영삼: 알겠습니다. 그런데 증인도 잘못은 저지를 수 있는 것 아닙니까?

검 상: 그렇죠. 하지만 증인은 피고로 나온 게 아니잖아요!

구영삼: 하지만 계속 마음속에 응어리가 남아요. 복사기는 잘못한 게 없잖아요, 단지 기능이 다했을 뿐이고, 그것을 만든 사람들이나 관리자의 잘못일 뿐인데, 제가 복사기에 화풀이를 했습니다. 사실 저는 복사기가 동전처럼 납작해질 뿐만 아니라, 고물상에 고철로 팔려가는 것을 상상했습니다. 그리고 마침내 그 쓸모없는 복사기가 아무도 찾지 않는 고물상에서 수명을 다하는 상상을 저지르고 말았습니다. 이 밖에도 제가 알아내지 못한 죄가 있다면……

재판상: 거기, 증인!

구영삼: 예?

재판상: 피고인과의 관계를 뭐라고 정의내려야 할지 생각이 안 나셔서 뭔가 답답하신 모양인데……

구영삼: (무표정) 답답한 건 없어요.

재판상: 여긴 신성한 법정입니다. 증인이 고백수사를 받는 자리가 아니라고요. 로택법 제297조 1항에 따라 재판상은 증인이 피고인의 면전에서 충분한 진술을 할 수 없다고 인정할 때에 그를 퇴정시키고 진술하게 할 수 있습니다. 본 재판상은 증인을 퇴……

구영삼: 아, 기억났습니다!

검　상: 뭐죠? 이제 피고인과 어떤 관계인지 말씀해주시겠습니까?

구영삼: (기요철을 바라보며) 예, 기억나요. 그 사람이 우리 사무실에 왔어요.

검　상: 동료였나요?

구영삼: 아뇨, 그가 기요철이라는 자를 찾더군요.

검　상: 기요철이 기요철을 찾아요?

구영삼: 예. 복사 2팀의 실종자 기요철이요. 복사 2팀과 함께 통째로 사라진 사람이죠. 다들 그가 어디론가 잡혀갔다고 하더군요. 그런데 저 사람이 나타나 기요철을 찾기에, 저는 저 사람이 혹시 그 실종자는 아닐까 상상했죠. 물론 그 이상으로 멀리 상상하지는 않았습니다. 왜냐하면 저는 이미 상상의 총량이 9TB여서 고백수사를 받기 직전이거든요.

검　상: 증인신문조서에 있는 내용이 아닌 진술은 그만하십시오.

구영삼: 그만할까요? 혹시 저를 바닥에 패대기쳐서 동전처럼 납작하게 만든 다음 고물상에 던져버리는 것을 상상하신 것은 아니죠? (갑자기 얼굴 찡그리며) 아, 머리가 아파요! 세트라 좀 주세요.

검　상: 축하합니다. 이제 10TB를 넘기셨겠네요.

재판상: (검상에게 귓속말로) 저 사람 세트라 중독 아닙니까? 아무래도 3기 이상으로 보이는데, 정신 감정은 하고 나온 겁니까?

검　상: 그 부분은 아직 확인하지 못했습니다.

재판상: 검상 측 할 말 더 있나요?

검　상: 신문 끝났습니다.

재판상: 변호상, 반대심문 있습니까?

변호상: 없습니다.

재판상: 증인은 자리로 돌아가세요. 검상 측은 증인 선정 기준을 재고하셔야겠습니다.

(구영삼의 보호관찰관이 그를 데리고 밖으로 나간다.)

재판상: 검상 측 다음 증인으로 오미영씨 차례인가요?

(방청석에 있던 오미영이 앞으로 나와 증인석에 선다.)

재판상: 주소가 어떻게 됩니까?

오미영: 로텍 B동 202호입니다.

재판상: 선서하시기 바랍니다. 선서 후 거짓말을 하면 위증죄로 처벌받습니다.

(오미영이 선서 후 자리에 앉는다.)

검　상: 증인은 피고인과 어떤 관계입니까?

오미영: (과장된 톤으로) 잘못했어요. 제발 한 번만 용서해주세요!

검　상: 뭐라고요?

오미영: (무릎을 꿇으며) 제가 뭘 잘못했나요? 사십 일 동안 당신이 시키는 대로 다 했어요! 절대 말하지 않을게요! 제발 부탁이에요, 미사일, 아니, 미하일! 죄송해요, 미하일! 내 인생에서 미하일이라는 이름조차 완전히 잊고 살아갈게요. 저를 구원해주세요, 제발 저를 죽이지 마세요! (흐느낀다.)

기요철: (자리에 앉아 입술을 깨물며) 저거 미친 거 아냐?

재판상: 피고인, 조용히 하세요. (오미영 바라보며) 로텍법 제 297조 1항에 따라 재판상은 증인이 피고인의 면전에서 충분한 진술을 할 수 없다고 인정할 때에 그를 퇴정시키고 진술하게 할 수 있습니다.

오미영: 제 대사가 어땠나요? 무려 서른여덟 번이나 고친 대사예요!

검　상: (표정 굳은 채) 증인은 김오식 피해자의 살해사건의 목격자로 이 자리에 나왔습니다. 좀 더 진지하게 답변해주시기 바랍니다. 증인은 피고인과 어떤 관계입니까?

오미영: 지긋지긋한 사이죠. (한숨) 원래 동료 배우였는데, 〈율리아〉에서는 저를 조연출로 쓰더군요. 저한테 율리아의 죽은 언니 역할을 주기로 했는데 새빨간 거짓말이었어요.

검　상: 어째서요?

오미영: 촬영한답시고 사람들을 다 뽑아놓더니, 로텍 소장 살인 촬영 이후로 각본만 던져놓고 완전히 잠수를 탔지 뭐예요.

기요철: 내가 삼 주 동안 무슨 고생을 했는지 당신이 알아?

재판상: 피고인, 마지막으로 경고합니다. 한 번 더 재판을 방해하면 퇴정 명령합니다. 증인, 계속하십시오.

오미영: (기요철의 눈치를 슬쩍 보며) 삼 주간 연락이 없어서 매일 각본만 읽다 포기했는데, 이렇게 법정에서 다시 만날 줄은 몰랐네요……

검 상: 혹시 피고인과 보호관찰관과의 사이는 어때 보였습니까?

오미영: 별로 좋아 보이지 않았어요. 그에게 자주 경고를 먹었거든요.

검 상: 평소 피고인은 어떤 사람이었습니까? 살인자의 소질이 보이는 인물입니까?

오미영: 저 사람이요? 충분히 그러고도 남죠. 평소에 저한테 했던 것을 보면.

기요철: (일어나서) 말이면 단 줄 알아? 당신의 그 연기야말로 살인적이야. 지금 겨우겨우 참고 있는 거라고.

오미영: (정의철에게) 저거 지금 고소감이죠?

재판상: 교도관, 피고인을 퇴정시키세요.

(기요철이 교도관을 밀치며 나가지 않으려고 하나, 끝내 밖으로 질질 끌려간다. 법정 분위기가 다시 잠잠해지자, 검상이 등장해 스크린에 슬라이드 사진을 띄운다.)

검 상: 2322-05-1호와 2322-05-2호에 관련된 자료를 봐주십시오. 이것이 당시 촬영 때 쓰던 테니스 라켓이 맞습니까?

오미영: 맞아요.

검　상: 혹시 여주인공 율리아가 이 라켓을 사용했습니까?

오미영: 그건 몰라요. 나는 율리아와는 한 번도 촬영장에서 만난 적이 없어요. 저 테니스 라켓은 로텍 소장 역의 그 아저씨 이름이 뭐였더라, 아무튼 그 사람이 사용한 거예요. 제가 당시에 조연출을 맡아서 직접 테니스 라켓을 구해왔기 때문에 척 보면 알아요. 그런데 정작 그 년이 저걸로 치는 건 본 적도 없죠. 저는 차라리 '둘이 한번 만나서 연기 대결을 해보면 어떨까, 감독님이 분명 마음이 바뀔 텐데'라는 생각을 하고……

검　상: 알겠습니다. 이상입니다.

오미영: 어머, 벌써 끝났나요?

재판상: 변호상 측, 반대심문 하세요.

변호상: 증인은 피고인에 대해 얼마나 잘 알고 있죠?

오미영: 그게 무슨 말씀이시죠?

변호상: 피고인이 평소에 무슨 생각을 하는지, 어떤 상상을 하는지 다 알고 있습니까?

오미영: 아니, 그럴 리가 있나요? 저는 오히려 그걸 몰랐으면 하는데요.

변호상: 어째서죠?

오미영: 저 사람은 예전에 함께 배우로 공연했을 때부터 저를 좋아하지 않았어요. 저 또한 그랬고요.

변호상: 하지만 피고인의 작품에 출연하려고 애를 쓰지 않았습니까?

오미영: 그랬죠. 하지만 경력이 끊기는 것보다는 낫겠다 싶어서 그랬죠.

변호상: 증인은 원하는 것을 얻기 위해서라면 거짓말도 서슴지 않습니까?

검 상: 재판상님! 변호상이 증인의 명예를 더럽히고 있습니다.

오미영: 맞아요! (변호상을 노려보며) 저는 연기밖에 모르는 사람이에요. 거짓말과 연기는 엄연히 다른 거예요!

변호상: 증인은 피고인의 이전 재판에서도 증인으로 나선 적이 있죠? 그런데 그때 양극성 장애로 인해 증언의 신빙성을 의심받은 바 있습니다. 그래서 저는 처음부터 오미영 증인의 신청을 반대한 바 있는데, 결국 이렇게 증인석에 선 것을 용납하기 어렵습니다. 더욱이 그 당시 증인은 천식으로 고생하는 척하였는데, 여기 건강진단서를 보십시오! 이건 불과 육 개월 전인데, 천식은 분명 '음성'으로 기재되어 있습니다. 이처럼 그녀는 여전히 거짓 증언을 하고 있다는 사실을 거듭 말씀드립니다.

검 상: 재판상님, 변호상이 이미 종결된 사건과 관련된 언급을 삼가도록 해주십시오.

재판상: 인정합니다. (서기를 보며) 방금 발언은 삭제하기 바랍니다. 변호상은 증인 신문 끝났습니까?

변호상: 예, 더 할 말 없습니다.

재판상: 그럼 증인은 자리로 돌아가세요. 오늘 증인 신문은 여기까지 하겠습니다. (오미영이 방청석으로 돌아간다.) 앞으로 증인 신청이 더 남았죠?

검 상: 이율리씨를 증인 신청하고, 기요철 피고인에 대한 추가 신문조사를 신청합니다.

재판상: 변호상님은요?

변호상: 정정씨를 증인 신청합니다.

재판상: 한 시간이면 되겠죠? 오늘 재판 마치겠습니다. 다음 기일에는 정정 의원, 이율리 중위를 증인으로 부르고 피고인을 추가 신문하도록 하겠습니다. 다음 기일은 2322년 6월 17일 오전 11시 10분입니다.

▼▼
▼

4차 공판

재판상: 이 사건 공판 절차 개시하겠습니다. 지난 심리에 이어 증인 신문조사 및 피고인 추가 신문조사를 위해 속행하게 됐습니다. 피고인 출석했습니까?

기요철: 예.

재판상: 검상 측 모두 진술하세요.

검　상: 2322년 6월 3일 피고인이 공익을 해할 목적으로 상상살인 및 상상살인을 방조하여 특별기소된 사건입니다.

재판상: (신청된 서류를 넘기며) 피고인, 지금 심신미약 주장하시는 겁니까?

변호상: 예, 그렇습니다.

재판상: 헌데, 정신 감정할 사항까지는 아니라고 생각이 되는데, 변호상님, 유리한 자료 있으면 제출해보시죠.

변호상: 로텍 치료감호소 소속 의사 김현호의 정신감정서를 제출했습니다.

재판상: (서기가 건네준 자료 읽으며 고개를 젓는다.) 하지만 지금 피고인 집행유예기간이라 실형이 불가피하네요.

변호상: 피고인의 양형을 적게 받으려고 하는 건 아니고요, 재범을 예방하자는 차원에서 로텍 치료감호소에서 치료를 받으려 했으나 받지 못했고……

재판상: 변호상님 자료 신청 말고 특별히 의견 없습니까?

검　상: 없습니다.

재판상: 그럼 증거 조사 마칩니다. 이제 피고인 추가 신문 절차 진행하겠습니다.

(기요철이 앞으로 나오면 재판상이 심리를 위한 인정신문과 진술 거부에 대한 내용 고지를 한다. 검상이 추가 신문을 위해 기요철에게 다가간다.)

검　상: 오늘 드디어 투자자께서 오셨어요. 지난번처럼 흥분하는 일 없도록 해요.

기요철: (두리번거리며) 어디 계세요?

검　상: 티나게 보지 말아요. 흐흠, 지금껏 해온 대로 침착하게 연기해요. 당신은 블라디미르, 나는 미하일 검상이오. 우리가 그때 논의했다시피 이건 아주 중요한 장면이오.

기요철: 알고 있습니다. 어서 신문해요.

검　상: (현장사진 자료를 슬라이드에 띄우며) 이 현장사진을 보시기 바랍니다. 총의 발사방향, 탄흔, 탄피가 촬영된 사진입니다. 이것이 율리아가 수사신부를 살해할 때 쓴 총이 맞습니까?

기요철: 예, 맞습니다.

검　상: (다음 사진 보여준다) 이것은 율리아가 로텍 소장에게 쏜 총입니까?

기요철: 네.

검　상: (다음 사진 보여준다) 마지막으로 이건 율리아가 의원을 살해하는 상상을 할 때 사용된 총이죠?

기요철: 예.

검　상: 셋 다 같은 총이 맞나요?

기요철: 네.

검　상: 지금 보고 계신 총은 '데저트 호크(Desert hawk)'라고 불리는 자동권총입니다. 구경 9mm, 무게 964g, 전장 19.6cm, 총열 102mm, 방아쇠 두께 10mm, 장탄수 15발, 유효 사거리 500m이며, 총 5만 발 이상 발사가 가능한데 오발률 0.000001%에 불과합니다. 아시는 분은 아시겠지만 캠프 베어울프 153부대의 하사 이상이라면 누구나 한번쯤은 만져보았을 총입니다. 초당 15발의 연사속도를 갖고 있는 이 총으로 이율리 중위는 김오식 피해자와 고인성 피해자를 살해하는 데 썼습니다. 피고인의 꿈 파일을 클러스터링해본 결과에 따르면 정정 피해자의 상상살해 수법 및 무기는 기존의 살해사건 두 건과 정확히 일치합니다. (슬라이드에 심장이 너덜너덜 파열된 사진이 등장한다.) CF에 나타난 세 번째 피해자의 사체가정사진입니다. 앞 사건과 마찬가지로 정정 의원도 심장이 벌집처럼 파열된 채 살해되어 있는 장면입니다. 심장에 한 번도 아니고, 무려 16발의 총을 쐈다는 것에 대해 주목해

주십시오. 복수심에 불타올라 저지른 감정적인 사건이라고 밖에는 볼 수 없는 일입니다. 이런 식의 CF만 152건의 기록으로 남은 상태입니다. 피고인에게 묻겠습니다. 율리아가 정정 의원을 살해하는 상상을 한 게 맞습니까?

기요철: 아뇨.

검 상; 하지만 정정 의원을 살해하는 상상을 할 때 쏜 총과 앞선 두 건의 범행 시 사용한 총이 일치하는 것으로 나왔지 않습니까?

기요철: 아뇨, 지난번에 말했듯이, 율리아가 그런 상상을 했는지는 모릅니다. 다만 저는 각본을 쓰는 데 푹 빠져 율리아가 의원을 살해하는 장면을 상상한 것뿐입니다.

검 상: (서류를 보며) 이건 기요철이 직접 작성한 진술서입니다. 여기 보면 '1. 율리아는 어떻게 로텍 소장을 죽였는가?' '2. 율리아는 어떻게 수사신부를 죽였는가?' '3. 율리아는 어떻게 로텍파 의원을 죽이려 했는가?'라는 소제목으로, 범행 사실이 세세히 기록되어 있습니다. 어떻게 이렇게 마치 보기라도 한 것처럼 자세하게 쓸 수 있는 겁니까?

기요철: 쓰다보니까 그렇게 나오더군요. 언젠가 꿈에서 본 것 같기도 하고요.

검 상: 꿈에서 봤다고요?

기요철: 예, 꿈에서 봤는지, 원래 머릿속에 있던 건지 모르겠지만, 쓰다보니까 술술 나왔습니다.

검 상: 재판상님께서는 방금 피고인이 진술한 내용을 2322-05-09호 증거와 대조해서 봐주시기 바랍니다.

검　상: 피고인은 어지순 피해자와 어떤 관계였습니까?

기요철: 그가 제 보호관찰관이었습니다.

검　상: 그를 싫어했습니까? 죽이고 싶을 정도로?

기요철: 싫었지만 죽일 의도는 없었습니다.

검　상: 피고인과 피해자가 NCS로 연결된 사실을 알았습니까?

기요철: 네.

검　상: 그럼 피고인이 어떤 상상을 하는 순간 NCS 회로를 통해 피해자의 심장에 충격이 가해진다는 것도 몰랐습니까?

기요철: 아뇨, 알았습니다.

검　상: 그런데도 상상살인에 고의가 없었다고 말하는 겁니까?

기요철: ······

검　상: 이상입니다.

재판상: 변호상 측, 추가 신문 있습니까?

변호상: 없습니다.

재판상: 알겠습니다. 이어서 증인 신문하겠습니다. 검상 측 증인이죠? 정정씨 나와서 선서해주세요.

(정정 의원이 나와서 선서를 하고 증인석에 앉는다. 정의철 검상이 그에게 다가간다.)

검　상: 증인은 피고인에 대해 알고 있습니까?

정　정: (기요철을 보며) 일면식도 없습니다.

검　상: (고개를 갸웃하며) 그렇다면 증인 출석 및 대질 신문 요청을 받았을 때 상당히 당황하셨겠군요?

정　정: 예. 그 당시 청문회 준비 때문에 경황이 없었는데, 참 뜬금없는 사건이라고 생각했습니다.

검　상: 참 완곡하게 불쾌감을 표시하시는군요.

정　정: 불쾌하다기보다는 어처구니없었죠. 저를 살해하는 상상을 하다니 말입니다. 입장을 바꿔놓고 한번 생각해보세요. 검상님 같으면 누가 자기를 살해하는 상상을 한다고 했을 때 기분이 어떨 것 같습니까? 벌써 그 얘기를 들은 지 한 달이 되어가는데…… (기요철을 힐끔 보며) 여기 앉으니, 전신의 털이 쭈뼛 서는 기분입니다.

검　상: 그로 인한 직접적 피해는 없었습니까?

정　정: 청문회에서 타격을 크게 입었죠. 법무부 장관 후보에 지명되었다가 낙마한 것도 다 그 사건 때문이죠.

검　상: 법무부 장관 낙마가 상상살인과 관련이 있단 말입니까?

정　정: 예, 아무래도 관련이 있겠죠. 상상살인을 당할 정도의 위인이라면 분명히 하자가 있을 것이라는 루머가 돌 정도였습니다. 그것 때문에 신경안정제 처방도 받아서 지금까지 꾸준히 복용하고 있습니다.

검　상: 그와 관련해 진술서 써주신 것이 있죠?

정　정: 네.

검　상: 이미 증거 신청을 했으니까 재판부에서 알아서 판단하시리라 생각합니다. (재판상에게) 신청한 증거 가운데 피해자 정정의 정신적 피해로 인한 공황장애 육 개월 진단이 내려진 의사의 감정서와 피해자의 진술서, 그리고 기요철 피고인에 대한 고소장을 봐주시기 바랍니다. 진술서를 보면 '정신적 피해가 너무 커서 청문회를 위한 서류 준비에 차질을 빚고 있다'라고 되어 있습니다. (증인을 바라보며) 그런데 증인은 본인과 일면식도 없는 피고인이 어째서 그런 상상을 했다고 보십니까?

정 정: 글쎄요, 원래 비뚤어진 인간이라서 그런 게 아닐까요?

검 상: 비뚤어진 인간이요?

정 정: 예전에도 푼타에 있던 젊은이들이 무모한 자신감을 믿고 로텍으로 넘어오려다 다 죽곤 하였죠. 피고인이 어떤 연유로 로텍에 와 있는지는 모르겠으나, 일단 로텍에 넘어온 이후에 눈에 확연히 드러나는 물질적 차이에 미혹당한 것은 아닌지 모르겠습니다. 로텍과 로텍이 아닌 장소 사이에는 엄청난 차이가 있는 게 사실이니까요.

검 상: 조서에는 '정적(政敵)의 소행일지도 모른다'고 되어 있는데 이건 어떻게 된 얘깁니까?

정 정: 그럴 가능성도 배제할 수 없다고 봅니다. 워낙 정치판은 정글과 같은 곳이라서요. 로텍 소장의 살인사건이 있기 한참 전, 저는 '너의 비밀을 알고 있다'라고 적힌 협박 편지를 받았습니다. 전에도 그 편지를 로텍 소장에게 받은 적이 있어서 그의 뒷조사를 시작했는데 갑자기 로텍 소장이 죽어버렸죠.

검　상: 그즈음 어지순 피해자를 알게 된 겁니까?

정　정: 맞습니다. 그가 로텍 소장의 죽음에 대한 진실을 알려 준다며 나에게 면담을 요청했습니다. 그는 자신이 기요철의 보호관찰관이었다고 하면서…….

검　상: 피고인이라고 해주십시오.

정　정: 예, 피고인이 이율리와 그렇고 그런 사이라고 하더군요. 이율리는 이탁수 의원의 차녀고요. 묘하게 이어지지 않습니까? 처신 좋게도 어지순은 죽은 로텍 소장의 청탁을 받아 불법으로 NCS를 연결해놓았더군요. 어지순은 NCS 연결 회로를 이용해 본격적으로 둘의 꿈을 뒤졌습니다. 로텍법을 반대하던 이탁수 의원의 딸이라면 저를 충분히 죽일 만하다고 판단했죠. 그런데 어찌 된 일인지 DEM부의 기술자를 불러 이율리의 꿈을 클러스터링해봤지만, 그녀가 고인성 전 로텍 소장을 살인한 흔적이 전혀 남아 있지 않았습니다. 정말 깨끗하더군요! 보통은 살해하고 나면 죄의식이 남게 마련이고, 그로 인해 꿈에 지저분한 그림이 남는다고 들었습니다. 하지만 이상하게도 그게 전혀 없는 겁니다! 그렇게 클러스터링이 실패로 돌아가는가 했죠.

검　상: 그러고 얼마 있다가 어지순이 죽었죠? 그 이유에 대해 조사해본 적 있습니까?

정　정: 예, 어지순의 사인을 파악하기 위해 다른 기술자를 시켜 그의 NCS를 뒤져봤어요. 그 덕분에 어지순씨가 죽은 이유가 피고인이 151차례에 걸쳐 벌인 상상 때문이었다는 것을 알게 되었습니다.

검 상: (슬라이드 화면을 넘기며) 이것이 바로 피고인이 당시 어지순을 죽음으로 몰고 간 클러스터링 파일(CF)입니다. (정정을 바라보며) 그 NCS 안에는 놀라운 사실이 한 가지 더 숨어 있었다고요?

정 정: 예. 피고인이 꿈에서 한 상상을 클러스터링한 파일이 들어 있더군요. 우리가 꿈에서도 상상을 한다는 건 전혀 생각해보지 못한 일이어서 조금 흥분이 되더군요. NCS 기술자의 말에 따르면 그의 상상은 그야말로 괴이하고 특이한 구조를 갖고 있다고 했습니다. 피고인의 꿈을 클러스터링하기 위해서 그 안으로 들어가면 어느새 이율리의 꿈으로 빠져나오는 식이었죠. 기술자 말이, 두 사람은 꿈을 공유하면서 서로의 상상에 대한 흔적을 덮으려 한 것 같답니다.

검 상: 잠시만요, (슬라이드 넘기며) 이것이 DEM부 NCS 분석자 이인용의 당시 클러스터링 파일 분석 기록입니다.

정 정: 예, 저는 그 CF를 통해 간접적으로 이율리가 살인을 상상한 흔적이 있을 것이라 생각했죠. 하지만 기술자 말이, 두 사람의 상상의 경계가 너무 애매하다더군요. 이율리의 상상이라고 보기에는 피고인의 상상인 것 같고, 피고인의 상상이라고 보기에는 또 이율리의 상상인 것 같고. 게다가 중간에 이율리와 NCS 연결이 영영 해제되어 흔적을 찾을 수가 없었어요. 그래서 나는 상상의 출처인 피고인의 꿈에 관한 모든 CF 자료를 검찰에 제출하고 고소하기에 이른 것입니다.

검 상: 이상입니다. 신문 종료하겠습니다.

재판상: 변호상 측 반대심문하시죠.

(변호상이 정정 의원에게 다가간다.)

변호상: 증인은 NCS 수색이 불법인 거 알고 계시죠?

정 정: 지금 그 부분에 대한 법안이 의회에서 계류 중이고 아마 다음달에 상정될 것으로 압니다.

변호상: (재판상을 보며) 증인이 본인 및 제3자에 의한 NCS 불법 수색에 대한 것을 방금 인정하셨고요……, (들고 있는 서류 넘기며) 증인께서는 피고인에게 상상살인 및 상상살인 방조 행위에 공익을 해하기 위한 고의가 있었다고 보십니까?

정 정: 물론입니다. 저는 우라질 의회를 대표하는 의원의 한 사람이고, 저를 살해하는 상상을 한다는 것은 우라질 의회와 제가 발의한 로텍법의 범의를 해하기 위한 고의성이 충분하다고 봅니다.

변호상: NCS 수색이 아직 불법인 것은 어떤 사람이 꿈에서 상상한 것을 가지고 실제로 상상의 고의가 있는지 여부를 판단하기에는 아직 과학적 증명이 부족하다는 이유에서입니다. 최근 《얼터너티브 사이언스》라는 과학잡지에 실린 민영기 URAZIL 대학 신경뇌과학교수의 논문에 따르면 '그간 꿈의 자료를 수치화하려는 시도는 많았다. 국립 꿈 과학 연구소의 NCS 관련 실험이 대표적인데, 표본 실험 자료가 120군데나 조작되었고 프로토타입 실험 시 다수의 피실험자가 구토, 고혈압, 쇼크, 심장파열 및 심장판막이상, 부정맥 등을 나타내며 사망했다. NCS는 꿈을 증명하기보다는 로텍의 형법 제도를 정당화하기 위한 정치적 조작에 불과하다.' 여기에 대해

어떻게 보십니까?

정 정: 그 사람은 학계에서 널리 알려진 이단 과학자입니다. 그 사람의 말 한마디로 NCS의 과학성을 논하기에는……

변호상: (재판상에게 서류 보이며) 이것은 URAZIL내 저명한 과학자 25명이 NCS에 관해 3회에 걸쳐 토론한 내용이고, 이건 URAIL 의사회의의 공청회 자료입니다. 모두 NCS의 과학적 부적합성을 인정하며 그 도입을 반대하는 내용입니다. NCS는 타인에게 신체적, 정신적 위협을 가하는 비윤리적인 동시에 비과학적인 기계라는 것이 중론이죠.

정 정: 나를 살인할 것으로 염려되는 어떤 자가 정말로 살인의 고의를 갖고 있는지 알려주는 것은 현재로선 NCS밖에 없습니다. 저는 본능을 가진 인간으로서 행동한 것뿐입니다. 다행히 피고인의 CF에 그 살의가 나타났고 저를 보호하는 차원에서……

변호상: 여기 계신 증인께서는 나와 내 가족의 보호가 우선이라고 믿는 분이죠?

정 정: 뭐라고요?

변호상: (정의철을 바라보며) 로텍법 발의에 남다른 가족애가 숨어 있다고 들었습니다.

검 상: 이의 있습니다. 변호상의 발언은 본 사건과 하등의 관계가 없습니다.

재판상: 인정합니다.

변호상: 다시 돌아와서 NCS는 과학적 불완전성을 갖고 있는 기계이고, 불법한 자료를 바탕으로 피고인의 고의성을 논할

수 없다는 것이 피고 측의 의견입니다. 이상입니다.

재판상: 검찰 측, 추가 신문 없으시죠? 그럼 정정 증인에 대한 신문 마치겠습니다. 자리로 돌아가시기 바랍니다. 이번에는 이율리 증인 앞으로 나오시죠.

(이율리가 증인석에 앉는다.)

재판상: 증인 선서하신 후, 기억나는 대로 말씀하시고 짐작이나 추측에 따른 증언을 할 경우 위증의 벌을 받게 됩니다.

(이율리가 선서를 하고, 자리에 앉으면 정의철 검상이 다가간다.)

검 상: 조서 보여드렸죠? 진술서, 본인이 사실대로 작성한 거 맞죠?

이율리: 맞습니다.

검 상: 증인은 피고인과 어떤 관계입니까?

이율리: 그가 저를 그의 영화에 캐스팅하려고 했습니다.

검 상: 둘이 잤나요?

재판상: 검상!

검 상: 둘이 잤는지 물어보지 않습니까?

이율리: 그 사실이 중요한가요?

검 상: ……잤군요! 그자가 빨아주는 게 좋던가요? 향기롭던가요? 달콤하던가요? 어디가 가장 좋던가요?

재판상: 검상! 여기는 신성한 법정이요!

검　상: 죄송합니다, 다시 본론으로 들어가죠. 증인은 피고인의 다른 사건에 증인으로 참석했다가 법정 구속되어 로텍에 수감된 바 있죠?

이율리: 네, 그렇습니다.

검　상: 십 년 전 친언니인 이주리가 사십 일간 감금당한 후 피살된 적 있죠?

이율리: 네.

검　상: 그 사건의 범인은 밝혀지지 않았지만 동일수법으로 열여섯 명이 피살되었죠?

이율리: 네.

검　상: 어린 시절부터 우울증을 앓아온 증인은 자살 시도를 여러 번 했죠?

이율리: 네.

검　상: 고인성 전 로텍 소장을 살해했지만 그를 살해하는 상상을 했다는 증거를 찾을 수 없다는 이유로 풀려난 바 있죠?

이율리: 네.

검　상: 김오식 수사신부의 사망 당일인 2322년 5월 5일 그에게 고백수사를 받은 적이 있죠?

이율리: 네.

검　상: 그때 증인이 고백하기 전에 피고인이 먼저 고백수사를 하고 있는 것을 엿들었죠?

이율리: 네.

검　상: 들은 내용이 뭡니까?

이율리: 수사신부를 살해하는 상상을 했다고 자백하는 내용

이었습니다.

검　상: 그 이야기를 듣고 나자 증인은 피고인이 상상살인죄로 체포될까봐 고의적으로 김오식 피해자를 총으로 쏘았죠?

변호상: 재판상님, 억측입니다!

재판상: 인정합니다. '고의적'이라는 말은 삭제합니다.

검　상: (슬라이드 화면을 보여주며) 여기 증인과 피고인의 공유된 꿈을 클러스터링한 파일이 있습니다. 보이시죠? 여기 보면 기요철의 상상이 나오는데, 바로 증인이 정정 의원을 살해하는 것을 상상한다는 내용입니다. 하지만 본 검상은 유감스럽게도 증인이 직접 정정 의원을 살해하는 상상이 담긴 파일은 찾지 못했습니다. 그래서 기요철의 꿈속의 상상을 통해 간접적으로나마 이율리 증인이 정정 의원을 살해하는 상상을 했다는 것을 추론하게 되었습니다.

변호상: 재판상님! 본 사건과 무관한 내용입니다.

검　상: 증인에게 직접 묻겠습니다. 이율리씨는 정정 의원을 살해하는 상상을 한 적이 있습니까?

이율리: 물론입니다.

　(법정의 분위기가 갑자기 고양되며 방청석이 소란스러워진다. 갑자기 방청성의 여자가 소리를 지른다. 그녀가 가리킨 곳에 기요철이 앉아 있다. 그런데 이상하게도 기요철의 양팔이 사라져 있다. 그의 발치에는 그의 몸에서 떨어져 나온 뼛조각들이 발목 높이까지 쌓여 있다. 그 모습을 보고 율리가 놀란 표정을 짓는다.)

재판상: (의사봉을 두드리며) 방청석 정숙하세요.

검 상: 왜 그런 상상을 했습니까?

이율리: (정의철을 노려보며) 열여섯 명을 죽이고도 뻔뻔하게 돌아다니는 살인범을 두고 볼 수 없었기 때문입니다.

재판상: 증인! 지금 발언은 모두 기록되고 있다는 사실을 잊지 않았지요?

검 상: (침착한 목소리로) 그 주장이 정정 의원을 살해하는 상상과 무슨 관련이 있습니까?

이율리: (일어서며) 저는 매일 밤 정정 의원을 어떻게 살해할까 상상했습니다. '높은 곳에서 밀어버릴까? 밧줄로 숨을 끊을까? 망치로 두개골을 때릴까? 욕조에 물을 받아놓고 전기다리미를 빠뜨릴까? 차로 쳐버릴까? 칼로 찌를까?' 매일 수만 가지 방법들을요. '내가 미친 게 아닐까?' 그런 생각을 하다가도 다시 이런 생각이 드는 겁니다. 세상에 죄 없는 자가 어디 있습니까? 우리는 자신의 죄를 제대로 바라본 적도 없거니와 보았어도 그것이 죄라는 것을 인식할 수 없습니다. 우리 모두는 아무것도 모르고 갓 태어난 사람들이기 때문입니다!

재판상: 증인, 자리에 앉아요!

이율리: (기요철을 가리키며) 저 사람이 상상범이라고요? 여러분, 기요철은 지금 더러운 함정에 빠져 속죄양이 될 위기에 처해 있습니다.

(모두들 기요철을 바라본다. 그런데 그사이 기요철의 양 다리에 붙어 있던 뼈도 으스러져 있다. 하지만 피가 나지는 않는다. 다만 아까보다 조금 더 높이

뼛조각들이 쌓여 있을 뿐이다. 그의 뼈가 바닥에 떨어질 때마다 '차르륵, 차르륵' 소리가 나며 법정의 엄숙함을 깨뜨린다.)

재판상: 증인의 행동이 사법부의 위엄과 권위를 훼손할 시에는 퇴정 명령을 할 수 있습니다.

이율리: 기요철은 여기 이 이율리가 정정 의원을 살해하는 것을 상상했다는 이유로 체포되고 구금되고 조사받고 드디어 이 법정에 피고인으로 왔습니다. 그런데 재미난 게 뭔지 아세요? 만일 그것이 상상이 아니라면 어떻게 될까요? 내가 상상에 그치지 않고 정말로 정정 의원을 살해한다면, 그래도 여전히 기요철은 상상범일까요?

재판상: 경고합니다, 증인!

이율리: (재판상을 바라보며) 아니면 심장이 뜨거워지는 것을 한 번도 느낀 적이 없는 사람들이 상상범일까요?

재판상: 교도관, 증인을 퇴정시키기 바랍니다.

이율리: 존경하는 재판상님! 로텍법은 상상범의 과거—알려지지 않은 현재를 포함하여—가 완전무결하다고 해서 그 미래마저 그렇다고 말할 수 없다고 주장하는 기묘한 법입니다. 즉, 현실적으로 드러났으며 범죄 사유가 명확한 어떤 죄가 아닐지라도, 미래에 자명한 범죄를 저지를 가능성이 있는 사람에게 범죄의 책임을 물을 수 있다는 것이지요. 하지만 미래는 그 미래의 더 먼 미래에서 볼 때 불완전한 과거에 지나지 않습니다. 불완전한 과거에 어떤 죄를 저지를 수도 있다는 것을 이유로 사람들을 처벌한다면, 마치 법정에 꼭두각시들을 세

위 연극을 하게 만드는 것이나 다름없습니다.

아시다시피……, 범죄완화특별조치법에 따라 우리는 죄를 모두 용서받았습니다. 그런데 왜 현재의 잠재적 범죄와 미래의 가능한 범죄들은 용서받을 수 없는 것입니까? 이것은 고백-반성 체계에 명백히 위배되는 논리입니다. 왜냐하면 과거의 죄를 고백하고 반성한 것처럼 미래에 대한 죄도 고백하고 반성했다면 이것은 또한 용서의 울타리 안에 있게 되는 것이니까요.

끝으로 말씀드리겠습니다. 어쩌면 이것이 가장 중요한 말일 것입니다. 모든 인간에게는 상상할 자유가 있습니다. 만일 저기 앉아 있는 기요철에게 죄가 있다면 실상은 우리 모두에게 죄가 있는 것입니다. 기요철은 무죄입니다.

(이율리가 안주머니에 있던 '데저트 호크' 권총을 꺼내 교도관을 위협한다. 교도관이 손을 들고 뒤를 물러나자, 이율리는 정정 의원에게 다가가 총을 겨눈다. 잠시 후, 정정 의원을 향해 열다섯 발이 연발 발사된다. 갑작스러운 소동에 사람들은 여기저기 달아나고 정정 의원은 쓰러진다. 이율리는 마지막 한 발을 발사하기 위해 정정 의원에게 다가가지만, 이를 저지하기 위해 달려온 정의철에게 팔을 붙잡힌다. 하지만 율리는 그의 팔을 뿌리치고 기요철에게 달려가 그를 포옹한다. 두 사람은 멀리서 보면 헤어짐을 앞둔 연인처럼 보인다. 잠시 후, 한 발의 총성이 더 울리며 이율리가 쓰러진다. 이율리는 그 자리에서 피를 흘리고 즉사한다.

그 모습을 보고 기요철이 소리를 지른다. 기요철의 뼈는 발사 충격에 의해 아

까보다 더 많이 바닥에 떨어져 있다. 이제 몸에 붙어 있던 뼈의 절반가량이 그의 무릎 앞에 쌓여 있다. 기요철의 모습을 보고 방청객들은 기겁하며 더 크게 소리를 지른다. 판상이 의사봉을 땅땅, 두드리며 재판 종료를 알린다. 교도관이 기요철 앞에 수갑을 갖고 다가간다. 하지만 사지의 뼈가 요철의 무릎 위로 툭툭 떨어지는 것을 보며 그는 당황한다.)

교도관: 판상님, 수갑을 채울 수가 없는데요, 판상님!

(이미 판상은 자리를 떠나고 없다. 교도관은 망연자실한 표정으로 뼈가 수북이 쌓인 피고인석을 바라본다. 그는 구석에 있던 빗자루로 뼈를 쓸어 포대자루에 담기 시작한다.)

▾ 최후 진술

(문이 열리고 피고인이 입장하는 문이 열린다. 교도관이 커다란 포대자루를 어깨에 짊어지고 온다. 그는 변호상이 시키는 대로 피고인 측 자리에 뼛조각이 가득 담긴 자루를 올려놓는다. 그러더니 한쪽 팔에 끼고 있던 기요철의 두개골을 꺼내, 그 위에 올려둔다. 멀리서 보면 포대자루 위에 놓인 두개골의 모습은 해적선을 연상케 한다. 변호상이 갑자기 재채기를 하자, 자루에 담겨 있던 뼈의 일부가 의자와 책상 앞으로 떨어지며 '차르륵, 차르륵' 소리를 요란하게 낸다.)

재판상: 지난 기일에 불미스러운 사건으로 인해 재판이 휴정되어 오늘 심리가 속행되었습니다. 검상, 모두 진술하세요.

검　상: 2322년 6월 3일 피고인이 공익을 해할 목적으로 허위 사실을 유포하고 상상살인 및 상상살인을 방조하여 특별 기소된 사건입니다.

재판상: 양측, 추가 신청할 자료 있습니까?

검　상: 이율리 증인을 부검한 검시관의 말에 따르면 그녀의 뼈가 총 205개, 무게 8.5kg으로 나왔습니다.

재판상: 그게 본 재판과 무슨 상관이 있습니까?

검　상: 원래 인간의 뼈는 총 206개입니다. 그런데 심장 중심부를 감싸고 있어야 할 왼쪽 3번 갈비뼈 하나가 없는 겁니다.

재판상: 검찰에서 분실한 겁니까, 아니면 도난당한 겁니까?

검　상: 이율리의 생후 육 개월 당시 엑스레이 사진을 보면, 원래부터 없었다고 합니다. 그런데 어제 제가 증거 조사를 위해 저 포대자루를 뒤져보니 뼈가 총 207개더군요. (책상 위에 놓여 있는 갈비뼈 하나를 들며) 아마도 분실물을 여기에서 찾은 것 같습니다. 2322 고단 304 사건과의 관련성 조사를 위해 증거 신청합니다.

재판상: 알겠습니다. 증거로 채택합니다. 다음은 피고 측, 할 말 있습니까?

변호상: 피고인은 공소사실을 모두 인정하고 있습니다. 수사 기관에서 말한 바와 같이 피고인은 전쟁고아로, 입양 가족에서도 큰 사랑을 받지 못하고 자랐고 배우로 자수성가하여 나름대로 열심히 살고 있던 청년이었습니다. 피고인은 범죄를 반복하면서도 스스로 상상중독에서 벗어나고자 노력하였고, 상상범죄 외에 다른 범죄를 저지른 적이 없습니다. 자유의 몸

이 되면 병원에 입원해서 다시는 상상을 저지르지 않도록 치료를 받을 계획 중에 있습니다. 피고인 본인의 노력과 반성하는 마음을 봐서라도 지나치게 과한 선고로 인해 피고인의 교화와 갱생를 위한 지난날의 노력이 물거품이 되지 않도록 부디 최소한의 형량을 선고해주시기를 부탁드립니다.

재판상: 이제 종결하죠. 검상은 선고하세요.

검　상: 피고인 기요철에게 사형을 선고합니다.

(정의철이 피고인 측 의자 위에 놓인 뼛조각들을 물끄러미 바라본다. 거기서 인간의 형상을 하고 있는 것은 찾아볼 수 없다. 다만 뼈 무덤 위에 모래가 잔뜩 쌓여 있는 사구(砂丘)처럼 보일 뿐이다.)

재판상: 피고인, 마지막으로 하고 싶은 말이 있나요?

변호상: 피고인이 오늘 개인 사정으로 말을 할 수가 없습니다.

재판상: 알겠습니다. 오늘 공판 절차는 이것으로 마치겠습니다. 판결 선고는 6월 31일 오후 2시에 합니다.

▼ 선고

(법정에 변호상이 무덤덤한 표정으로 앉아 있다. 그의 옆에는 뼛조각이 가득 담겨 터질 것 같은 자루 하나가 놓여 있다. 자루 위에는 기요철의 두개골이 비딱하게 놓여 있다. 두개골의 주변에는 국화가 장식되어 있다. 그 맞은편에는 정의철 검상이 평소와 다름없는 깔끔한 양복 위에 검상복을 입고 앉아 재판상이

오기를 기다린다. 잠시 후 '기립'이라는 교도관의 외침과 함께 재판상 세 명이 들어온다. 남자 두 사람이 양쪽 가장자리, 여자 재판상은 가운데에 자리를 잡고 선다. 좌중이 조용해지자 여자 재판상이 책상 위에 옆구리에 끼고 있던 작은 컴퓨터를 놓고 자리에 앉는다. 그러자 나머지 두 남자 재판상도 따라 앉는다. 이어 교도관이 '착석!'이라고 하자 방청석에 있는 사람들이 착석하고 입을 꾹 다문다. 여자 재판상이 가운데에 있던 컴퓨터—데우스 엑스 마키나(이하 데우스)—의 엔터 키를 누른다. 그러자 데우스 엑스 마키나가 법정이 쩌렁쩌렁 울리는 기계음으로 판결의 시작을 알린다.)

데우스: (남자인지, 여자인지 알 수 없는 기계음으로) 오늘은 판결 선고기일입니다. 인정 신문하겠습니다. 피고인 기요철씨 주민등록번호가 어떻게 됩니까?

변호상: 930230-7248146입니다.

데우스: 반성문 잘 읽어봤어요. 하지만 피고인은 지난 4월 27일 로텍법 제1조를 위반하여 벌금 150만 우라와 징역 6개월, 2년간 집행유예 및 보호관찰, 그리고 상상금지 교육 400시간의 형을 받고 로텍에 왔습니다. 그런데 집행유예기간 중 동종범죄를 일으킨 거예요. 피고인이 동종전과의 재범인데다, 이 사건 범죄 횟수가 너무 많고 인간성 측정 검사 결과, 0mmmpg으로 판명나서 실형은 불가피한 거 아시죠?

변호상: 그 부분은 탄원서로 이미 말씀드렸습니다. 재판부의 양심에 모든 것을 맡기겠습니다.

데우스: 우라질 공화국의 수치제일주의(數値第一主義) 원칙에 따라 양형을 결정했습니다. 피고인은 자리에서 일어서세요.

변호상: 피고인의 개인 사정상 자리에서 일어날 수 없습니다.

데우스: 그럼 피고인의 자세를 똑바로 하도록 할 수 있겠습니까?

변호상: (기요철의 두개골을 똑바로 세우며) 이 정도면 됐습니까?

데우스: 아니, 2시 방향으로 15도 회전시키세요. 네, 네, 됐습니다. 이제 판결을 선고합니다.

2322년 고단 304 로텍법 위반 사건.
피고인 기요철을 사형에 처한다.

불복이 있는 경우 일주일 이내에 우리 법원에 항소장을 제출하면 되고 판결문을 송달받기 원하는 경우 일주일 이내에 송달신청서를 제출하고 판결문의 열람 복사의 제한 신청을 원하는 경우 요건에 해당하는지 여부를 살펴서 열람복사제한신청서를 제출하면 됩니다. 그 밖의 상소 절차에 대해선 별도의 안내문으로 고지하겠습니다.

U시 로텍 중앙지방법원
형 사 부
판 결

사 건 2322 고단 304 로텍법 위반
피고인 기요철 (93년생, 남), 배우, 감독
           주   거 : 로텍 A2동 304호
           등록기준지 : U시 제4구역 52-9번지
검 상 정의철
변호상 김○○(국선)

판결선고 2322. 6. 31.

주 문

피고인을 사형에 처한다.

압수된 피 묻은 총(38구경) 1정(증 제1호), 세트라 9통(증 제2호), 알람시계 1개(증 제3호), 빗 1개(증 제4호), 나이프 1개(증 제5호), 도자기 저금통 1개(증 제5호), 풍선껌 1개(증 제6호), 클립 200개(증 제7호), 계산기 1개(증 제8호), 수동 저울 1개(증 제9호), 양말 1켤레(증 제10호), 핫팩 1개(증 제11호), 잡지 1권(증 제12호), 볼펜 1자루(증 제13호), 손톱깎기 1개(증 제14호), 면봉 20개(증 제15호), 팬티 3장(증 제16호), 큐브 장난감 1개(증 제17호), 향초 3자루(증 제18호), 초록색 일회용 라이터 1개

(증 제19호), 카메라 1대(증 제20호), 인골(人骨) 207개(증 제 21호)를 각 몰수한다.

이 유

범죄사실
1. 상상살인
2. 상상살인 방조
3. 허위사실 유포

증거의 요지

[판시 제1항 범죄사실]
1. 제1회 공판조서 중 피고인의 진술기재
1. 어지순에 대한 각 로텍 경찰진술조서
1. 약도(증거순번 18번), 내사보고, 실황조사, 실황조사서
1. 각 사망진단서, 각 검시조서, 감정결과회보
1. 등기부등본

[판시 제2항 범죄사실]
1. 제1회 공판조서 중 피고인의 진술기재
1. 이율리, 기요철, 정정에 대한 각 로텍 경찰진술조서
1. 수사보고(피의자 행적 수사)
1. 변사사건가정발생보고, 현장가정약도, 현장가정사진, 실황가 정조사서
1. 각 시체가정검안서, 각 변사사건가정조사보고, 각 사체가정

사진, 감정의뢰회보
1. 각 압수조서, 사진, 압수목록
1. 수사보고(증거순번 42번)
1. 유전자분석가정감정서

[판시 제3항 범죄사실]
1. 제1회 공판조서 중 피고인의 진술기재
1. 오미영, 구영삼에 대한 각 로텍 경찰진술조서
1. 약도(증거순번 18번), 내사보고, 실황조사, 실황조사서

법령의 적용
1. 범죄사실에 대한 해당법조
각 로텍법 제164조 제2항 후단, 로텍법 제13조(미필적 고의),
로텍법 제307조 제2항(허위사실유포), 각 로텍법 제250조 제
2항(보호관찰관 상상살인의 점), 각 로텍법 제1조 제1항(특수상
상살인의 점)
1. 상상적 경합
로텍법 제40조, 제50조(죄질과 범정이 가장 무거운 피해자 정정
에 대한 특수상상살인죄에 정한 형으로 처벌)
1. 형의 선택
특수상상살인죄에 대하여 사형, 각 상상살인죄에 대하여 무기
징역형 선택
1. 경합범가중
로텍법 제37조 전단, 제38조 제1항 제1호, 제50조(형이 가장
무거운 특수상상살인죄에 대하여 사형을 선택하였으므로 다른 형
을 과하지 아니함)
1. 몰수

각 로텍법 제48조 제1항 제1호

소송관계인의 주장에 대한 판단

피고인 및 변호상은, 피고인이 이 사건 범행 당시에 극심한 스트레스 등으로 인한 연극성 장애에 시달리고 있었고, 특히 피해자 어지순과 정정을 상상살해할 무렵에는 그 장애의 정도가 심해 의사를 결정하거나 사물을 변별할 능력이 미약한 상태에 있었다는 취지의 주장을 한다.

그러므로 살피건대, 앞서 든 각 증거에 의하면, 피고인은 수사기관 이래 이 법정에 이르기까지 이 사건 범행의 동기, 경위 및 범행 전후의 정황 등 구체적인 사항에 관하여 상세히 기억하여 진술하고 있고, 피고인에 대한 정신감정을 실시한 로텍 치료감호소 소속 의사 김현호는 피고인의 상태에 관하여 인격장애 상태로 진단하고, 피고인이 이 사건 범행 당시 심신미약의 상태에 있었는지에 관하여, 피고인은 정신병적인 상태보다는 신경증적인 상태에 있었을 것으로 추정되는 상태로서, 흥분 및 감정의 변동, 불성실한 인간관계 등으로 인한 사회적 관계 형성 능력이 다소 저하되어 있으나 그 정도가 미약하다고 보기 어려운 상태에 있었을 것으로 추정한다고 감정한 점 등의 사정을 인정할 수 있는바, 이와 같은 수사기관 및 법정에서의 피고인의 태도 및 언동, 피고인의 심신장애의 유무 및 정도에 관한 감정인의 의견에 이 사건 기록에 나타난 피고인의 연령, 성행, 성장과정, 생활환경, 이 사건 범행의 경위, 범행 전후의 정황 등을 종합하여 보면, 이 사건 범행 당시 피고인이 연극성 장애 등으로 인하여 사물을 변별하거나 의사를 결정할 능력이 미약한 상태에 있었다고는 보이지 아니한다. 따라서 피고인 및 변호상의 위 주장은 받아들이지 아니한다.

양형의 이유

가. 피고인은 검찰에서부터 이 법정에 이르기까지, 영화를 제
작할 당시 자신이 연극 및 영화 관련 서적 및 작품들을 보고
터득한 지식과 십 년에 걸친 연극배우로서 쌓은 경력을 토
대로 나름대로의 시나리오를 작성하여 로텍의 상상범들을
위한 치료 목적으로 사이코드라마를 만들었을 뿐 특별한 의
도는 없었다는 취지로 주장하면서 이 사건 각 공소사실에
대한 범의를 부인하며 무죄를 주장한다.

나. 그러나 피고인은 2322년 6월 2일 상상이 금지되어 있는 로
텍 내부에서 151차례나 상상을 함으로써 보호관찰관이었
던 피해자 어지순의 심장대동맥박리를 유도하여 잔인하게
살해하였다. 뿐만 아니라 연인관계에 있던 상상범 이율리의
상상살인을 세 차례나 방조하였고, 이중 한 차례는 본인이
직접 상상살인하는 등 스스로 사회공동체의 일원이기를 포
기한 범행을 자행했다.

1. 피해자 어지순에 대한 상상살인

   피고인이 5월 6일부터 27일까지 삼 주간 검찰 수사를 위해
   격리되었을 당시 피고인은 이율리가 구더기에 파묻혀 죽어
   있는 상상을 하였고, 급기야 피고인 본인이 관에 들어가 숨
   이 막히는 장면에 이어, 삼겹살을 관 위에서 사람들이 구워
   먹고 있는 엽기적인 상상을 저질렀다. 이 같은 범행이 계속
   반복되어 2322년 6월 2일, 피고인의 NCS에 연결되어 있던
   피해자 어지순은 심장대동맥박리로 인한 출혈로 급사했다.
   이는 피고인의 고의성이 없었다 할지라도 로텍이 상상이 금
   지된 공간이라는 것을 인지하고 있었다는 점에서 미필적 고
   의에 해당한다고 볼 수 있다.

2. 피해자 고인성에 대한 이율리에 의한 상상살인 방조

피고인은 애인관계에 있던 이율리가 고인성 피해자에 대한 앙심을 품고 그가 자주 다니는 VIP 테니스장에 찾아가 그와 경기를 마친 후 38구경 데저트 호크 권총을 16발 발사하는 상상을 하는 것을 상상했다. 하지만 이율리와 NCS 연결 및 꿈의 공유를 통해 본인이 이율리의 상상을 알고 있었음에도 불구하고 이를 은폐, 상상살인을 방조하기 위하여 이율리의 상상살인 및 증거인멸을 자행했다.

3. 피해자 김오식에 대한 이율리에 의한 상상살인 및 상상살인 방조

피고인은 2322년 5월 5일 김오식 피해자에게 고백수사를 받으면서 그의 식도에 손을 넣어 위장에 진입하기 직전의 지름 3cm짜리 레몬 사탕을 꺼내는 상상을 했다. 또한 피해자가 들고 있던 38구경 권총을 빼앗아 그의 심장에서 우측으로 5.5cm 떨어진 부위에 16발을 발사하여 그의 인체에 상해를 입히는 치명적인 상상을 했다. 또한 이율리가 김오식 피해자를 살인하는 동안 '양형 이유 나-2'와 동일한 목적을 달성하기 위하여, 이율리가 살인을 한 뒤 도주하는 장면을 상상하여 이율리의 상상과 관련된 증거 인멸을 시도했다.

4. 피해자 정정에 대한 이율리에 의한 상상살인 방조

피고인은 이율리가 정정 의원 및 전 법무부장관 후보자에게 앙심을 품고 협박 편지를 보내고, 그의 주변을 맴돌면서 살인 모의를 해왔다는 것을 알면서도 이를 방치하였다. 체포 후 5월 6일부터 27일까지 삼 주간 검찰 수사를 위해 격리되어 있는 동안에도 이율리와 NCS 연결을 통해 꿈속에서 살인 계획을 짰고, 어지순이 피살된 후 두 사람간의 NCS 연결을 분리함으로써 증거 인멸 및 은폐를 시도하였다. 뿐만

아니라, 이율리 본인이 실제로 정정 의원을 살해하게끔 도 와줌으로써, 피고인이 상상범이 아니라는 것을 증명하기 위 한 알리바이를 만드는 치밀함을 보였다.

다. 살피건대, 검상이 제출하여 채택, 조사한 증거들과 증인 오 미영, 이율리, 구영삼, 정정의 각 이 법정에서의 진술 및 이 사건 DEM부 NCS 분석 기술자 이인용이 분석한 NCS상의 꿈 클러스터링 파일 성격 등을 비추어 보면, 피고인은 이율 리가 NCS 연결을 통해 갖게 된 꿈에 관한 기록과 자신이 따 로 수집한 지식을 더하여 스스로 이 사건 각 글을 작성한 점 등을 인정할 수 있고, 그러한 정황사실에다가 로텍 자체의 법적 특수성과 더불어, 피고인이 영화 〈율리아〉에 허위사실 이라고 인식하면서도 그러한 영화를 제작하였고, 또한 이율 리의 상상을 토대로 이를 영화로 제작, 유포한다는 점에 대한 고의가 이 사건 각 증거로 밝혀진 이상, 당시 피고인에게 '공 익을 해할 목적'이 있었던 것으로 짐작되는 바이다.
더하여, 가사(假使) 피고인에게 상상의 위법성에 대한 인식 이 있었다고 보더라도, 과연 피고인에게 공익을 해할 목적이 있었는지 여부에 관하여 보건대, 공익을 해할 목적에 대하 여는 적극적 의욕이나 확정적 인식을 필요로 하는 것이 아 니라 미필적 인식만으로도 족하고, 그 목적이 있었는지 여부 는 상상 행위의 동기 및 경위와 수단 및 방법, 당해(當該) 꿈 에서 상상이 이루어진 시간 및 장소, 상상 행위의 내용과 당 시에 자주 꾸던 꿈, 잠자리 상태, 이불의 청결성 등 여러 사 정을 종합하여 사회통념에 비추어 합리적으로 판단하여야 할 것인바, 피고인의 의식 및 잠재의식을 포괄적으로 분석 한 클러스터링 파일 증거에 의해 인정되고, URAZIL의 수치

제일주의(數値第一主義) 원칙에 따라 이를 개량할 수 있다는 점만으로도 피고인에게 공익을 해할 목적이 있었다고 인정된다.

라. 피고인은 범행 후 수사신부의 추궁에 결국 범행 일체를 자백하였으나, 얼마 뒤 수사신부를 상상살인함으로써 URAZIL 사회에 커다란 충격을 준 바 있다. 피해회복의 면에 있어서도 피고인은 이 사건 범행으로 인해 피해자 및 유가족들에게 평생 치유될 수 없는 엄청난 심적 고통을 안겨주었음에도 아직까지 용서를 구하거나 피해회복을 위한 노력을 한 바가 없다. 검찰 조사에서 피고인은 이 사건 각 범행 사실을 모두 시인하며 자신의 잘못을 뉘우치는 듯했으나 최후 진술에서는 오히려 무죄를 주장하는 등 주장의 일관성이 없는 점, 인간성 측정 검사 결과 0mmmpg를 보인 점, 동종범죄를 저질러 집행유예의 상태였던 점은 피고인에게 불리하게 참작할 만한 정상에 해당한다 할 것이다.

마. 사형을 선고함에 있어서는 로텍법 제51조가 규정한 사항을 중심으로 한 범인의 연령, 직업과 경력, 성행, 지능, 교육 정도, 성장과정, 가족관계, 전과의 유무, 피해자와의 관계, 범행의 동기, 사전계획의 유무, 준비의 정도, 수단과 방법, 잔인성과 포악성의 정도, 결과의 중대성, 피해자의 수와 피해감정, 범행 후의 심정과 태도, 반성과 가책의 유무, 피해회복의 정도, 재범의 우려 등 양형의 조건이 되는 모든 사항을 철저히 심리하여 위와 같은 특별한 사정이 있음을 명확하게 밝힌 후 비로소 사형의 선택 여부를 결정해야 한다(로텍 대법원 2322. 3. 24. 선고 2322 도 354 판결).

우리 재판부는 피고인의 형을 정하는 데 있어서, 위에서 본 피고인과 피해자들과의 관계, 범행의 동기, 사전계획의 유무, 준비의 정도, 수단과 방법, 잔인성과 포악성 정도, 결과의 중대성, 피해자의 수와 피해감정, 범행 후의 심정과 태도, 반성과 가책의 유무, 피해회복의 정도 등의 모든 사정을 고려한 결과, 현행 로텍법이 상상범에 대한 사형 제도를 존치하고 있는 이상 이 사건 각 범행에 대하여 피고인에게 엄중한 책임을 묻고 인간의 생명을 부정하는 극악한 범죄에 대한 일반예방을 위하여 피고인에 대하여 로텍 법정 최고형인 사형을 선고하지 않을 수 없다고 판단, 주문과 같이 형을 정한다.

재판상   판상 공○○ _____
         판상 정○○ _____
         판상 한○○ _____

작가의 말

  이 책은 삼 년 만에 세상에 내놓는 다섯 번째 책, 육 년 만의 장편 소설, 십 년간의 유목작가 생활의 결과물입니다. 지금 막 길고 긴 꿈을 꾸고 방금 깨어난 것 같습니다. 반갑고 두렵습니다. 이 소설을 쓰는 동안 백이십팔 번쯤 구성을 바꾸고 삼십팔 번쯤 인물을 바꾸었으며 천육십팔 번 정도 욕설을 내뱉은 것 같습니다. 소설 속 인물들은 언제나 탁구공 같아서《상상범》초고와 최종고를 비교해보면 '산 안드레아스 단층'을 보는 것같이 현기증이 납니다.

  《상상범》을 처음 쓰기 시작한 것은 2009년 즈음이었습니다. 개인적으로 고통스러운 사건을 겪고 나서 남일당 건물 앞에 간 적이 있습니다. 그 옆 건물벽은 활동가들이 기거하는 곳으로, 곳곳에 용산 사태에 대한 비판적인 글로 가득했습니다. 하지만 저는 차마 그 건물 안에 들어가지 못하고 남일당 꼭대기를 바라보며 울었습니다. 저의 고통이 한없이 작아 보였습니다. 쥐를 그렸다는 이유로 재판을 받고 닭을 논했다는 이유로 SNS상의 검열을 받는 지금의 현실 속에서 다른 사람들도 저처럼 공유된 죄의식을 갖고 살아가는지 모르겠습니다.

허구가 현실을 압도할 수 없는 시대, 그래서 불가피하게 정신의 골절을 입을 수밖에 없는 시대. 저는 지금의 시대를 그렇게 정의하고 싶습니다. 사고 치는 사람 따로, 수습하는 사람 따로. 그리고 가해자와 피고인이 일치하지 않는 딜레마를 바라보며 헛웃음을 짓는 사람이 또 따로. 어쩌면 디스토피아가 삼백 년 뒤가 아닌 바로 삼백 페이지 뒤에 있는 건 아닐는지? 그래서 이 소설도 블랙코미디가 되었습니다. 언뜻 현실 비판적 주제와 환상적 장치는 어울리지 않는 것처럼 보입니다. 하지만 리얼리즘은 리얼리즘을 이기지 못한다는 것이 제 생각입니다. 현실의 광포함을 이겨내는 것, 현실 위를 날아오르는 것, 그것이 바로 제가 지극히 리얼리즘적인 소재를 다룰 때조차 소설에서 환상적 장치를 배제하지 못하는 이유입니다.

모쪼록 일 년간의 연재를 허락해주신 《문학의오늘》과 일 년간의 퇴고를 기다려주신 은행나무 편집인 여러분, 소설가 권리를 발굴해내신 문학적 고고인류학자(?) 방민호 평론가님께 감사의 인사를 올립니다. 이와 더불어 판결 선고에 앞서 떨리는 목소리로 마지막 참회의 말을 내뱉었던 피고인들(선고를 받고 나가는 그들의 뒷모습이 잊히지 않습니다.), 방청한 재판과 판례들(소설 속 판결문은 청주, 부산, 북부 지방법원 등의 재판 및 판례들을 참조했음을 밝힙니다.), 소설 쓰는 내내 지워버리려고 애썼던 이름― 조지 오웰, 아베 고보, 가브리엘 가르시아 마르케스, 크리스토퍼 놀란, 얀 슈반크마이어. 그리고 요셉 신부님(내 눈물을 이해해주신 분), 부모님(다음에는 정말로 쉽게 쓰겠습니다.)까지 모두 감사합니다.

2014년 12월

권리

상상범

1판 1쇄 인쇄 2015년 1월 14일
1판 1쇄 발행 2015년 1월 21일

지은이 · 권리
펴낸이 · 주연선
책임편집 · 백다흠
편집 · 이진희 심하은 강건모 이경란 오가진 윤이든 강승현
디자인 · 김현우 김서영 권예진
마케팅 · 장병수 김한밀 정재은 김진영
관리 · 김두만 구진아 유효정

(주)은행나무
121-839 서울특별시 마포구 양화로11길 54
전화 · 02)3143-0651~3 | 팩스 · 02)3143-0654
신고번호 · 제 1997-000168호(1997. 12. 12)
www.ehbook.co.kr
ehbook@ehbook.co.kr

ISBN 978-89-5660-818-1 03810